拝み屋怪談　壊れた母様の家〈陰〉

郷内心瞳

角川ホラー文庫
21680

プレリュード　【二〇一六年十二月十日】

持参していた二本の懐中電灯が同時に消え、おそらくまだ一分か、せいぜい二分程度。だが、そのたかだか数分が、一時間にも二時間にも感じられた。

　まるで網膜に墨でも流しこまれたかのように視界はどす黒く、ほとんど何も見えない。聞こえてくるのは、すっかり取り乱した気振りを滲ませる自分たちの慌ただしい足音と、焦りと恐怖を孕んだ荒い息遣い。

　そして、背後からこちらへ向かって迫り来る、我々とは別のけたたましい足音。

　それも複数。この世ならざる者たちが発する、身の毛もよだつ凄まじい足音だけ。

　血眼になって暗闇へ視線を凝らし、かすかに見える部屋の内部の輪郭を確かめながら、もつれる足で部屋の向こう側に開かれたドアへと向かって、猛然と突き進む。

　ドアを抜けたすぐ先には玄関口がある。この無人の一軒家へ私たちが足を踏み入れた入口である。そこまで戻ることさえできれば、外へと逃げのびられるはずだった。

すでに開け放たれているドアを抜け、向こう側へ飛びだしてまもなく、漆黒の視界に前方の輪郭が浮かびあがる。とたんにのどから「ぐっ」と濁った音が絞り出た。

「嘘でしょ……本当にもう、なんなんですか、これッ！」

同行していた女が、傍らで金切り声を張りあげた。

目の前にうっすらと見えるのは玄関口ではなく、この家の台所だった。

本来の間取りであれば台所は、今抜けだしてきた部屋から廊下を挟んだ斜め向かい側、この家の北東に位置するはずのものだった。対して、今抜けだしてきた部屋はこの家の南西側に位置している。廊下を経由せずに台所へ到達することは絶対に不可能だったし、そもそも背後に開いているドアは、台所へ通じるものですらない。

これで三度目だった。正しいルートを進んでも、かならず台所へ行き着き、玄関口に戻ることができない。そして背後からは、けたたましい足音が近づいてくる。

「来ますよ。どうするんです？」

同行していた男が傍らで囁く。声音は平静を装っていたが、唇は震えていた。

どうすることもできず、台所から廊下へ抜ける、反対側の戸口へ向かって走りだす。

昔、ある人が私に、こんなことを言った。

――拝み屋なんてのは本来、地味な仕事なんだ。

宮城の片田舎で拝み屋という奇特な生業を始めて、気づけばすでに十五年近くになる。家内安全に交通安全、安産祈願に合格祈願、地鎮祭に屋敷祓い、先祖供養に水子供養。

　平素、私が手掛ける仕事は然様なものである。時には悪霊祓いや憑き物落としなども執り行うが、それらも実務における所作は終始、淡々としたものに過ぎない。依頼主の悩みに耳を傾け、求めに応じ、必要と判ぜられる加持祈禱を執り行うことが、拝み屋の仕事である。いずれも一様に、大仰な所作を必要としない平板なものなのだ。けれども、そのある人は、同時にこんなことも言っていた。

　――一万分の一、あるいは十万分の一の確率で、我々は例外にぶち当たることがある。人として持ち得る常識はおろか、拝み屋としての常識すらをも軽々と超越してしまう、意想外の事象、規格外の怪異。稀にそんな災禍にぶち当たってしまうこともあるのだと。だが、それがもたらされるのは、本当に一万分の一、あるいは十万分の一などという極めて低い確率なのだろうか？

　暗闇に呑まれた狭い廊下を死に物狂いで駆けながら、そんなことをふと思う。長年この生業を続けながら、こんな窮地に晒されるのは果たしてこれが何度目だろう。とてもそんな低確率などとは思えないほど、私はこれまでの間、信じ難い災禍に何度も巻きこまれてきた。そして今もまさに、新たな災禍のさなかにいる。

　廊下を走る私たちのすぐ背後から、稲妻のような響きを轟かせ、足音が近づいてくる。このままだと確実に追いつかれてしまうだろう。今度こそ、終わりかもしれない。

　二〇一六年十二月十日。どうか、これが人生最後の災禍になってほしいと願いながら、私は漆黒に包まれた家の中を、必死の思いで走り続けていた。

❖もくじ❖

異能者の掟【二〇〇五年八月二十二日】

「まあ……今さらこんなことを言うのもなんなんだけどよぉ？　本当だったら本職同士、喧嘩なんかするもんじゃねえんだ。大体、ろくなことになりゃあしねえんだよ」

今から十一年前。お盆が過ぎても、未だ茹だるような蒸し暑さが続く、ある晩のこと。カウンター席の隣で特盛の牛丼を掻きこみながら、華原雪路が私に言った。

時刻は深夜零時過ぎ。私たちはとある出張仕事に向かった帰り足、華原さんの希望で国道沿いの牛丼屋に入り、拝み屋支度の着物姿のまま、ふたりで夜食を食べていた。

華原さんは、当時二十代半ばだった私よりも一回り年上。三十代前半になる拝み屋で、かれこれ二年ほどの付き合いになる間柄だった。

開業からまだわずか二年たらずの私と比べて、華原さんはもう十年以上の経験がある、キャリアとしては中堅クラスの拝み屋だった。

出身は中越地方で、長年地元で仕事を続けていたらしいのだが、客とのトラブルから地元にいられなくなってしまい、数年前に内縁の妻とふたりで宮城へ越してきた。

性格は大雑把で発言も概ねいい加減、大酒は喰らうし、何事にも斜に構えて物を語り、事と向きあうような人物である。

だが、根は実直で情に厚く、困った時にはいちばん頼れる男だった。

特に師弟関係にあったわけではないが、小言や苦言を言いながらも何かと私のことを目にかけてくれる、この道における数少ない理解者だった。

この日の出張仕事も、本来ならば私ひとりで向かう予定だったのだが、事情を知った華原さんが「俺も一緒に行く」と言いだし、ふたりで仕事をこなすことになった。

結果的に華原さんが力を貸してくれたおかげで、無事に帰ってくることができた。

というより、華原さんがいなければどうなっていたか分からない。

私の身に余る厄介な案件だった。一から十まで慎重を期する、難しい仕事でもあった。

それなのに、私は怒りで我を失い、すっかり冷静さを欠いていた。依頼者宅にひとりで向かっていたかと思うと、今さらながらぞっとするものがあった。

「ヤクザの喧嘩のやりかたって知ってるか？　てめえが勝ちたいと思ったら、勝つまでしつこく絡んで何遍だって襲いかかるんだよ。そういう時、連中は手段を一切問わねえ。寝込みだろうが、集団だろうが、闇討ちだろうが、勝てればそれこそなんでもありよ」

あらかた牛丼を食べ終え、冷たい水を飲みながら華原さんが言った。夜中の牛丼屋で話すにしても少々物騒な題目だと思ったが、その後に続いた言葉でその真意が分かった。

「だが、ヤクザつっても所詮は生身の人間だ。他人をどうこうできる手段は限られてる。人目を気にする手間もありゃあ、場合によっちゃ、事後の処理まで考えなきゃなんねえ。ところが拝み屋だ、祈禱師だ、霊能師だって連中は違う」

そのとおりなのだ。確かに違う。

華原さんの言葉にはっとなり、私は息を呑んでしまう。

「裏社会なんてもんが本当にあるとしたら、そこに住んでんのは、俺らみたいな連中よ。商売自体が日陰の領分にあるからな。陰でこそこそやるのは、専売特許みたいなもんだ。もしも誰かをやっちまおうって気になったら、ばれずにやれる手段はいくらだってある。おっかねえもんだよなあ。そう思わねえか？」

「ええ」と私は答えた。それだけ答えるのが精一杯で、あとに言葉が続かなかった。

誓ってそんな気などないにせよ、私たち拝み屋は、やりかた次第で誰からも知られず、咎(とが)められも罰せられることもなく、他人を傷つけてしまうことができるのだと思う。だがそれは言い換えれば、自分が他の同業者から、まったく同じことをされる恐れがあることも示唆していた。

先ほどふたりで終えたばかりの仕事が、そうした恐れを過分に含むものだったことに今さらながら思い至り、肌身がすっと冷たくなっていくのを感じた。

のちに「椚木(くぬぎ)の一族の災禍」と称される相談依頼に私は三月ほど前から関わっていた。それは他に類を見ないような極めて危うく、おぞましい案件だった。

解決の糸口すら摑(つか)めない状況に右往左往し、時には身の危険に晒されたりしながらも、それでもどうにか、解決まであともう一歩というところまで、漕(こ)ぎつけることができた。

そんな段階に至って、当の依頼主が亡くなってしまった。

名を高鳥千草という。まだ二十三歳で、四歳になる幼い娘もいた。

否。ただ亡くなったのではない。厳密に言うなら、彼女は殺されてしまったのである。

だが、証拠は何もない。だから表向きには「ただ亡くなった」ということになっていた。

千草を手にかけたのは、彼女の従兄弟に当たる、二十歳そこそこの青年だった。

名を芹沢真也という。

真也はまだ、こうした方面の本職ではなかったが、質が悪いことに生半な本職よりもはるかに秀でた資質を持ち、なおかつ常人には持ち得ない、ある特異な力も有していた。

歪みない志を抱き、優れた師の許で道義を学ぶことができれば、他の追従を許さない極めて有能な拝み屋になることもできたかもしれない。

だが、その優れた素養とは裏腹に、彼の性根は歪みに歪んで腐りきっていた。

独善的な思想と私利私欲に基づき、真也は私が把握している限りでさえ、千草以外に五人もの人間を傷つけている。いずれの被害者も、なんの罪もない人たちだった。

今夜は千草の身内から彼女の供養を頼まれ、千草が娘とふたりで暮らしていた自宅へ伺うことになっていたのだが、直前になって、その場に真也も同席することが分かった。

義憤に駆られた私は後先も考えず、千草の冥福よりも真也に対する報復こそを目的に、怒りを猛らせながら出発しようとしていた。

そこへたまたま居合わせた華原さんが「俺も一緒に行く」と宣言し、ふたりで千草の家へ向かうことになったのである。

華原さんがいたおかげで、私は真也に対して一線を越えるようなことをせずに済んだ。

けれどもそれは、華原さんが興奮する私をたしなめてくれたりしたからではない。

代わりに華原さんが真也をこてんぱんに伸した挙げ句、動転する私や身内の目の前で小便まで漏らさせ、プライドをずたずたに引き裂いてやったのである。

「異能者が素人相手に報復する分には、大概は『やる』『やられた』の一方通行だがな、ところがどっこい、報復対象も同じ異能者だったりすると、事は簡単にゃいかなくなる。もしも最初の一発でカタがつけられなかった場合、『やる』『やられた』の一方通行が、『やる』『やり返す』の応酬に変わってしまう。相手もやられたことに気がつくからな。その後は互いに顔を合わせることもなく、自前の祭壇やら、神社の御神木だのを通じて、どっちかが完全に潰れるか、さもなきゃ死ぬまでやり合う羽目になる」

それから軽くため息をつくと、少しだけ物憂げな顔つきになって、こう続けた。

「そもそも呪いや祟りに期限なんてねえし、本当はぶっ放すだけでも相当厄介な代物だ。だからこの業界じゃ昔っから、本職同士は絶対に本気でやり合ってはならないっていう、いわば不可侵条約みたいなもんが、暗黙の了解のもとに成り立ってる。潰し合いなんて百害あって一利なしだからな。お前もよく覚えておいたほうがいい」

「分かりました。でも、こういう話の流れだと、これから先、真也が何か仕掛けてくる可能性があるかもしれないってことですよね？」

最前から胸の内でざわざわと渦巻いていた不安を、ようやく華原さんに打ち明ける。

「ま、その可能性はゼロじゃねえだろうな。でも、仮に可能性がありそうだからつって、これ以上、こっちのほうからあいつに何かを仕掛けんのは、さすがに外道ってもんだぜ。いくらこっちに義があるのにしても、あとは黙って向こうの動向をうかがうしかねえ」

望んだ返事は返ってこなかった。なぜこうなることを考えて行動できなかったのかと、今さらながら己の浅はかを悔いる。

「安心しろ。だから報復なんかする気にもなれねえくらい、あいつを脅してやったんだ。小便まで漏らすくらいビビッてやがったろ？　呪いってのは才能だのがどうこう以前に、それをおこなう奴の心の強さで、がらりと勢いが変わる。あそこまで萎えさせてやりゃ、まあしばらくは大丈夫だろう。俺だって、考えなしで動いてたわけじゃねえ」

言いながら華原さんは笑ったが、私も華原さんに打ちのめされた気分だった。

私の身勝手な衝動の結果、あいつの標的に華原さんも加えられてしまったのである。否。真也のほうからしてみれば、今夜の一件で標的の優先順位は、私から華原さんに逆転した可能性が極めて高い。

私には一切手をださせず、代わりに真也をぶちのめすことで報復の矛先を自らへ向け、華原さんは私を庇ったのだ。

思いが及ぶなり、とんでもないことをしてしまったと後悔する。

「どうして庇ってくれたんですか？　俺が言うのもバカな話ですけど、庇うにしたってあいつを怒らせないで、うまく立ち回ることだってできたでしょうに……」

堪らない気分になって胸の内を吐露すると、華原さんはたちまち眉をハの字にさげて、「あ？」と答えた。

「誰がお前なんか庇うんだよ？　ああいう状況だったら、思いっきり人をぶん殴っても、お咎めなしになる可能性大だろ？　久しぶりにバカ野郎をぶん殴ってみたくなったから、勝手にやったまでの話よ。もしかして矛先がこっちに変わったとか、心配してんのか？だったら心配いらねえよ。お前もあいつの立派な標的のまんまだよ。手前に都合のいい妄想なんかしてねえで、自分の身でも案じてろってんだ」

言い終えるや華原さんは、あからさまに人を嘲るようにゲラゲラと大声で笑いだした。

無論、こんな答えは真意ではない。本当はリスクを覚悟のうえで人を庇ったくせに、それを感謝されるのが嫌だから、こうしてバカみたいに笑ってみせているのである。

ならばと思って、あえてこちらも合わせてやることにした。

「イカれてる。だったら合法的に人を殴りたいからって、俺を利用したんですよね？」

「ああ、そのとおり。イカれてる。当たりめえだろ？　頭のどっかがイカれてなきゃあ、こんな仕事を十年以上も続けてられっかってんだ。そういう意味では、あのクソガキも俺もお前も同類項よ。イカレ具合のベクトルが、それぞれちょっと違うってだけの話だ。お前もせいぜい悪いほうに転ばねえように、気をつけながらがんばるこったな」

「まいったな。俺もびびって、小便ちびりそうになっちまう」

私が笑うと、華原さんも「小便かよ！」と叫んで、再びゲラゲラ笑い始めた。

「さて……お前に飯も奢ってもらったことだし、そろそろ今夜の仕事を仕上げるか」

「今夜のうちにですか？　どうやって仕上げるんです？」

「ま、別に難しいこっちゃねえ。眠くなってくる前にちゃっちゃと済ましちまおう」

華原さんに促されて会計を済ませ、店の駐車場に駐めた車へ戻る。

華原さんが座る助手席の足元には、口をきつく縛った家庭用のゴミ袋が置かれている。

今はこんな物に収められてしまったが、袋の中には今回の騒動のあらゆる元凶となった、ある物が入っている。身内の許可をもらい、先ほど千草の家から回収してきた。

「お漏らし小僧のほうはさておいて、これさえ始末しちまえば、今回の件は終了だろう。お前も長いこと大変だったろうが、これでようやくひと息つけるってわけだ」

「何から何まですみません。手伝うことがあったらなんでも言ってください」

「別に何もねえよ。事故んねえようにだけ、気をつけてくれりゃいい」

ゴミ袋を膝の上に抱えながら、華原さんが言った。


その後、私たちは高鳥千草の実家、椚木の家に伝わる忌まわしき遺物——千草が生前、〝母様〟と呼び、真也が〝至純の光〟と称して狙い続けていた〝それ〟を処分するため、夜の闇に静まり返った街へと再び車を走らせた。

神降ろしの儀【二〇〇五年十月某日】

それから二ヶ月後。

私は、師匠筋に当たる水谷源流が運転する車の助手席に座っていた。

水谷さんは齢六十を過ぎた、拝み屋として三十年以上の実績をもつ熟練である。顔つきも言動も常に厳めしく、冗談も通じないような人物だったが、拝み屋としてはこの地元界隈で一、二を争う腕を持っていた。

便宜上、師匠筋ということになってはいるが、水谷さんは弟子をとらない人物なので、厳密に言えば、私は正式な弟子ではない。しかし、いろいろと込み入った事情があって拝み屋を始めることになった私に、あくまでも「本職としての基本的な作法や心構えを教示するだけ」という形で縁が結ばれ、私は形式上の弟子という扱いになっていた。

数日前、水谷さんから出張仕事への同行を言い渡された。

これから拝み屋を開業する者のために〝神降ろしの儀〟をおこなうことになったので、手伝いとして立ち会えとの仰せだった。

水谷さんが、自分の仕事に私を立ち会わせるのは、どうしても人手が必要な用件など、一部の例外を除いては、私が知らない仕事を実地で見せるためだった。

現にこの日、同伴することになった〝神降ろしの儀〟とやらも、私がこれまで一度も立ち会ったことのない、まったく未知の仕事だった。

「神降ろしといっても、俺が降ろすわけじゃない。すでに個人の身体に降りてきている神仏を、言葉は悪いが離れないように〝固定〟して、その神通力にムラが出ることなく発揮できるようにする。簡単に言えば、それが神降ろしの儀だ」

依頼人宅へ向かうさなか、刈り入れのすっかり終わった田んぼ道に車を走らせながら、水谷さんがぶっきらぼうに言った。

神降ろしの儀を執り行うのは、かなり久しぶりのことなのだという。

あまり気の進む仕事ではないのだが、古くから付き合いのある先達の拝み屋に頼まれ、言わば先達の代理という形で、どうやら渋々ながら仕事を引き受けたらしい。

「できれば関わりたくもないんだが、なかなかそうもいかなくてな。まあ、少なくとも一度実地で見ておいて、損をすることはない。今日はせいぜい勉強するんだな」

軽くため息をつきながら、珍しく水谷さんがぼやいた。

田んぼ道を抜けてほどなくすると、車は人家がまばらに点在する山間の集落に入った。細くて曲がりくねった道をさらに進み、やがて一軒の古びた民家の門口へ入る。

車を停めるなり、玄関口から巫女（みこ）装束に身を包んだ女が、飛びだすような勢いで現れ、満面にはじけんばかりの笑みを浮かべながら、こちらに駆け寄ってきた。

「水谷先生ですね、お待ちしておりました！　今日はよろしくお願いいたします！」

笑みと同じく、声のほうもはじけんばかりの賑々(にぎにぎ)しさで、内心少々たじろいでしまう。年はおそらく五十代前半頃。笑みは異様に眩(まぶ)しいが、顔は骨のように痩(や)せ細っている。

彼女が今回の神降ろしの依頼人だった。名を井久子(いくこ)という。

井久子に促されるまま玄関をくぐり、ふたりでさっそく居間へ通された。

家族は同年代の夫と七十代半ばの姑(しゅうとめ)。他にはすでに独立しているが、成人した娘が三人いるのだという。この日、家には井久子の他に、彼女の夫と老いた姑の姿もあった。

井久子の話を聞くと、二週間ほど前に、神が井久子の身体に宿ったのだという。

「夢の中に神さまが現れまして、『お前には、世の悩める者たちを救う使命がある』と仰(おっしゃ)られました。そのお言葉に私はこれからの人生を道一筋に、悩める人々をお救いし、お導きすることに捧(ささ)げる決意を固めたのです」

骨ばった顔から熱っぽい目を輝かせ、微笑みながら井久子が言った。

「神」やら「お救い」やらという言葉がしきりに耳に入ってくると、同じようなことを宣(のたま)っていた芹沢真也の顔が脳裏を掠(かす)め、にわかに気分が悪くなってくる。

「神」とやらに何を言われたにせよ、所詮(しょせん)は夢の話だろうと腹の中で思っていたのだが、無論、当の井久子はそんな解釈などしていなかった。

元々、神社仏閣への参拝や、いわゆるパワースポット巡りなどに熱心だった井久子は、人の目に見えざる感覚や概念に対して、敬虔(けいけん)な姿勢を持っていた。

だから夢に神が現れたのは、自身のまっすぐな思いが実を結んだからだろうという。

浮かれ調子で微笑む井久子に対し、傍らに座る夫と姑のほうはどことなく面を陰らせ、私たちの話にほとんど加わることなく、弱々しい笑みを浮かべているばかりだった。

居間で一頻り事情を聞かされたのち、今度は祭壇があるという奥座敷へ通された。

床の間には、八段ばかりもある巨大な雛壇が設置され、おそらくは井久子が以前から買い集めてきたものであろう、大小様々な大きさの仏像や神札、水晶玉や招き猫などが、各段にずらりと並べられていた。

大層不謹慎とは思いながらも、ぱっと見の印象は祭壇というより、縁日の射的である。

祭壇の上には掛け軸が吊るされており、拙い筆字で「天照万物之大神」と書かれていた。

大して勉強している身の上ではないが、見たことも聞いたこともない神名だった。

「こちらがわたしの身に宿られた神さまのお名前なんです。習字は得意じゃないもので、恥ずかしいんですけど、尊いお名前ですから祭壇のメインにいたしました！」

畳に敷いた座布団の上に夫と姑と並んで座りながら、井久子が言った。

「なるほど。これはまた、えらく立派なお名前の神さまですね」

井久子の顔を見もせず、掛け軸に書かれた筆字をじっと見ながら、水谷さんが答える。

「女性の神さまで、とても綺麗なお声をされてらっしゃるの！　全身から琥珀色の光をぱあっと放って、それはそれは神々しくてお美しい――」

「それはさっきも聞いた。もういい」

井久子のほうへと振り返り、水谷さんが鋭い声で井久子の言葉を遮った。

「どこの神かは存ぜぬがな。少なくともこれだけは言いきれる。この神、名前も含めて今のそなたには分不相応。本気で拝み屋になりたくば、神降ろしなど考えるよりも先に、もっと大事なことを学ぶことだ。今日の神降ろしの儀は辞退させていただく」

　ぴしゃりと言い放つなり、床の間から掛け軸をおろし、くるくると丸めて畳み始める。

　突然のことに私は呆気にとられてしまい、その場に硬直して座り続けるしかなかった。場はしんと静まり返り、なんとも居心地の悪い空気が漂い始める。

　当の井久子もさぞかし驚いていることだろうと思い、ちらりと様子をうかがってみた。だが、水谷さんの言葉を受けた井久子の反応は、私がまるで予期していないものだった。最前まで浮かべていた笑みは、すでに顔から見る影もなく消え失せていた。代わりに嘆くでも怒るでも驚くでもなく、井久子は座布団の上に座ったままの状態で、急に眠気が差してきたかのごとく半目になって、わずかに顔をうつむかせている。

　あまりのショックに茫然自失となっているのかと一瞬思ったのだが、そうではないとまもなく分かった。

　続いて両目が完全に閉じたかと思うと、がくりと項垂れ、顔がまったく見えなくなる。それから右腕がゆるゆるとあがり始め、人差し指を立てながら垂直になって伸びてゆく。腕が完全に伸びきると、井久子は項垂れながら頭上へ人差し指を伸ばした姿勢になった。

「我のことを知らぬうえに斯様な狼藉を働くとは、そなたはとんだ痴れ者よのう」

　うつむいたまま、まるで別人のように低くくぐもった声で井久子が言葉を発した。

「知らぬものは知らぬのだから、仕方なし。だがな、ろくな心得もわきまえぬ半端者が〝万物の神〟などという名を神輿に拝み屋の看板を掲げるなど、百害あって一利なしよ。斯様に思って、名を取り払ったまでのこと。我が判断には一分の誤りもない」

　井久子の反応に動じるでもなく、水谷さんも低い声で即答する。

「黙りおろう、下郎！」

　目を閉じたままの顔をばっと振りあげ、けたたましい声で井久子が叫び始めた。

「何が分不相応か！　下郎が戯言を抜かすでないッ！　我は本当にこの者の身体に宿り、この者に力を貸しておる！　それは我がこの者の資質を見込んでおるからこそである！　貴様ごときが余計な差し出口を挟むでない！　黙って拝むだけでよいのだ！」

　右腕を天に向かってかざしたまま、井久子は身体を右へ左へ揺らしながら、激昂する。その姿は神が降りてきたというより、狐や悪霊にとり憑かれた者の状態によく似ていた。いずれにしても、とんでもないことになってしまったと気を焦らせる。

「すみませんが、少し席を外していただけますか？」

　そこへ水谷さんが、井久子の夫と姑に向かって退室を促した。

「人がみだりに目にしていい光景ではない。ご心配はいりませんから、事が収まるまで席を外していただけるとありがたい」

　水谷さんの言葉に夫と姑は、つかのま顔を見合わせ、逡巡しているそぶりだったが、やがて「分かりました。お願いします」と答えると、急ぎ足で奥座敷から姿を消した。

「さて……あまり時間をかけたくないので、手短に言うぞ」

ふたりが退室したのを見計らい、水谷さんが井久子の傍らに立って語りかけた。

「今なら、全部丸く収めてやる。旦那にも姑にも余計なあとが引かないよう、俺が全部、便宜を図って事を丸く収めてやる。俺の言っている意味が分かるんなら、今すぐやめろ。その小芝居を」

「何を申すか、この痴れ者が！ 誰に向かって物を申しておると考えるかッ！」

「片意地を張るつもりなら、この道の先達の務めとして、お前を潰す。徹底的に潰すぞ。二度と『神』などと抜かせないようにしてやる。それでもいいんだな？」

井久子の怒声に構うことなく、水谷さんがさらに言葉を続けると、井久子の顔つきがわずかに萎れ、かすかに当惑している色が浮かびあがるのが見てとれた。

「どうする？ 身のほどをわきまえるのか、わきまえないのか？ 片意地を張り続けて身を滅ぼしたいなら、もう無理に説得はせん。これが最後だ、どうするか選べ」

時間にして、三十秒ほどの沈黙があった。その間も井久子は右手を上に伸ばしたまま、座布団の上に固まり続けていたのだが、やがて右腕がゆるゆるとさがり始めて畳につき、それから太いため息を漏らしたかと思うと、やおら大きな声で泣き始めた。

「分かってもらえて安心した。おい、旦那と婆さんを呼んでこい」

畳の上に身をひれ伏し、大声でむせび泣く井久子を見おろしながら水谷さんが言った。

言われるままに居間へと向かい、ふたりを呼んで戻ってくる。

「奥さんには神ではなく、どうやら狐がとり憑いていたようですな。珍しいことでなく、この界隈では神の名を騙って人を騙す狐が、昔から多いんですよ。災難でしたな」

未だ泣き続ける井久子と、事情が呑みこめたのか呑みこめないのか、いずれにしても呆然とした顔で「そうでしたか」と答える夫と姑を尻目に、私たちは家を出た。

造り神　【二〇〇五年十月某日】

外はすでに日が暮れ落ちて、空には月が浮いていた。風は頬を刺すように冷たかった。

ふたりで車に乗りこみ、門口を出たものの、何をどう切りだしたらいいのか分からず、私は口を開くことができなかった。

水谷さんもしばらく無言のまま、ハンドルを握り続けていたのだが、そのうちふいに口を開いて、「最近はああいうのが多くて困る」とつぶやいた。

ここ一年ほどの間、井久子のように「自分の身体に神や仏が降りてきた」と宣言して、拝み屋の看板を掲げようとする者が増えているのだという。

「身体に神仏なんざ降りてこなくても、拝み屋の仕事はできる。そもそも本物の神仏が人の身体に宿るわけなんぞない。そんなものは迷信以下の世迷言(よまいごと)だ。馬鹿馬鹿しい」

吐き捨てるように水谷さんが言った。

だがその一方、この地元界隈の一部では昔から、「身体に神仏が降りてきた」という事実が、一人前の拝み屋としてみなされるという風潮もあるのだという。

「神降ろしってのは、それを公に宣伝するためのいわば方便で、形式的なものに過ぎん。いずれ廃れていくものだと思ってはいるんだが、なかなかそうもいかないようだな」

要するに先達の拝み屋が、新規の拝み屋志望者に「神降ろしの儀」を執り行うことで、先達は新規の志望者を本職として認めた形になり、周囲に対する「本物」という証明と、多少の箔もつけられるというわけだ。そのように解釈する。

「なるほど……だからあの人みたいに『神さまが降りてきた』なんて、騙るわけですね。まあ、あんなに必死になって芝居までする心境は、さすがに理解できませんけど」

ため息をつきながら、水谷さんのほうに顔を向けようとした時だった。

暗く染まったフロントガラスの前方から、何か白くて大きなものがこちらに向かって音もなく接近してくるのが目に入った。

車はちょうど、両脇を田んぼに挟まれた狭い一本道を走っていた。

一瞬、対向車かと思ったが、暗闇で白く光るそれは、ヘッドライトの光ではなかった。

ではなんだろうと思うなり、それは急激に速度をあげ、凄まじい勢いで迫ってきた。

次の瞬間、フロントガラスの視界一面がぶわりと真っ白に染まり、次いで再び一瞬で、視界が元の暗闇に戻る。わけが分からないながらもほっとしかけた、その直後だった。

突然、車外で「ばあん!」と乾いた音が弾けたかと思うと、車が斜めに大きく傾いで左右に激しく揺れ始めた。

それに続いて、水谷さんが急ブレーキを踏んだのだろう。タイヤが路面を擦りつける大音響が車外で大きく轟き、車体が一層激しく暴れ始める。どうなることかと焦ったが、車は右へ左へぐらつきながらも田んぼに落ちることなく、どうにか道の上に止まった。

「なんですか、今の？」

運転席のドアを開けた水谷さんのあとを追い、私も車外に出ながら声をかける。

「やれやれ、懲りずにおっ始める気になってしまったらしいな。まったく恥晒しな」

車の傍らに屈みこみ、タイヤを見ながら一頻りつぶやくと、水谷さんは立ちあがって、今度は車のうしろのほうへ回っていった。

私も助手席側のタイヤを調べてみると、タイヤがぺしゃんこになってパンクしていた。水谷さんが見ていた反対側のタイヤも同様だったし、うしろのふたつもパンクしていた。道は舗装道路で、ぱっと見てみた限りでは路面に何かパンクの原因になるような異物を発見することはできなかった。

こちらが戸惑うなか、水谷さんは車のトランクを開け、中から何かを取りだしていた。

「時間が置けん。今すぐケリをつける」

言いながら水谷さんが手に持っていたのは、全長一メートルほどの無骨な作りをした木製の弓だった。実際の射撃に用いるものではなく、魔祓い用の道具だとすぐに察する。

事情を尋ねるより早く、身体が先に異変を感じとって、勝手に身構え始める。

周囲は稲を刈られた田んぼが広がるばかりで、人家のたぐいはおろか、人の気配すらひとつたりとも感じられない。だが、何も感じないわけではなかった。

周囲に広がる暗闇の方々から、得体の知れない気配を感じる。姿形は見えないまでも、おそらくはこちらに強い悪意を向けている。それだけは身体に受ける感触で分かる。

気配の印象から察して、いわゆる悪霊や怨霊と称される者たちから感じられるものと、それらの印象はよく似ていた。というより、そういった連中がどこからともなく一斉に集まってきて、こちらを包囲している。そのようにしか感じられなかった。

だがどうして？

蒼ざめながら立ち尽くしているところへ、水谷さんが「あれだ」と言った。

振り向くと、水谷さんが頭上に向かって弓の弦を引き絞っていた。

ただし、弦に矢は添えられていない。

水谷さんの視線を追って、頭上の闇へと目を凝らす。地上から十メートルほど離れた宙に人の形をした白い何かが、こちらを見おろすような姿勢で浮かんでいた。

視線がそれを捕捉してまもなく、傍らに立つ水谷さんが引き絞った弦を指から離した。

「びん！」と鋭い音が周囲の闇を切り裂くように鳴り響き、次の瞬間、宙に浮いていた白い人影が、煙のように弾けて消えた。

「終わった。と言っても、これじゃ帰れんな。応援を呼ばんと」

言いながら水谷さんが電話をかけ始める。おそらくＪＡＦにかけたのだろう。

はっとなって気がつくと、頭上の人影だけでなく、いつのまにか周囲に渦巻いていた気配も全部消えていた。何が起きたのか、一から十までさっぱり意味が分からなかった。

まもなく水谷さんが電話をかけ終え、車に乗りこんだのを見計らい、私も車に戻って事情を尋ねてみることにした。

「あれは造り神という。あの女が頭の中で造りあげた、紛(まが)いものの神だ。夢で見たとか抜かしていたが、そんな話は大ウソだ。名前も姿も性質も、全部自分の頭ででっちあげ、それが形になったのが、今のあれだ」

いかにも面白くなさそうに水谷さんが答えた。

「生霊とは違うんですか」という私の質問に、水谷さんは「まったく違う」と即答した。

生霊とは、生身の人の意志が心から無意識に飛びだし、他人に向けられるものをいう。対して造り神の場合は、無意識ではなく、あくまでも自分の意志で造りあげたものを指すらしく、本人とはまったく別の人格として形成されるものなのだという。

「生霊は生霊で厄介な代物だが、所詮(しょせん)は人のねじくれた思いが、像を結ぶだけのものだ。人の心からはみ出た残像のようなもんだな。それなりに厄介ながらも、生霊返しを始め、対応する術はいくらでもある。だが、造り神は違う。あれは少しでも対応を間違えると、手がつけられなくなるほど厄介な代物になる。こうなることを見越しては来たんだがな、それ以前に奴(やっこ)さんのほうが見越して、俺に始末を押しつけたってわけだ」

「まったくもって厭(いや)になる」と、水谷さんは吐き捨てるようにつぶやいた。

水谷さんが言う「奴さん」とは、古い付き合いだという、先達の拝み屋のことだろう。井久子の身体に降りてきているのが造り神だと先に気づいた先達が、水谷さんに始末を押しつけたということになる。

昔から、この手のものを造ってしまう者は、少なからずいるのだという。

「功名心だの金儲けだの、歪んだ気持ちでなりたがる連中ほど、己に神が宿ったと宣い、頭の中で紛いものを造りあげる。新興宗教を始める者にも、そういう手合いは多い」

水谷さんが言った。

「造ると言っても、そんなに簡単に造れてしまうものなんですか？　紛いものとはいえ、造るのは神さまですよね？　ちょっと想像しづらいものがあります」

「神は、人の手で造りだすことができる。心得さえあれば、割合簡単に」

私の質問に水谷さんは、事も無げに答えた。

「それが善なる神だろうと、世に災いをもたらす神だろうと、人は自らの願いや欲望で、神を造りあげることができる。造ること自体は別に悪くはない。そうやって造りあげた神と互いにいい関係を保ちながら、長年仕事を続けている者もいる。だが、大半は違う。邪な思いで造られた神は、性根の歪んだ悪辣な存在として顕現し、人に災いをもたらす。おまけに紛いものとはいえ、神として造られている分、生霊などとは比較にならんほど、強い力を持つ場合が多い。一度よからぬ方向に動いてしまえば、本物の神が荒ぶるのとなんら変わらぬ力を振りかざすことさえある」

「造りものが、本物の神になるということですか？」

「時間を置きすぎると、いずれ本物か紛いものかの判断すらつかないようになってくる。気づいていたか？　周りの気配」

最前の得体の知れない気配を思いだし、「はい」と答える。

「まだ生まれたてであってさえあれだ。神として造られているから、周りの悪霊どもがまるで眷属のように群れ集まってくる。悪霊が集まってくる時点で、神とは名ばかりのよからぬ存在だと証明されてもしまったがな」

「あの女が、自分の意志で嗾けてきたんですか？」

「さあな。今となっては分からん。使役されたか、独断によるものか、あるいは共謀か。いずれも可能だから、なおさら厄介なんだよ」

前方の暗闇に向かって独りごちると、水谷さんは煙草に火をつけ、深々と吸いこんだ。

「人の業というか、本質なんだろうな。人に幸いをもたらす神を創りだすのは、難しい。仮に創りだせても、性が悪いほうに傾かんよう、長年維持するのはえらく困難だという。だが、人に災いをもたらす神のほうは簡単に造りだすことができる。欲望だの憎悪だの、衝動的な感情だけで造りだせるし、維持することもできるからだ」

「その原理は、祝いと呪いの関係性と同じものだ」と水谷さんは言う。

人の幸いを目的とする祝い、たとえば家内安全や交通安全、病気祓いといった祈願は、あくまで理性でおこなうものであり、一時の感情で完遂できるものではない。依頼主の内情に思いを傾け、清い気持ちで執り行うことで初めて成立するものである。

一方、呪いのほうは違う。

対象に向かって一時の感情をぶつけるだけで、割合容易く成立してしまうものである。あまり公言したくはないが、素人がおこなっても呪いはそれなりに効く。

「怪我人を看病して治すより、人に怪我を負わせるほうがはるかに簡単だということだ。人は達成に多大な苦労を伴う価値があるものより、楽に達成できるろくでもないものに縋りつきたがるきらいがある。まったくもって浅ましいことだがな」

軽くため息をつきながら、水谷さんが言った。

「今の造り神は、動き始めて日が浅いから、蟇目の法で仕留められた。だが、あれ以上大きくなられると、始末するのが難しくなってくる」

蟇目の法とは、弓弦を鳴らして魔を調伏するための祓いである。

水谷さんが魔祓いをおこなう姿は、これまで何度か目にしてきているが、蟇目の法を見るのは、この日が初めてのことだった。

「あの弓は本物の弓じゃない。あれも実際に矢を射ることのできない紛いものの弓だが、本物の弓だと思い、頭に描いた矢を射ることで、見えない矢が標的に突き刺さるわけだ。矢の威力が強いと思えば思うほど、強くなる。絶対に当たると信じれば、確実に当たる。呪詛や祓いと原理は同じだ。それにかける念が強ければ強いほど、高い成果が得られる。だがな、これだって決して簡単なことじゃない。実際はそれなりの労を要する芸当だ」

「衝動ではなく、理性でおこなうから、ということですよね？」

「そうだ。衝動ではなく、理性で強い力を創りあげるのは、本当に難しい」

その一方、仕留めるべき対象は〝衝動〟という歪んだ念で造りあげられた、強い存在。それを理性で念じた力で打ち負かすのだから、容易でないことは察しがついた。

「おまけに認識の問題もある。紛いものとはいえ、相手を〝神〟だと感じて意識すれば、こっちの念は萎縮して弱まり、向こうの念はさらに大きく膨れあがっていく場合もある。だから、こちらが向こうを〝大きい〟〝強い〟と意識する前にできうる限り早い段階でケリをつけなければならない。そういう意味では、今日はまだ運がよかったと言える」

「もしかして、今日はこれを見せるために私を呼んだんですか？」

「これとはどれだ？　造り神だけじゃない。何もかも全部見せるために連れてきたんだ。どれをとっても見るに堪えないもんだったろ？　だがな、この仕事を続けていく気なら見ておく必要がある。予防接種みたいなもんだ。不測の事態もあらかじめ知っておけば、不測の事態でなくなる。醜いものも先に見ておけば、次に見る時はさほど動じずに済む。綺麗なもんだけ見られる商売じゃない。慣れることも大事な仕事だと思っておけ」

井久子の醜い願望と豹変に始まり、先ほどのパンクと、周囲に感じた異様な気配。

そのうえで水谷さんから聞かされた造り神の話は、私の心を少なからず慄かせていた。

それでなくても、つい二ヶ月前までは、千草の依頼から始まったとんでもない案件に巻きこまれ、何度も窮地に立たされた挙げ句、依頼主を始め、大事な人まで失っている。あれもある意味、人の悪意がもたらした災禍のようなものだったが、〝造り神〟という、人の悪意がより濃く反映された災禍の存在を知ったのは、かなりの衝撃だった。

水谷さんの言うとおり、これから先、拝み屋を続けていくなかで、私自身もこうした案件に携わる機会が訪れる可能性がないとは、確かに言いきれないのである。

仮にこの先、そうした案件に関わることになった場合、私はこの師匠のように理性の力をもって冷静な対応ができるのかと考えると、とてもそんな自信は湧かなかった。

「いずれは私も、こんな仕事を手掛ける日が来るんでしょうか？」

尋ねると、水谷さんは私の心を見透かしたように笑いながら答えた。

「手掛けることがないよう、立ち回るのも立派な仕事だ。奴さんみたいなやり方でもな。できれば関わらんほうがいい。だが、どうしても関わることになってしまった場合には、自分の力を信じて向きあうことだ。拝み屋の道を踏み外すような仕事をしていなけりゃ、紛いものの神なんぞに、負けたりすることはない」

水谷さんの言葉は至極正論で、私を安心させるために言ったのだろうと理解はしたが、それで安心することはおろか、勇気づけられるようなこともなかった。

願わくば、そんな日が来ることなど、絶対にないように。

思いながら、私は座席の上で言葉少なに萎縮することしかできなかった。

奇跡のシロちゃん　序【一九九一年十一月某日】

また学校でいじめられた。もう学校なんか行きたくない。

学校なんか、なくなればいいのに――。

夜陰に静まり返った田んぼ道で起きた、造り神の襲撃から遡ること十四年前。宮城の北部に位置する、山間の寂れた田舎町での出来事である。

ポスターカラーで真っ青に塗り固められた、元は赤かったランドセルを背負いながら、十朱佐知子（とあけさちこ）は黄昏（たそがれ）の薄闇に染まる田舎道をひとりで泣きながら歩いていた。

その年の三月、佐知子は母の弓子（ゆみこ）とふたりで、東京から宮城の田舎町へ引越してきた。突然の引越しだったうえ、佐知子も弓子も、好きでこんな町へ越してきたわけではない。

春休みが始まってまもなくのことだった。

珍しく夜の九時過ぎに帰宅した弓子は、佐知子の顔を見るなり、なんの前振りもなく開口一番、「明日（あした）引越すから、必要な荷物だけすぐにまとめなさい」と告げた。

佐知子が「なんで？」と尋ねても「子供に説明しても分かんないから」の一点張りで、まるで取り付く島がなかった。

仕方なく、言われるままに佐知子は遠足用のリュックサックに最低限の荷物をまとめ、翌日の朝早く、弓子とふたりで東京駅から新幹線に乗った。

二時間揺られた新幹線から在来線に乗り換え、半日かけてようやくたどり着いたのが、今や佐知子にとって地獄と化した、この寂れた田舎町だったのである。

弓子は東京で呑み屋をずっと経営していたのだが、この田舎町に引越してきてからは、町外れにある小さな工場に勤め始め、朝早くから夜遅くまで働いている。

新たな住まいは、周囲を荒れ放題の雑木林に囲まれた、ボロくて狭くて小さな一軒家。錆だらけになった水色の外壁をした四角い建物で、見た目は家というより、小屋に近い。それまで暮らしていた東京のマンションと比べると、とても家とは思えない代物だった。

引越しからまもなく、東京から家財道具が送られてきた。

しかし、荷物は生活用具ばかりで、弓子が大事にしていた仕事用のお洒落なドレスや宝石類は、ひとつも入っていなかった。

佐知子が大事にしていた、たくさんの玩具やよそ行きの服も入っていなかった。

三度の食事も、引越しから日を追うごとにおかずの数が減ってゆき、以前はねだれば好きなだけ買ってもらえたお菓子も、しだいに買ってもらえなくなってしまった。

弓子は毎朝五時頃に家を出て、帰ってくるのは大体、夜の十時過ぎ。

遅い時には零時を回ることも少なくなかったが、家に帰ってくる弓子の顔はいつも死人のように蒼ざめていて、ひどく疲れた色を浮かべていた。

それまでの暮らしが嘘のように一変し、何もかもが悪いほうに転がってしまった。

当時、小学四年生だった佐知子にさえも、この状況の異常さは理解することができた。

「どうしてこんなことになってしまったの？　わたし、東京に帰りたいよ！」

弓子に何度か泣きながら懇願したこともあった。けれども弓子はただ「ごめんね」と言うばかりで、ふたりを取り巻く環境も状況も、何ひとつとして変わることはなかった。

いや、違う。正確にはそこから先は、さらに悪いほうへと事態が変わっていった。

四月になると、佐知子は地元の小学校に通い始めた。

校庭にはしばらくぶりに目にする滑り台やブランコ、シーソー、ジャングルジムなど、胸がわくわくしてくる遊具がたくさんあったし、周囲を緑の杉林と大きな山に囲まれた校内の至るところでは、子供たちの弾んだ笑い声が絶えることなく聞こえてきた。

一見すると楽しそうな学校だなと、転校初日に佐知子は思った。

これで少しだけ、救われるかもしれないな。

佐知子はそんな期待もしつつ、昇降口をくぐっていった。

ところが朝のホームルームで自己紹介を済ませ、一時間目の授業が終わった休み時間、クラスの男子たちから「ばいたの子！」と囃し立てられ、ゴミを投げつけられた。「やめて！」と叫ぶと、彼らはさらに面白がってしつこくゴミを投げつけた。

わけが分からず、周りに救けを求めたけれど、先刻知り合ったばかりの同級生たちは、誰ひとりとして佐知子を救けてくれず、ただへらへらと笑っているばかりだった。

泣きながら先生にも相談したけれど、「困ったわねえ」と言われただけで、佐知子にゴミをぶつけた男子たちは、いずれもお咎めなしだった。

その日から佐知子は「いじめられっ子」になってしまい、佐知子以外の全ての子供は、ひとり残らず「いじめっ子」になってしまった。

同級生も上級生も下級生も、佐知子の顔を見るたび、佐知子のことを笑って囃したり、悪口を言ってきたり、ゴミをぶつけてきたりした。

いじめは日を追うごとにひどくなり、上履きを隠されたり、椅子に画鋲を置かれたり、給食に消しゴムかすをふりかけられたりするようにもなった。

脛や尻を蹴られたこともあるし、うしろから髪を引っ張られて転ばされたこともある。

みんなに押さえつけられ、顔じゅうにマジックで落書きされたこともあった。

そのたび、先生にも相談した。でも、先生はいつでも「困ったわねえ」と笑うだけで、何もしてくれることはなかった。だからしばらくすると相談することを一切やめた。

弓子にも相談して、学校に直接、抗議の電話をしてくれたこともある。

だが、それでも状況が変わることはなく、佐知子はいじめ続けられるばかりだった。

弓子の説明によれば、いじめのリーダー格になっている男子の祖父が地元の有力者で、学校側も男子に下手なことができないからだろうということだった。

そのあとに弓子は、「ほんとにごめんね」と、佐知子を抱きしめながらむせび泣いた。

「あたしのせいでほんとにごめんね」と、何度も謝りながら大泣きされた。

みんなが佐知子をいじめる時は、決まって「ばいたの子」とか「やりまんの子」とか、わけの分からない悪口を言ってきた。その意味を弓子に尋ねてみたこともある。けれどもその言葉を向けると、弓子は一層悲しそうな顔になって、涙もさらに増えて、「ごめんなさい」と佐知子の前で畳に頭を擦りつけて、謝り始めたのだった。

そんな弓子の姿があまりに悲しく感じられ、二度と泣き顔を見たくないと思ったから、佐知子はそれ以来、悪口の意味するところを弓子に尋ねるのをやめた。

悪口の件以外にも、答えが返ってこないか、はぐらかされてしまう質問はまだあった。思えば、何もかもが理不尽でわけの分からないことだらけだったのである。

自分たちがどうして突然、こんな田舎町に引越してこなければならなかったのか。いつになったら東京に帰れるのか。あるいはもう二度と帰ることができないのか。引越しから何日経っても、それらについて、弓子が答えてくれることはなかった。

それに、工場勤めをしているはずの弓子が時折、出勤時の作業着姿とはまったく違う、東京で呑み屋をしていた頃に着ていたような、きらきらした服装で帰ってくることにも疑問を感じていたのだが、これについても妙な答えが返ってきただけだった。
弓子が言うには、「時々、呑み屋でも仕事をしているから」ということだった。

しかし、佐知子が知る限り、この辺に呑み屋なんか一軒もなかったし、きらきらした服装で帰宅した時の弓子の雰囲気は、東京で呑み屋を営んでいた頃の弓子の雰囲気とはまるで異なる、暗く沈んだものだった。

弓子が嘘をついているのは明白だったものの、この件に関してもなんだかそれ以上は触れてはいけないように感じられ、佐知子は二度と詮索しないようにしていた。

発端も経緯も道理すらも、何も分からないまま、佐知子の身に降りかかる災難だけが悪化の一途を辿り、今日は放課後の教室でリーダー格の男子を含むいつものグループにおっぱいを触られた挙げ句、ランドセルをポスターカラーで真っ青に塗られてしまった。

どちらも「やめて！」と泣き叫びながら、必死になって抵抗した。でも駄目だった。どちらもみんなに押さえつけられ、彼らが望んで、佐知子が望まない結果になった。真っ青なランドセルを背負い、黄昏の薄闇に染まる田舎道を泣きながら歩いていると、もうそろそろ限界だなと思う自分に気がつき、やがて佐知子は死のうと考えた。

道端に広がる、刈り入れが終わって丸裸になった田んぼの片隅に、太いロープが一本、投げ捨てられているのが目に入った時、ふいに気持ちが揺れ動いたのである。

田んぼに入ってロープを拾いあげ、再び道に戻って、周囲に隈なく視線を巡らせると、やはり道端に立つ小さな丸太小屋の前に、空になったビールケースが置かれているのも目に留まる。小屋のうしろには鬱蒼と木が生い茂る、人気のない山もそびえていた。綺麗なお家も、お菓子も、友達も。本当に欲しいと願うものは何も手に入らないのに、こんなものだけはすぐに手に入ってしまうんだな。

やっぱり死んだほうがいいってことなのかな。自分に死んでほしいってことなのかな。分かった……。だったらいいよ。もう死ぬから。

ぼろぼろと大粒の涙をこぼしながらロープとビールケースを両手に抱え、丸太小屋の裏に広がる茂みから、山の中へと入っていく。

茂みの中は歩きづらかったけれど、山へと続く勾配(こうばい)は思ったよりも緩やかだったので、難なく進んでいくことができた。やがて茂みを抜けると、目の前には太い枝を幾重にも張り巡らせて群生する、大きな木々の姿が飛びこんできた。

枝の位置は高いものから低いものまで無数にあったので、適度な高さの枝を選ぶのにさしたる苦労はしなかった。ちょうどいい高さと太さを両方満たした枝を見つけるなり、佐知子は枝の下に置いたビールケースの上に乗り、枝にロープを巻きつけ始めた。

弓子には悪いと思ったけれど、佐知子自身がもう限界だった。

覚束ない手つきで四苦八苦しながらも、枝に結びつけたロープの先に首吊り(くびつ)用の丸い輪っかをどうにか作りあげると、佐知子は再び泣きながら輪っかにゆっくり首を通した。

と、その時だった。

「なおぉぉぉん」

ふいに足元で、奇妙な声が木霊(こだま)した。

反射的に視線をさげると、両脚を乗せたビールケースの傍らから、真っ白い顔をした生き物が、佐知子の顔を見あげていた。

甲高い声から察して、佐知子は一瞬、それを猫だと思った。しかし、よく見てみるとそれは一見、猫に似ているようで、まったく別の生き物だと分かった。

全身がふさふさとした真っ白い毛で覆われていて、その毛並みは確かに猫に似ている。だが、頭はカワウソのように丸く、口元が少しだけ尖（とが）っていて、そのうえ耳がない。

「なおぉぉぉん」

生き物は佐知子と目が合ってもまるで逃げるそぶりがなく、むしろ佐知子がいるからこの場にすり寄ってきたのではないかと感じられるほど、足元から離れなかった。

輪っかに通した首を引き抜き、ビールケースから降りて生き物の前に屈（かが）みこんでみる。それでもそれは、一向に逃げる気配を見せなかった。

胴の長さは四十センチほど。尻尾（しっぽ）も生えていて、こちらの長さは約二十センチ。

身体の太さも大きさも、やはり猫に似ているのだけれど、この生き物には耳以外にも脚がなかった。俵のような形をした胴からは、丸い頭と尾が生えているだけである。

まるで蛇みたいだと思いながら、再び顔のほうへと視線を戻すと、生き物はもう一度、「なおぉぉぉん」と鳴き、それから少しだけ尖った口の先から、先端がYの字に割れたひょろ長い舌をするりとだして、引っこめた。

思わず「ひゃっ！」と声があがって、佐知子は反射的に背後へ飛びのく。

すると生き物は「ぐぅん」と低い声を漏らしながら、まるで「どうしたの？」とでも言うように、佐知子に小さく首を傾げてみせた。

どうやら逃げるつもりはないらしい。それに雰囲気から察して、こちらに対して何か悪いことをしようとするつもりもないように感じられた。

もう一度屈みこみ、今度は生き物のすぐ目の前まで、恐る恐る近づいてみる。

それでもやはり、生き物は逃げなかった。

「あなたは何？　猫さんじゃあ……ないんだよね？」

佐知子が問いかけると、生き物は「なおぉぉん」と鳴きながら、ずんぐりした胴を左右にくねらせ、佐知子の足元へすり寄ってきた。

意を決して生き物の頭の上へと手を伸ばし、触れてみる。ふかふかとした毛の感触と、じんわりとした温もりが手のひらをとおして伝わってくる。

続いてもう一方の手で胴のほうに触れても、生き物は警戒するそぶりを見せなかった。

「だったら」と思い、両手でそっと抱えあげてみる。

佐知子はペットを一度も飼ったことはなかったが、以前、動物園でウサギを抱いたり、友達の家で猫を抱かせてもらったりしたことはある。

抱えた生き物の重さは、それらとほぼ同じぐらいに感じられた。

だが、やはりこれは猫でもなければ、ウサギのたぐいなどでもなかった。

抱えあげた生き物の腹には、つるつると硬そうな質感を帯びた、細長い板状の物体が縦一列になって連なっていた。それはどう見ても、蛇の腹のそれだった。

佐知子に抱えあげられながら、再び生き物が先の割れた舌をするりと伸ばしてみせる。

「やっぱり蛇さんなの？　でも、全然怖くないね」

生き物に向かって笑いかけると、向こうも「なおぉぉん」と優し気な声で鳴き返した。

それから抱えあげた生き物を胸元に引き寄せ、そっと抱きしめてみる。着ていたセーター越しに、じんわりと温かく、柔らかな感触が伝わってくる。

さらにぎゅっと強く抱きしめると、温もりと柔らかさを一層感じて、ささくれ立った気持ちが少しずつ、ほぐれていくのが分かった。先ほどまであんなに死にたいと思って、わざわざ枝にロープまで括りつけたというのに、いつのまにかそんな気持ちもすっかり消えてなくなってしまっていた。

代わりにこの小さな生き物が堪らなく愛おしく感じられ、切ない気持ちになってくる。できればもっとこの子と一緒にいたいと思った。

「ねえ、よかったら一緒に来ない？　わたしと一緒に暮らそうよ」

見つめながら語りかけると、それはもう一度、優し気な声で「なおぉぉん」と鳴いた。丸くて大きい目の雰囲気も、どことなく猫に似ていた。色は薄い水色で宝石みたいに綺麗だった。でもやっぱりこれは、猫ではない。じゃあなんなの？　と思う。つかのま考えてみたものの、そんなことはどうでもいいと、佐知子は思い直した。

「うちに行こう。お母さんが見ても、多分びっくりすると思うけど」

生き物に語りかけると、ぬくぬくとした感触を両手に心地よく感じながら、佐知子はそれを大事に抱え、うきうきしながら山をおり始めた。

奇跡のシロちゃん　破【一九九一年十一月某日】

帰宅後、佐知子は居間の片隅にあった段ボール箱を空にして、中にタオルを敷き詰め、奇妙な生き物の家を作った。箱の中に入れると、生き物は最初のうち、ほんの少しだけ戸惑ったようだけれど、やがて佐知子を見あげて「なおぉぉぉん」と鳴くと、箱の中で猫のように身を丸くした。どうやら気に入ってくれたらしい。

「ねえ、あなたに名前つけなくちゃいけないね？　どんな名前がいいかなあ？」

ふさふさした白い毛並みを眺めながらしばらく考えた末、頭の中でぴんと閃いたのは、「シロちゃん」だった。少し安直だとは思ったものの、かわいらしい響きが気に入った。

さっそく「シロちゃん」と声をかけると、シロちゃんもこちらを見あげてくれたので、名前はシロちゃんで決まりとした。

帰宅したのは五時過ぎだったがシロちゃんと話をしたり、抱きしめたり、畳の上で一緒に寝転がったりしているうちに時間はあっというまに流れた。

やがて十時を過ぎる頃、この日も顔じゅうに沈んだ色を浮かべた弓子が帰ってきた。

「なんなの、それ……？」

強張った顔に震える声で発したひと言が、弓子のシロちゃんに対する第一印象だった。

佐知子が思っていた以上に弓子はシロちゃんを不気味がり、殊にお腹の段々になった板みたいな部分を見せると、「きゃあっ！」と悲鳴をあげて飛びあがりもした。

だが、辛抱強く「大丈夫だよ！」と説得し、怖がる弓子にシロちゃんを撫でさせたり、かわいい鳴き声を聞かせたりしているうちに、どうにかようやく落ち着いてくれた。

弓子の怯えきった様子を見て、佐知子もシロちゃんを初めて見た時の驚きを思いだし、改めてなんの生き物なのかという疑問が湧いてくる。触ることも抱くこともできるから、存在自体については疑いようがないものの、ありふれた生き物でないことも事実である。

そのうち弓子がふと、「……ツチノコみたいなものなのかな？」とつぶやいた。

ツチノコについては、佐知子も以前、本でイラストを見たことがあるので知っていた。でも、本で見たツチノコのイラストには、こんなふさふさな毛など生えていなかったし、顔つきも怖くて、体形以外はシロちゃんとまったく似ても似つかないものだった。

「多分、違うと思うよ？　シロちゃんはツチノコじゃない」

弓子に不満を訴えると、しばらく顎に指を押し当て、難しい顔をしながら考えた末に、「じゃあ、山の神さまか、神さまのお使いみたいな生き物とか？」と弓子は言った。

「神さま？　すごい！」

ツチノコなんかより、はるかに素敵な響きだった。断然それだと佐知子は思った。

「神さまだったら、お願いとかも叶えてもらえたりして！」と佐知子が言うと、弓子が「だったら佐知子は何を叶えてほしい？」と訊いてきた。

そうだな、と楽しい思案を巡らせようとしたところへ、居間の片隅に放りだしていた真っ青なランドセルが、ふと目に留まる。

「あれかな……あれを元に戻してほしい」

佐知子がつぶやくと、「ごめんね。明日の朝までにあたしが綺麗にしておくから」と弓子が言った。みるみる顔を曇らせていく弓子の様子に、佐知子も「しまった」と思い、たちまちいたたまれない気分になっていく。

「遅いから、もう寝るね。おやすみなさい」

言いながら畳の上にちょこんと鎮座していたシロちゃんを抱きあげ、箱の中へ入れる。だがその直前、佐知子はシロちゃんの顔に額をそっと寄せて、心の中で願ってみた。

シロちゃん、お母さんが大変だから、ランドセルを元の色に戻してください――。

願い終えるとシロちゃんを箱の中へ戻し、隣の座敷に敷かれた布団の中に潜りこんだ。

翌朝。いつもどおり、七時に目覚めて着替えを済ませ、居間へ通じる襖を開けた。段ボール箱の中を覗きこむと、シロちゃんが丸くなって眠っていた。「おはよう」と撫でながら声をかけると、シロちゃんが「なおぉぉん」と鳴きながら目を覚ました。

先ほどまで、もしかしたら夜のうちにシロちゃんがいなくなっているのではないかと少しだけ不安だったが、無事にいてくれたのでほっとする。

顔をあげてまもなく、今度は視界の中に飛びこんだものを見るなり、はっとなる。

居間の片隅に放りだしていたランドセルが、元の赤色に戻っていた。

本当にほんの一瞬、弓子が夜中に苦労して綺麗にしてくれたのだと思いかけた。

だが、すぐに違うと分かる。実際にランドセルを手に取って、まじまじ検めてみると、それは強い確信へと変わった。

ランドセルの表面は、とても人の手で拭き取ったとは思えないほど綺麗になっていて、まるで新品のように鮮やかな艶と赤みを帯びて輝いていた。

大きな刷毛と筆を使ってべっとりと、それも幾重にもしつこく重ねて塗りたくられたポスターカラーは、おそらく表面だけに留まらず、少しだけざらりとした質感を帯びた皮革の隙間にも染みこんで、そのままこびりついてしまうだろうと思っていたのだ。

だが、目の前にあるランドセルの色は、あくまでも鮮やかな赤一色で、青く塗られた形跡など微塵も見受けることができなかった。

一体、何が起こったのだろう。こんなことなど、起こり得るはずがないのに。

もしかしたら、弓子が新しいランドセルをどこからか調達してくれたのかとも思った。けれども、夜中にそんなことなどできるわけがないし、よく見てみるとランドセルは一見新品のようで、佐知子が東京の学校に通っていた頃、どこかにうっかり引っ掛けてできてしまった薄い傷などは、そのまま残っていた。

だからこれは間違いなく、佐知子が以前から使っていたランドセルということになる。信じられないことだったたが、答えはひとつしか出てこなかった。

「シロちゃん、ほんとに叶えてくれたの？」

箱の中から顔だけ突きだし、こちらを見ていたシロちゃんに尋ねるも、シロちゃんは「なぉぉぉん」と応えるばかりだった。

ほとんど新品同様になったランドセルを背負って登校すると、予想していたとおり、ポスターカラーを塗った子たちから不審な目で見られた。

「面白くねえんだよ！」などと理不尽に罵られ、その日もたくさんいじめられたけれど、佐知子は我慢して耐え、帰宅するとシロちゃんとふたりで弓子の帰りを待った。

いつものごとく、生気の薄れた顔で帰宅した弓子に、ランドセルのことを尋ねてみる。

やはり弓子ではなかった。早起きして綺麗にしようと思ったら、すでにランドセルは綺麗になっていたのだという。疲れた声で、弓子はあくびを噛み殺しながら答えた。

だとしたらいよいよ、佐知子が想像している以外の可能性がなくなってしまう。

「あのね、もしかしたらシロちゃんがやってくれたんじゃないかと思う」

昨夜、寝る前にランドセルのことをシロちゃんにお願いしたことを話す。

「ちょっと信じられない話だけど、でも、やっぱりそういうことになるのかな……」

佐知子の言葉に弓子は少し考えこんだあと、「そうだ」と続けた。

「シロちゃんにもう一回、何かお願いしてみたら？　そしたらはっきりするじゃない」

「お願いか。何がいいかな……」

佐知子がうらんと首を捻る傍らで、シロちゃんは畳の上からこちらを見あげている。

つかのま思案した結果、いちばん最初に閃いたお願いをすることにした。

「シロちゃん、お願いです。わたしたちに美味しいものを食べさせてください」

昨夜と同じように、抱きあげたシロちゃんの顔に額を寄せてお願いする。

「昨日はこういう感じでやったの。また叶うかな？」

「さあ。でも今度も叶ったら、シロちゃんは本当に神さまなのかもしれないわね」

弓子の言葉に「うん」とうなずき、佐知子はどきどきしながら結果を待った。


翌日、学校が終わった帰り道。

自宅にほど近い通りに立つ駄菓子屋の前を通りかかると、軒先で掃き掃除をしていた店主のお婆ちゃんに、「ちょっと」と声をかけられた。「あんた、中華まん好き？」と尋ねられたので、少々戸惑いながらも「好きです」と答える。

するとお婆ちゃんは、「じゃあちょっと待ってて」と言いながら店の中へ入っていき、ぱんぱんに膨れあがったビニール袋を持って戻ってきた。

「これ、全部あげるから、食べてくれない？」

言いながら佐知子の前で開いて見せた袋の中には、たくさんの中華まんが入っていた。

いつものように販売用の蒸し器に入れて温めたのだけれど、できあがった中華まんは、なぜか水気を含み過ぎてべしゃべしゃだったり、逆に水気が足りずにかさかさだったり、いずれも商品にならないものになってしまった。だから全部、あげると言う。

お礼を言って家に帰り、袋を開けてみると、中に入っていた二十個ほどの中華まんは確かに全部、べしゃべしゃだったりかさかさだったりした。

でも、だからといって、食べられないというほどにも見えない。ためしにべしゃべしゃになっている肉まんをひとつ齧ってみると、ほんのりと温かい餡が皮と一緒に口の中でほどけ、ふわりとした食感と芳醇な旨味が舌の上に広がった。肉まんの他にも、餡まんとカレーまんとピザまんがあった。こちらに越してきてから中華まんを口にするのは初めてだったし、三度の食事以外でこんなに美味しいおやつを食べるのも初めてだったので、佐知子は舞いあがるほど喜んだ。

べしゃべしゃだけど美味しい肉まんを貪るように食べながら、佐知子ははっとなって息を吞み、それからようやく「叶ったんだ」と思い至る。

中華まんに夢中ですっかり忘れていたのだけれど、居間の隅に置かれた段ボール箱に視線を向けると、箱の縁からシロちゃんが顔をだし、こちらをじっと見つめていた。

「ありがとう。また叶えてくれたんだ。やっぱりシロちゃんは神さまなの？」

箱からシロちゃんを抱えあげて抱きしめると、シロちゃんは佐知子の小さな腕の中で、

「なおぉぉん」と優しい声で鳴いた。

かさかさになっていた中華まんのほうは、炊飯器に炊いたご飯の上に載せておいたら、ほどなくしっとりとした柔らかさになった。家には電子レンジがなかったので、残りのべしゃべしゃした中華まんも炊飯器に入れて保温しておいた。

そうしてその晩遅く、ようやく帰宅した弓子に事の次第を説明すると、弓子はやはりひどく驚いた様子だったが、「よかったね！」と喜んでもくれた。

それからふたりは、炊飯器の中で温めた中華まんをお腹がいっぱいになるまで頬張り、久々に幸せな気分で布団に入った。


中華まんの一件があって以降も、佐知子は何度かシロちゃんにお願い事をした。

それらはいずれも、「暖かい服が欲しいです」や「イチゴが食べたいです」といったささやかなものだったが、願えばいずれも全て叶った。

けれどもシロちゃんへのお願いは、そんなに長くは続けなかった。

初めは純粋に「すごい」とだけ思っていたのだが、あまりにも願いが叶い過ぎるので、そのうちふいに、怖くもなってきたのである。

お願いをしすぎると、もしかしたらシロちゃんがいなくなってしまうかもしれない。

漠然とではあるが、なぜかそんな不安に駆られてしまい、もしも本当にそうだったら、お願いなんか叶わなくてもいいという思いのほうが、心の中で強く勝った。

だからシロちゃんを自宅に迎えて半月ほどが過ぎる頃には、一切のお願い事をやめた。

佐知子は、奇跡を起こすこの不可思議な生き物を、「神さま」などと思うことはなく、あくまでも大事な家族として接するようになっていった。

奇跡のシロちゃん　急【一九九一年十二月某日】

シロちゃんが佐知子の家にやって来て、そろそろひと月が経とうとする頃だった。

シロちゃんの様子が、日に日におかしくなってきた。

以前は佐知子が名前を呼ぶと、「なおぉぉん」とかわいく鳴いてすり寄ってきたのに、数日前からこちらに顔を向けて鳴くだけになり、あまり動くこともなくなってしまった。

初めのうち、元気がないのは食事が合わないせいだろうかと考えた。

飼い始めてまもない頃、シロちゃんが何を食べるのか分からなかったので、目の前に食べ物をいろいろ差しだして、シロちゃんが口に運んでくれるものを確かめた。

米、肉、魚、豆、野菜、果物。いずれを差しだしても一切興味を示さなかったのだが、もしかしたらと思って、寝る前に段ボール箱の中に卵をひとつ差し入れてあげたところ、翌朝には殻がふたつに割れて空っぽになった卵が、箱の中に転がっていた。

水も飲んでくれたので、シロちゃんの食事はずっと、卵と水だけになっていた。

卵も水も、差しだせば口に入れてはくれるものの、こうして日に日に元気がなくなり、目に見えて様子がおかしくなってくると、やはり卵だけでは足りないのかと思い悩んだ。

だが、卵以外にシロちゃんが興味を示す食べ物は、何も見つけることができなかった。

あるいは環境が合わないせいかとも考えた。

元々、山の中で暮らしていたのだろうし、環境が合わないだけでなく、もしかしたら家族や友達と離れ離れにしてしまったことが、シロちゃんを弱らせてしまったのかも。

そんなことも考えた。

でも、今さらシロちゃんを元の山へ帰すなんて、想像しただけでも悲しくて嫌だった。

学校でのいじめは二週間ほど前から状況が変わり、以前より少しだけ楽になっていた。

リーダー格の男の子が休み時間に滑り台から転落し、背骨を骨折して入院したのである。

担任の話では、だいぶ長い入院になるらしいとのことだった。

リーダーがいなくなったからといって、いじめが完全になくなったわけではなかった。

しかし、具体的な指示をだす者がいなくなったためか、この二週間は悪口を言われたり、時々ゴミを投げつけられる程度で済んでいた。

だが、いじめはいじめである。つらいことに変わりはなかった。

つらくてどうしようもない毎日をなんとかぎりぎりの線で持ち堪えられているのは、家に帰るとシロちゃんが、佐知子のことを待ってくれているからだった。

自分の都合でシロちゃんがますます弱っていくとしたら、それも当然、嫌だと思うが、自分が再び独りぼっちになってしまうのも同じぐらい嫌だった。

「シロちゃん。いなくなったりしたら嫌だよ？　早く元気になってね」

泣きながら抱きしめると、シロちゃんは弱々しい声で「なおぉぉん」と鳴いた。

日を重ねるごとにシロちゃんが少しずつ弱っていく一方で、弓子のほうは数日前から帰宅時間が午後の七時頃に早まり、蒼ざめた顔で帰ってくることもなくなった。

弓子の話では工場で事故があり、人がふたり、機械に巻きこまれて亡くなったらしい。

その影響で就業時間が短縮され、おそらく今後も早い時間に帰ってこられるようになるだろうとのことだった。

事故の話を聞いた時、佐知子は胸がどきりとなって、少し後ろめたい気持ちになった。

二週間ほど前、これを最後にしようと思って、佐知子がシロちゃんにお願いしたのは、「お母さんが楽できますように」だった。

本当だったら「ふたりで東京に帰りたい」と、お願いしたかった。でもそのお願いは、なんだかあまりに大き過ぎるお願いのような気がして、ためらわれるものがあった。

だから代わりに「せめて」と思い、弓子の身を案じたお願いにしたのである。

それがこんな形で叶ったのかと想像すると、にわかに胸の内がざわめいた。

さらには、そんなお願いをしてしまったからシロちゃんが弱ってしまったのでは……。

そんなことも考えてしまい、佐知子の気持ちはますます暗いものになっていった。

事故と言えば、工場の件と、リーダー格の件以外にも、やはりこの二週間ぐらいの間、この地元界隈では交通事故や火事などが立て続けに起きていて、連日のように救急車や消防車が出動するという、騒がしい事態になっていた。引越してきて以来、この寂れた田舎町がこんなに騒がしく感じられるのは、初めてのことだった。

それからさらに数日経った、十二月初めの夜のこと。

夜更け過ぎ、佐知子が尿意を催して目を覚ますと、隣の布団に弓子の姿がなかった。

布団から起きだして襖(ふすま)を開けると、居間の片隅では弓子が段ボール箱の前に座りこみ、両手でシロちゃんを抱きあげ、ふさふさした頭にぴたりと額を寄せつけていた。

「お願い、してるの……？」

声をかけると弓子はびくりと肩を震わせ、はっとした顔でこちらを振り向いた。

「違うよ。シロちゃんが早く元気になるようにって、おまじないをしてあげてたの」

そう言って弓子は微笑んでみせたが、その笑顔はひどくぎこちないものだった。


翌日からシロちゃんの容態はさらに悪化した。

とうとう卵も食べなくなってしまい、シロちゃんは段ボール箱の中でじっと身を丸め、ほとんど動かなくなってしまった。

「シロちゃん」と呼びかけて頭をそっと撫(な)でてあげると、「なぁぉん」と弱った返事が返ってくるのが、せめてもの救いだった。

だがその返事さえ、いつ聞こえなくなってしまうのか、まるで先が見えてこなかった。

万が一のことを考えると、不安で胸が張り裂けそうになった。

そこからさらに二日後のことだった。

夕方四時頃、はらはらしながら急いで学校から戻ると、シロちゃんは朝から変わらず、段ボール箱の中でじっと身を丸くしていた。まだちゃんと息もしてくれていた。安堵の息を漏らし、「大丈夫だからね？」と声をかけながら、佐知子はシロちゃんの傍らに寄り添い、弓子の帰りを待つことにした。

ところが佐知子が帰宅してから一時間も経たないうちに、弓子は家に帰ってきた。

「佐知子、やったよ。これで何も心配なくなった！」

玄関戸を勢いよく開け、居間へと転がるように飛びこんできた弓子は笑みを浮かべて開口一番、佐知子にそう告げた。

「どうしたの？」と尋ねると、お金が入ったのだという。

くわしい事情は話してくれなかったけれど、これからの生活に一切困らないくらいのたくさんのお金が入ってきたのだと、弓子は佐知子を抱きしめながら笑った。

「佐知子、今まで本当にごめんね？　でもこれで、こんなところとはさよならできるよ。仕事は今日限り、やめてきた。もっといいところに引越して、お母さんはそこで新しい店をまた開こうって考えてるの。どう？　いい考えだと思わない？」

まるで子供のようにはしゃぐ弓子の様子に気が動転してしまい、何が起きているのかうまく呑みこむことができなかった。

だが、すごく心配なことだけは、すぐさま頭に思い浮かんだ。

「シロちゃんは？　シロちゃんも一緒に連れていけるの？」

どきどきしながら尋ねると、弓子は「大丈夫！　シロちゃんも一緒だよ！」と笑って答えてくれたので、ほっと胸を撫でおろした。

その晩は近所の小さなスーパーに売られていた、いちばん高い牛肉をたくさん使って、久しぶりにすき焼きとステーキを食べた。デザートには、ケーキとプリンアラモードも買ってもらい、佐知子はお腹が苦しくなるまで夢中になって食べた。

弓子にたくさんのお金が入ってきたのは、確かにいいことだと思った。あんなに毎日、大変そうにしていた仕事を辞めることができたのも、よかったと思うことができた。

佐知子自身も引越しができれば、もうあの学校にも通わなくて済むということだから、救われた気持ちにもなった。こんなボロくて狭い家ともようやくさよならできるのだし、また以前のように玩具（おもちゃ）やお菓子もたくさん買ってもらえるかもしれないとも思った。

だが、そうしたいいこと尽くめの一方で、佐知子の胸はかすかにざわめいてもいた。

具体的に何が原因でざわめいているのかは分からない。

ただ、久しく見ることのなかった弓子のはしゃいだ笑顔を見ていても、なぜか素直に喜べないものがあったし、弾んだ声で明るい未来のプランをあれこれ語り聞かされても、気持ちはどこか上滑りしてしまい、話に乗っていくことができなかった。

ざわめきは一向に収まらず、お風呂（ふろ）に入ってパジャマに着替え、弓子とふたり並んで布団へ入ったあとも、少しも薄まることさえなかった。

薄くて冷たい布団の中、寒さに身を捩らせながらもようやく眠りに就いて、数時間後。

深夜二時近く、佐知子は耳をつんざくような悲鳴に驚き、びくりとなって飛び起きた。

襖を隔てた居間のほうから「みぎゃあぁっ！」と、鋭く聞こえたその声は、今まで一度も聞いたことのないものだったが、すぐにシロちゃんのものだと察した。

弓子も続けて飛び起き、蒼ざめた顔で「何、今の？」とつぶやいた。答えるより先に佐知子は駆けだし、襖を開けて居間の中へ飛びこんだ。佐知子のあとに弓子も続く。

段ボール箱の中ではシロちゃんが、まるで火に炙られたイモムシのようにじたばたと激しく身をくねらせていた。両目と口をかっと開き、先の割れた細長い舌が口の中からぴんと張って、矢のようにまっすぐ飛びだしている。容態が急変したのは明白だった。

「シロちゃん！」

泣きながら箱の前に座りこみ、両手でシロちゃんの背中を必死になってさすり始める。白い体毛越しに背中の肉が石のように硬く強張り、びくびくと痙攣しているのが分かる。

「どっどっどっどっどっ……」

鋭い悲鳴に続き、今度はシロちゃんの口から低くくぐもった、奇妙な音が漏れ始めた。同時に水色の大きな瞳がぐるりと上向きに回転し、ふたつの目玉が白一色に染まる。

奇妙な音が始まってまもなく、シロちゃんの丸い頭が天井に向かって垂直に突っ立ち、再び「みぎゃあぁっ！」と鋭い悲鳴があがった。

「何？　何！　どうしたの、シロちゃん！　しっかりしてよ！」

悲鳴で鼓膜がびりびりと震えるのも構わず、のたうつシロちゃんの身を押さえつける。悲鳴とともにシロちゃんの動きはますます激しく乱れ、放っておいたら身体がふたつに折れてしまいそうだった。

「どっどっどっどっどっ……」

佐知子の腕の中で強張った身をばたつかせながら、またしても奇妙な音が漏れ始める。続いて頭をぐっと垂直に仰(の)け反らせ、「みぎゃあああぁっ！」と凄(すさ)まじい悲鳴があがった。

至近距離から二度も浴びた悲鳴に頭が少しくらりとなって、両手の力が緩んでしまう。とたんにシロちゃんが佐知子の手を離れ、身を滅茶苦茶(めちゃくちゃ)にばたつかせた。

その拍子に「べりっ」と厭(いや)な音をたてながら毛が毟(むし)れ、佐知子の手の中に白い体毛が大きな塊となってごっそりと残った。はっとなって視線を向けると、毛が毟れた部分は拳(こぶし)大の歪(いびつ)な円を描いて、地肌が剝(む)きだしになっていた。

否。よく見ればそれは皮膚ではなく、青みがかった黒色をした鱗(うろこ)だった。

真っ白な和毛(にこげ)の下は、目の細かい小さな鱗にびっしりと覆われている。以前、背中を撫でながら毛の隙間から中を覗(のぞ)いてみた時は、薄桃色の滑らかな皮膚だったはずなのに、今は完全に蛇のそれになっている。思わず背筋にぞっと鳥肌が立った。

「どっどっどっどっ……みぎゃあああぁっ！」

呆然(ぼうぜん)とする佐知子の前で、さらにシロちゃんが悲鳴をあげた。

「お母さん、シロちゃんが死んじゃうよ！」

　背後に座る弓子に向かって振り返り、悲痛な声で訴える。

　ところが弓子は佐知子の言葉に答えることなく、唇を真一文字に結んだ妙な面持ちで押し黙り、視線をカーテンに閉ざされた窓へじっと向けている。

　それでようやく佐知子も気がついた。

　窓の外から、というより家の周囲から、ざわざわと乾いた音が、絶えず聞こえてくる。それは風の音でもなければ、家の周囲に広がる雑木林の葉が揺れ動く音でもなかった。聞いているだけで血の気が引いて、心拍数が勝手に跳ねあがってしまうような、不穏で不吉な含みを帯びた厭な音だった。

　佐知子と目が合った弓子は、佐知子も音に気がついたことを察したのだろう。やおら立ちあがると、窓のほうへそろそろとした足取りで向かい、カーテンを半分ほど捲って戸外の様子を覗き見た。それから一拍置いて、弓子の口から驚きと恐怖が入り混じった素っ頓狂な悲鳴があがり、その場にどんと尻もちをついた。

　とっさに「見てはいけない」という警報が頭の中で鳴り響いたが、それでも佐知子は立ちあがり、窓から外の様子を覗き見てしまう。とたんに佐知子も悲鳴をあげた。

　窓から五メートルほど離れた土の上で、無数の蛇が這い回っていた。

　窓から見える戸外の端から端まで、蛇たちは太い縄のような線を地面に長々と描いて、びっしりと並んでいる。

互いに身を絡め合っているものもいれば、一匹で身をくねらせたり、鎌首をもたげてこちらをじっと見つめているものもいた。それらが一斉に発する音が、ざわざわとした不吉なうねりとなって家の周囲に木霊していた。

雑木林から出てきたのかと思ったが、出処がどうこう以前に数があまりに多過ぎたし、そもそも今は真冬だった。こんなことが起こりえるはずなどなかった。

「どっどっどっどっどっ……みぎゃあぁぁっ！」

戸外のざわめきを一瞬かき消すかのように、シロちゃんの悲鳴が大きく居間に轟いた。

慌てて箱の前へと戻ったが、シロちゃんの姿を見るなり、再び口から悲鳴がこぼれた。

ほんの少し目を離したうちに、ふさふさした体毛のあちこちがごっそりと抜け落ちて、すでに身体の半分ほどが剝きだしになっていた。やはり体毛の下からは、青みがかった黒い鱗がびっしりと覗いている。

寸胴形のずんぐりした身体をばたつかせるたびに、毛はさらにばさばさと抜け落ちた。頭の毛もあちこちが抜け始め、今やその顔は、可愛らしかったシロちゃんの顔ではなく、白目を剝きだしにした小太い蛇のようにしか見えなくなっていた。

「どっどっどっどっ……みぎゃあぁぁっ！」

もう一度手を差し伸べて、暴れる身体を押さえようとした。

だが、伸ばしかけた手はぶるぶると勝手に震えだし、どうしてもシロちゃんの身体に触れることができなかった。代わりに全身に鳥肌が立ち、涙がぼろぼろと頰を伝う。

「どっどっどっどっ……みぎゃあああああぁぁっ！」

二時近くに最初の悲鳴が始まり、三十分ほどが過ぎた頃だった。

薄暗い天井をまっすぐ仰ぎながら一際大きく悲痛な叫びをあげたあと、シロちゃんは箱の中に敷かれたタオルの上にくたりと首を伏せ、それきり動かなくなってしまった。同時に戸外でざわめいていた蛇たちの音も、まるで潮が引いていくかのように静まり、遠のいていく。

シロちゃんの悲鳴と入れ替わるように、佐知子の発した張り裂けんばかりの泣き声が、静まり返った居間じゅうを震わせた。

タオルの上でシロちゃんは、両目をかっと見開いたまま事切れていた。

それはとても苦しそうで、無念そうな顔だった。

白い毛はほとんど抜け落ちてしまい、箱の中で身を捩らせながら横たわっているのは、全身を青黒い鱗に覆われた、異様に胴が太くて短い、奇妙な形の蛇にしか見えなかった。

でも。それでも、と思いながら、佐知子はシロちゃんの身体にそっと手を伸ばす。

丸裸になったシロちゃんの手触りはつるつるしていて、石のように硬く、冷たかった。

今夜眠りに就く前、「おやすみ」と言いながら背中を撫でた時のふさふさとして温かく、柔らかな手触りは、見た目も含め、面影すらも感じられなかった。

でも。それでも、佐知子が冷たくなった背中を撫でてあげているものは、紛れもなくシロちゃんだったし、佐知子の大事な友達だったものに違いなかった。

嗚咽(おえつ)にむせび、張りあげすぎた泣き声に喉(のど)を涸(か)らしながらも、大泣きし続けていると、そのうち弓子が背中に身体を押し当て、佐知子をうしろから優しく抱きしめた。

それは、学校でいじめられたり、欲しい物が手に入らなかったり、東京に帰りたいと佐知子が愚図った時に弓子がしてくれる抱擁で、いつもだったら抱きしめられていると気持ちが自然とほぐれて、佐知子をなだめてくれるものだった。

けれどもこの日、佐知子は初めて、弓子の抱擁に安らぎではなく、強い嫌悪を覚えた。

夕方、笑みを浮かべて帰ってきた弓子の顔を見た時から始まっていた、胸のざわめき。いや、もっと正確に言うなら、二日前の夜更け過ぎ。

抱きあげたシロちゃんの頭に額を寄せつけていた弓子の姿を見た時から始まっていた、得体の知れないざわめきの正体が、ようやく分かってしまったからである。

「どんなお願いをしたの……？」

泣くのをやめてぽつりと発した佐知子の言葉に、弓子の腕が強張るのが分かった。

「……あたしたちの幸せをお願いしただけ。ただ、それだけだよ？」

少しの間があり、それから弓子が少し上擦った声で答えた。

ほら見ろ。やっぱりそうだ。思っていたとおり。

「何回、お願いしたの？　どんなひどいことを、シロちゃんにお願いしたの？」

「ごめん、それは言いたくない。でも全部、あたしたちの幸せのためにしたんだよ？」

弓子の答えに、佐知子の目から再び涙がほろほろとこぼれ始めた。

弓子が何を願ったのか言いたくないなら、聞かなくてもいいと思った。

というよりむしろ、聞くのが怖かったから、答えが返ってこなくてよかったと思った。急に転がりこんできたという大金の件は間違いないにしても、他の願い事に関しては、どうか自分の思い違いであってほしいと思ったからだ。

ただそうは思えど、頭の中ではここ二週間ほどの間に起きた、リーダー格の男の子の大怪我や工場の事故、ひっきりなしに地元を走る救急車や消防車のサイレンの音などがぐるぐる回り、涙と一緒に強い目眩と吐き気を催した。

その後、互いに気まずい雰囲気のまま、ふたりで窓から外をもう一度覗いてみた。音が止まったことで予想はついていたけれど、あれだけ這い回っていた蛇たちの姿は、一匹残らず消え失せていた。改めて考えてみると、あれは本物の蛇だったのかとも思う。弓子も「幻でも見たんじゃないかな」とつぶやいた。

佐知子も一瞬そう思いかけたのだが、シロちゃんが死んでしまったのは事実だったし、シロちゃんの悲鳴に呼び寄せられるようにして、蛇たちが現れたのも事実だった。

それはまるで、死にゆくシロちゃんを悼みに来たかのような、あるいはシロちゃんを弱らせて死に至らしめることになった自分たちを恨みに来たかのような。

さもなければ、その両方を目的に現れたようにしか、佐知子には考えられなかった。

本物だろうが幻だろうが、蛇たちは山の神さまだったシロちゃんの最期を感じ取って現れたのだ。そんなことを考えると、悲しさと一緒に言いようのない不安にも駆られた。

　翌日、シロちゃんの死骸（しがい）をどうしようかという話になり、弓子としばらく考えた結果、死骸は手頃なサイズの木箱に納めて、居間に安置しておくことになった。

　シロちゃんがいた元の山へ埋葬しようとも考えたのだが、昨夜の蛇の件を思いだすと、怖くて山に入ることはおろか、外の雑木林にすら近づくことができなかった。

　居間の片隅に置いた段ボール箱から、茶簞笥（ちゃだんす）の上に置いた木箱の中へ居場所を移したシロちゃんへ、佐知子と弓子は毎日手を合わせ、お詫（わ）びと一緒に冥福（めいふく）を祈った。

　果たして季節によるものか、それともこれも、何か特異な力によるものなのだろうか。不思議なことに、シロちゃんの遺骸（いがい）は腐ったり、悪臭が漂ってきたりすることさえなく、日に日に乾いて静かに縮んでいくだけだった。

　一週間ほど経つと、尻尾（しっぽ）を含めて六十センチほどあった身体は、緩い輪っかを描いた丸い形で半分ほどに縮まり、ずんぐりしていた胴体もバナナほどの太さになった。

　その姿には、生きていた頃のシロちゃんの面影はおろか、死に際に体毛が抜け落ちて変わり果てた姿になった面影すらも感じられなかった。正方形の木箱の中でがちがちに固まって丸くなっているのは、どう見てもただの黒ずんで干からびた、蛇の死骸にしか見えなかった。

　変わり果てたシロちゃんに向かって手を合わせるたび、佐知子はせめて一枚だけでもシロちゃんの写真を撮っておけばよかったと悔やんだ。

その後、二学期が終わると同時に引越し作業が慌ただしく始まって、その日のうちに佐知子は八ヶ月ほど暮らしたボロ家から、新しい家へと引越した。

新しい家は、大きな街の駅前に立つ立派なマンションだった。

だがそれは東京ではなく、同じ宮城のマンションだった。

「どこに引越すの？」と弓子に尋ねた時に、「東京」と答えが返ってこなかった時から、事情はなんであれ、佐知子はもう二度と東京へは戻れないのだろうと確信した。

同じくこれも、くわしい事情は何も聞かされたことはなかったが、弓子と佐知子には身寄りとなる親戚が誰ひとりとしていなかった。佐知子は自分の父親が誰であるのかも、弓子に聞かされたことがない。

ただ、それでも自分の故郷は東京だった。身寄りが誰もいなくても、お金があるなら東京へ戻りたいと佐知子はずっと願っていたのだ。

それが潰えた瞬間、どこに越そうと気持ちが躍ることは微塵もなくなってしまった。

木箱に納めたシロちゃんの遺骸も、一緒に新居へ持ってきた。引越しの日にもう一度、やはり山へ帰したほうがいいのではないかと考えた。

だが、もしも山へ入ってたくさんの蛇たちが待ち構えていたらと思うと、それだけで身が縮みあがるほど怖くなってしまい、どうしても踏ん切りがつかなかった。

弓子も同じ気持ちだったこともあり、シロちゃんはそのまま大事な物のひとつとして、新居へ運びこまれることになった。

けれども――。

けれどもあの時、たとえ山で何が待ち構えていようと、遺骸を帰しておくべきだった。それが無理ならせめて、元の家に置いてくるべきだったのだ。

この時、自分の下した判断がとんでもない過ちだったことに気がつき、十朱佐知子が心底後悔するのは、ここからさらに二十年以上の月日が経った、はるかのちの話である。

壊れた母様の家　甲　幻像【一九九六年四月某日】

それから四年後。

舞台は同じ宮城の別の場所へ。語り手は、ひとりの男子高校生へと変わる。

当時、彼が通っていたのは、地元駅から七駅ほど離れた、街場の私立高校だった。同じ中学から受験に臨んだ同級生はひとりもおらず、入学後は必然的にひとりきりの状態から高校生活を始めなければならなかった。

元来、口下手なうえに引っ込み思案だった彼は、クラスの空気に馴染(なじ)むことができず、思い悩んでいた。クラスには同じ中学校から進学してきた者同士もいたし、そうでない生徒たちも、若さゆえの明るいノリと勢いでどんどん交流の輪を広げていく。

入学から数週間が経ち、クラス全体のカラーもそろそろ仕上がり始めてきた頃だった。未(いま)だクラスに溶けこめないでいた彼に、思いがけない機会が訪れた。

家庭科の授業で調理実習をしていた時のことである。

この日の課題は、オムライスだった。同じ班に割り当てられたクラスメイトたちは、フライパンで炒(い)ったチキンライスを玉子で包むのに、悪戦苦闘させられていた。

そんななかで彼だけが、見事な形にオムライスを仕上げた。

母の躾で、幼稚園の頃から台所仕事を手伝うのが日課だった彼は、料理全般が得意で、オムライスに関してもお手のものだった。

ほどよく熱したフライパンに溶き玉子を流し広げ、頃合いを見計らって玉子の中央にチキンライスを楕円形に盛る。あとはライスの形に沿って玉子をテンポよく畳んで包み、形を崩さないように皿へと移せば完成である。

彼にとっては、これまで何度も作った経験のある、極めて単純な料理だった。

ところが同じ班のクラスメイトたちは、彼の手際のよさと綺麗な楕円形に整えられたオムライスを一目するなり、驚嘆の声をあげた。

「すごい、すごい！」と興奮する彼らのどよめきを聞きつけ、他の班のクラスメイトも続々と彼の許へと集まってくる。思いもよらない事態に彼が動揺するなか、周囲は彼の作ったオムライスを賞賛する声で、たちまち溢れ返った。

とても信じられない気持ちだった。嬉しさよりも緊張感のほうが先立ってしまう。

「ねえねえ！　どうしてこんなにオムライス作るの、上手なわけ？」

オムライスを前に瞳をきらきら輝かせ、ひとりの女生徒が彼に尋ねる。

そこでとっさに彼は、こんな言葉を彼女に返した。

「姉さんに教えてもらったんだ。一緒に料理とか、よくするから……」

今振り返れば、どうしてこんなことを言ってしまったのか、よく分からないという。

彼には姉などいなかった。兄弟すらおらず、生来ひとりっ子の身の上である。

「へえ！　じゃあお姉ちゃんも料理、得意なんだ？　お姉ちゃんって何歳なの？」

「うん、料理はすごく上手。僕よりも三歳年上で、今は高校三年生」

女生徒に問われるまま、とっさに飛び出た嘘へさらに嘘を重ねる。

その後もオムライスや料理の腕を話題の中心に、クラスメイトたちとの談笑が続いた。予想だにしない流れだったが、ようやくクラスのみんなと打ち解けられた実感が湧いて、はにかみながらも彼は大いに喜んだ。


その日は放課後までクラスメイトと楽しい時間を過ごし、幸せな気分で家路に就いた。けれどもそうした一方、帰りの列車に揺られながら、女生徒の何気ない質問に対してとっさに飛び出た不可解な嘘を、突然はたと思いだして首を傾げる。

姉さん――。

そんな人など、自分にはいない。

けれども、そんな人が欲しいと思うことならあった。

彼は生来、得意な料理を始め、花の世話をしたり、紅茶を飲みながら読書に耽ったり、しとやかな嗜みを好む性分だった。

こうした気質も影響し、同年代の男子とはなかなか打ち解けることができなかったし、だからといって女子たちの輪の中に入っていくこともできなかった。

本当に姉さんがいたら、すごくよかっただろうな——。

クラスメイトの質問に即興の嘘で答えた〝姉さん〟のプロフィールを思いだす。

自分よりもふたつ年上の高校三年生。

料理が趣味で、よく自分とふたりで料理を作る。

頭の中に〝姉さん〟の姿を思い描くと、なんだかいたく素敵に思えてならなくなった。

この際だから、もっと細かい情報を自分の中に作りあげてみようと考え始める。

電車が地元の最寄り駅に到着するまでの間、彼は静かに想いを巡らせた。

やがて自宅に帰り着くと、二階にあてがわれた自分の部屋へとまっすぐ戻った。

十畳敷きの少々広めの自室には、彼の勉強机や本棚、ベッドなどが並べられていたが、部屋にはまだまだ物を置ける余裕がたくさんあった。


そこでこんなことを考えてみる。


この部屋は、幼い頃から姉さんと自分が共同で使っている、相部屋なのだ。

部屋には勉強机も本棚もベッドも二組あって、ふたりはここで寝起きを共にしている。夜には姉さんが勉強を教えてくれたり、時には悩みを聞いてくれたりもする。


仲のよい姉弟(きょうだい)なのだ。それも、とびきり仲のよい姉弟である。

自室を舞台に空想をたくましくしていくと、〝姉さん〟という架空の存在がますます現実味を帯びて鮮やかさを増した。基盤となる設定ができあがると、今度は心が勝手におもむくまま、姉さんの顔や佇(たたず)まい、仕草や声などを次々と創りあげていく。

肩までまっすぐ伸ばした碧(みどり)の黒髪に、おだやかな温(ぬく)もりを帯びた、眉目秀麗(びもくしゅうれい)な顔立ち。

笑い声は包みこむようにたおやかで、いつも笑顔を絶やさない朗らかな性格。

そんな素敵な姉さんと、僕は同じ部屋で毎日一緒に楽しい時間を過ごしている——。

名前はそうだ。清美(きよみ)がいいな。

姉さんの清らかで優しいイメージにぴったりの、いい名前だと思った。

さらに想像が膨らんでいくにつれ、まるで目の前に姉さんが実在しているかのような錯覚さえも、うっすらと抱き始める。

その日はベッドに潜って眠りに落ちるまで、清美姉さんと過ごす日常を夢想し続けた。

休日に台所で、姉さんから新しい料理を教えてもらう光景。

自室のテーブルを挟んで、楽しい話に花を咲かせる光景。

ふたりでテレビゲームに興じる光景。

家庭教師のように勉強机の隣に座り、宿題を教えてくれる姉さんの姿。

風呂(ふろ)上がりに自室のベッドの上で洗い髪を乾かす姉さんの姿。

頭の中に次から次へと湧きだす素敵な光景に興奮しながら、彼は眠りに就いた。

翌日以降も彼は、清美姉さんとのやりとりを心に思い描き続けた。

朝の通学列車も姉さんと一緒。昼食に食べる弁当は、本当は母が作ったものだったが、姉さんが作ったものだと思って食べた。

帰宅後、両親と夕ご飯を食べる時も、自室で本を読んだり、テレビを見る憩いの時も、頭を抱えながら宿題をする時も。常に清美姉さんがそばにいるつもりで、彼は過ごした。就寝時、自室の一角に想定した、清美姉さんが使っている見えざるベッドに向かって、「おやすみ、姉さん」と告げるのも、毎日の楽しい習慣となった。

どんな時でも心の中に清美姉さんの存在を意識し、自分の傍らに姉さんがいることを思い描き続けていると、長らく満たされていなかったものが埋め合わされていくような、そんな充足感も覚えた。

存在するはずのない姉という存在にのめりこめばのめりこんでいくほど、彼の内面で現実と虚構を隔てる境が失われ、虚実が渾然一体と化し、いつしか清美姉さんが空想の産物だということすら、彼は忘れるようになってしまった。

暮らしの中に清美姉さんを思い始めて、ひと月あまりが過ぎた頃だった。

その夜、彼は初めて清美姉さんの夢を見た。

自室に置かれたテーブル越しに向かい合い、仲睦まじく談笑している。

ただそれだけの他愛もない夢だったが、こちらが意識せずとも自分自身の意思で動き、言葉を紡いでくれる清美姉さんの姿に彼はいたく感激した。

清美姉さんは、濃紺色のジャンパースカート姿で、肩口まで伸ばした黒髪をうしろでひとつに束ねていた。彼が頭の中に思い描く、彼女の姿そのものである。

夢の中ゆえ、曖昧模糊とした印象も強く、自分が姉さんと何を話しているのかまでは分からない。けれども姉さんが微笑み、自分も弾んだ気持ちで笑みをこぼしているので、楽しい話をしていることは分かる。

そうしてしばらく話をしていた時だった。

ふいに清美姉さんが怪訝な色を顔に浮かべ、黙りこんでしまった。

「どうしたの？」と彼が声をかけると、彼女は怪訝な色を浮かべたまま、自室のドアに向かってゆっくりと、いかにもためらいがちに顔を向けた。

ドアの向こうからは、「おぉぉぉぉおん！　おぉぉぉぉおん！」と甲高い叫びをあげる、猫とおぼしき声が盛んに聞こえ始めてくる。

姉さんはどうやら猫の声を不快に感じ、何やら当惑しているように見えた。

彼もそんな姉さんの様子に当惑しながら、耳障りな大声に顔をしかめ始める。

そこで彼は目を覚ました。

目覚めるなり、やかましく鳴きわめく猫の声が、大きく耳に届いてきた。

猫の声は盛りがついたように甲高く、抑揚も滅茶苦茶で、ひどく耳障りなものだった。

「おぉぉぉぉおん！　おぉぉぉぉぉぉおん！」と、鋭い響きで二、三度鳴いたかと思えば、今度は一転して「うぅぅん、うぅぅん」と低い声で唸り、それからさらに調子を変えて「わあぁぁぁあん！　わあぁぁぁぁぁあん！」と叫ぶように鳴く。

それは夢の中で聞いていた猫の声と、そっくり同じものだった。

声はどうやら部屋の中から聞こえてくる。窓を閉め忘れていたのかと思い、眠い目をしばたたかせながら上体を起こし、目の前の暗がりに視線を向ける。

とたんに眠気が吹き飛んだ。

同時に肌身がぞっと凍りつく。

「おぉぉぉぉぉおん！　おぉぉぉぉぉぉおん！　うぅぅん、うぅぅん——」

目の前に置かれたテーブルの上に、奇妙な形をした人間らしきものが突っ立っていた。

それが天井や眼前の薄闇を見つめながら、奇妙な鳴き声を張りあげていた。

身の丈は百五十センチほど。小柄だが、身体の作りに対して頭ばかりが異様に大きい。

その大きさは彼の頭に比べ、実に二倍近くもあった。

形は丸く、髪の毛は全体的に薄くて細い。色は飴色に近い薄茶色で、丸い頭の皮膚にぴたりと撫でつけたように貼りついている。

大きな頭と相反して、手足はずんぐりと太くて短かった。胴体も寸が詰まったように丸々としていて、やはり太い。まるで俵に手足がついているような体軀である。

その全体像を上から下まで検めてみると、それはまるで——。

「わあぁぁぁあん！　わあぁぁぁぁぁあん！　おぉぉぉぉおん！　おぉぉぉぉぉおん！」

巨大な赤ん坊だった。

先刻から部屋の中で聞こえていたのは猫の声ではなく、赤ん坊の泣き声だった。

しかし、目の前に立つ巨大な赤ん坊は、単なる赤ん坊とも形容しがたいものがあった。

だからつかのま、それが赤ん坊だと認識するまで時間を要したのである。

赤ん坊は、胸元に赤いリボンのついた濃紺色のジャンパースカートに身を包んでいた。

それは先刻、夢の中で清美姉さんが着ていた制服とまったく同じデザインのものだった。

あまりにも不条理な装いと展開が、彼の頭を恐怖と混乱で掻き乱す。

「おぉぉぉぉおん！　おぉぉぉぉぉおん！　わあぁぁぁあん！　わあぁぁぁぁぁあん！」

歪なキューピー人形のような体軀に、濃紺色のジャンパースカートをまとった異形は、なおも尽きることなく、自室の虚空に向かって盛んに泣き声を張りあげている。

どうすることもできず、彼がベッドの上で震えあがりながら固まっている時だった。

わめきながら揺り動いていた赤ん坊の首が突然、彼のほうをまっすぐに向いた。

とたんに赤ん坊の動きがぴたりと止まる。

目が合った。

幼げな体形と相反して、赤ん坊の眼光は鋭く、知性を帯びた〝女〟の目をしていた。

「んまんまんま、まんまんまーん」

彼の目を覗きこみ、赤ん坊の化け物は、言葉にならない言葉を吐きだした。

「まんまんまんまんまんまあああ！　んまんまんまあぁぁん！」

けれども何かを自分に訴えている。そんな気迫を、化け物の声風から切々と感じる。

一体何を伝えたいのか。考えるうちに意識は遠のき、まもなくふつりと途切れた。

翌朝、はっとなって目覚めると、赤ん坊の姿はどこにも見えなくなっていた。

代わりにひどい頭痛と倦怠感を覚え、ベッドの中で身悶えしながら苦痛に顔を歪める。とても学校へは行けそうにもなかった。

よろめきながら階下へおり、すでに台所で朝食の支度を始めている母の許へ向かう。

かなりのためらいは生じたものの、昨晩目にした赤ん坊のような異形の話を出だしに、清美姉さんの件も全て話した。

予想だにしなかったものを目撃してしまったことで、彼はようやく正気に立ち返った。空想遊びが高じ過ぎた結果、頭のどこかが異常を来たし、あんなものを見せられたのだ。自身の仮説に同意してもらうつもりで、母にこれまでの経緯を包み隠さず打ち明けた。

ところが清美姉さんの話をするあたりから、母の表情がみるみる冷たく強張り始めた。すべてを語り終える頃には、母の双眸はぱちぱちと落ち着きのないまばたきを繰り返し、顔は土気色に染まっていた。

「あんた、この話は絶対、お父さんにしないでよね」

わなわなと震える唇から、静かな怒気のこもった声音で母が言った。

当時、四十になったばかりの母・里美は、躾や礼儀作法に対してこそ、厳しい一面を持ち合わせていたが、普段は静かで物腰の柔らかい性分の人だった。母がこんな形相で取り乱すのを見たのは、初めてのことだった。

「どうして？っていうか、どうしたの？」

思いがけない母の豹変ぶりに、戸惑いながらも問いかける。

彼の質問に母は一層動転したようなそぶりを見せ、「細かいことはどうでもいいから、とにかく余計なことは言わないで」と答えた。

それでも彼は気になって、さらに「どうして？」を繰り返す。

すると母は突然、両目をかっと剝きだし、凄まじい剣幕で大声を張りあげた。

「あんたの上にお姉さんがいたの！名前は清美って考えてた！でもいろいろあって、結局産まずに堕ろしてる！本当にいろいろあって、仕方なかったのよ！」

母の口から飛び出た言葉に唖然となる。

一瞬、嘘だろうと耳を疑うも、母の怒声は明瞭で、聞き間違えようのないものだった。

たちまち鼓動が速まり、みるみる全身から血の気が引いていく。

理想の姉として、彼が心に描き続けていた姉さんは実在していた。

それも清美という名で。

けれどもあんな、化け物じゃない。あんな醜い化け物などではない。

頭の中に思い浮かんだ清美姉さんの綺麗な顔が、浮腫みを帯びた巨大な赤ん坊の顔にすり替わり、歯のない口を大きく開けて火がついたように泣き始める。

鼓動はますます速まり、呼吸も激しく乱れて卒倒しそうになってきた。だが、意識を失う代わりにもうひとつ、彼の頭の中に凄まじくおぞましい予感が湧きだしてきた。

訊くべきか、訊かざるべきか。

気息を荒げながら戸惑い始めるも、それでもやはり、確認せずにはいられなかった。

意を決し、母へと向かって再び口を開く。

「――それって、お父さんとお母さんの間の子なの？」

「もういいから、この話はやめなさいッ！」

すかさず母が髪を振り乱し、獣のような叫び声をあげた。

全てを悟った気がした彼は、あとは何も尋ねることなく、無言で自室へ戻った。

壊れた母様の家　甲　破幻【一九九六年五月】

自室で巨大な赤子の化け物を目撃し、堕胎したという姉の話を母から聞かされて以来、彼と彼の周辺に様々な変化が生じた。

個人の内面に該当する小さな変化としては、「清美」という姉が実在していたことを知ってまもなく、彼は心の中に清美姉さんを夢想することをやめてしまった。

ひと月以上も夢中になった理想の姉から心を断ち切るのは、甚だつらいものがあった。だがそれ以上に、綺麗で優しい清美姉さんを心に思い浮かべようとすると、あの巨大な赤子の姿が厭でも先に浮かびあがってきてしまい、その都度、激しい悪寒に苛まれた。

似合いもしない濃紺色のジャンパースカート姿で泣きわめく巨大な赤子の姿は強烈で、頭の中で像が結ばれるたびに戦慄させられた。ましてやその正体が、母が若かりし頃に堕胎した実の姉であるらしいと分かれば、おぞましさも一入だった。

彼にとって「清美」という名はもはや、理想の姉を指すものではなく、姉と認識することさえ憚られる、恐ろしく醜い姿をした化け物の名に過ぎなかった。

堕胎という手段で人としての生はおろか、長らく母から存在すらも隠され続けてきた姉に対して、哀れみを抱く面もなくはなかった。

だが、それはあくまでも理屈のうえでの平面的な感覚であり、心からの思いではない。

彼があの異形の赤子に対して強く思ったのは、理想の姉として創りあげた清美姉さんの姿に図々しくも覆い被さる形で汚されたという怒り。そして、なぜ今頃になって、この世に迷い出てきたのかという苛立ち混じりの疑問だった。

彼が巨大な赤子の〝清美姉さん〟を目撃したのは、深夜の自室で目を覚まさせられた、あの時一度きりのことだった。

ただし、それは姿を目撃していないだけの話であり、存在自体が消えたわけではない。あれからまもなく、夜中になると家内で赤ん坊の泣き声が聞こえてくるようになった。盛りのついた猫が発するような耳障りでけたたましい、あの泣き声である。

耳を澄ませて声の出処を探ってみると、どうやら階下の奥側にある、両親の寝室から聞こえてくるようだった。

声は数日おきに、深夜の一時から二時の間に聞こえてくることが多かった。

声は数分で収まることが大半だったが、時として十分近く聞こえてくることもあった。声は自室の中で聞かされた時と比べ、耳を塞げば聞こえなくなるほど小さなものだった。だが、そんなことをしたところで、彼の心は休まることなどなかった。

何しろ声が聞こえてくるのは、両親の寝室である。夜中に泣き声が聞こえてくるたび、生きた心地がしなかった。

声が聞こえた翌朝は、台所に立つ母の顔が冷たく強張り、そわそわと落ち着きのない雰囲気だった。いかにも心ここにあらずといった様子で、彼のかけた言葉を右から左へ聞き流したり、手にしたコップや食器を滑り落として割ることもあった。

以前浴びせられた凄まじい剣幕を思いだしただけで、唇が鉛のように重たくなったが、夜中の泣き声を四度聞き、只事（ただごと）ならない母の様子を四度目にした時、ためらいながらも彼は、自分にも声が聞こえてくることを母に打ち明けた。

だがその結果は、彼が想像していた悪いほうへと転んだ。

「なんの話？　余計なことを言ってないで、いいから黙って手伝いなさいよ」

彼の言葉に一瞬、びくりと肩を持ちあげたあと、母は両目を剝きだし、凄（すご）んだ笑みを浮かべてみせた。その笑みは、「もうこれ以上は、決して何も触れてくれるな」という、母からの強い意思表示に他ならないものだった。

一体、何がこれほどまでに母を頑（かたく）なにさせているのか、まるで理解ができなかった。彼としては、純粋に母の身が心配だっただけだし、堕ろした子供が障っているのなら、供養かお祓（はら）いでも頼んだらどうかと提案するつもりだったのが、取り付く島もなかった。

夜な夜な聞こえる泣き声に彼が思い悩み、日増しに母が神経をすり減らしていくなか、父だけは平然としていて、何食わぬ顔で過ごしていた。

だからおそらく、父には泣き声が聞こえないのだろうと、彼は判じた。会社員の父は、普段となんら変わらぬ調子で彼と母に接し、職場と自宅を往復するだけだった。

仮に声が聞こえないにしても、報告だけはしておくべきかと考えたこともある。だが堕ろした娘の件は、父には一切話すなと、母からかなり厳しく釘を刺されている。おそらく母は、泣き声の報告もそれに含まれるとみなすだろう。安易に父へ縋るよりも、母の気持ちを乱さないことのほうが優先と彼は思い直し、口を噤むことにした。

それに、母は父の前では至って平静に振る舞っていた。

泣き声が聞こえた翌朝や、彼とふたりきりでいる時に見せる、そわそわとした様子も、頭の中に深い闇を押し固めたような暗くて重苦しい面持ちも、少なくとも彼が知る限り、父の前では一切見せることがなかった。

それでも日を追うごとに顔筋が痩せこけ、目の下に隈が浮いたりしている母の顔には、さすがの父も気がついて、「大丈夫か？」と声をかけたりすることもあった。

だが、それに対する母の答えは、「最近、悪い夢ばかり見るから調子が悪い」という、極めて単純だったが、周到なものだった。

寝室を共にしている父は、母が夜な夜な布団の中で苦しそうに身を捩らせている姿を何度か目にしているのだという。実際は泣き声に苦しみ、身を捩らせているのだろうが、声が聞こえない父には、単にうなされているようにしか見えないのだと思う。

母がさらりと持ちだした「悪夢」という言いわけは、単純ながらも常識的な整合性と、強い説得力を兼ね備えていた。母の答えに、父は疑うそぶりすら見せなかった。

こうして表面上は平穏無事な毎日が続いているように、彼の家庭は取り繕われていた。

家内に夜な夜な泣き声が聞こえてくるようになって、二週間ほどが過ぎた頃だった。

精神的にまいっていた彼に、さらに追い打ちをかけることが学校で起きた。

清美姉さんの件が嘘だということが、クラスメイトにバレたのである。

バスケ部に所属するクラスの男子が、高総体で彼の中学時代の同級生と接したことで、本当の家族構成を知られてしまった。

清美姉さんの件は、彼にとっては突発的に生じてしまった悪意のない嘘だったのだが、周りはそう受け取ってはくれなかった。

事実を知るや、同級生の大半がにやけ面で口々に、彼のことを「虚言癖の男」だとか、「気持ち悪い」などと言って、囃したてた。先ほどまでは友達だと思っていた彼らから浴びせられる心無い罵声に耐え兼ね、彼はその日、泣きながら学校を早退した。

帰りの電車に揺られながら考え続けていたのは、清美姉さんのことだった。

元はと言えば、自分の口から飛びだした嘘が招いた結果である。自業自得とも言える。だが自分は、これほどまでに悲惨な目に遭わねばならない嘘をついたのかとも考えた。

とっさに口をついて出た嘘が、清美姉さんという、理想の姉を創りあげる空想遊びの発端となった。ここまではいい。空想とはいえ、幸せな毎日を過ごすことができた。

けれどもそこから先は、理不尽の窮みである。

あたかも嘘から出た実のごとく、〝清美〟という名の姉がいたことを母から聞かされ、おまけに彼の前に現れた〝清美〟とおぼしき存在は、巨大な赤子の化け物だった。

おかげで綺麗で優しかった清美姉さんの幻像は、巨大な赤子の異形の姿に覆い隠され、ほとんど無理やり空想遊びをやめさせられる結果となった。

挙げ句、あの泣き声である。聞いているだけで身の毛もよだつ、あの耳障りな泣き声。かつては物静かで柔らかだった母の内面は、今やすっかりささくれ立った荒みを帯び、静かな物腰から、以前とはまるで性質を異にする狂気じみた危うさまでも滲ませている。母の過去にどんな経緯があったにせよ、彼はそんな母の姿を見ることがつらかった。

それもこれも、原因は全て清美姉さんである。

クラスじゅうから突然受けた心無い仕打ちも心に重くのし掛かり、彼の心も母と同様、しだいに荒み始めるようになってしまった。

壊れた母様の家　甲　化現【一九九六年五月】

それからさらに数日経った、ある日のこと。
父が仕事の関係で、二日ほど家を空けることになった。父が不在の家の中、母とふたりきりで過ごすのは、数年ぶりのことだった。以前は気にもならなかったこの状況に、彼は背筋が冷たくなるような不安を抱いた。父から隔絶されたふたりきりの状況で、母は自分にどんな態度で接してくるのだろう。自分に堕胎した娘がいたことを告白した時に発した凄まじい剣幕や、夜な夜な聞こえる赤子の泣き声について尋ねた時に返ってきた、怒気を孕んだ恐ろしい笑みを思いだすと、それだけで気分は大きく後退した。

またぞろ学校では、クラスメイトたちから遠回しに嘘つき呼ばわりされてからかわれ、憔悴しながら彼は家路に就いたのだが、自宅も決して安息の地ではなかった。

玄関を開けて恐る恐る「ただいま」と声をかけると、居間のほうから「おかえり」と母の声が返ってきた。少なくとも声音は平常そのものだったので、ひとまず安心する。居間に入り、ソファーに腰かけてテレビを見ている母の姿を見ても、見た目に荒れた様子は感じられなかった。ただし油断は禁物と思い、急いで二階の自室へ戻る。

気を紛らわすため、机に向かって黙々と宿題をこなしていると、やがて日は暮れ落ち、外が真っ暗になった。カーテンを閉めようとしたところへ、階段の下から母が、夕飯の手伝いに呼ぶ声が聞こえてきた。緊張しながらも階下へおりていく。

台所に立つ母の様子にも、特段変わった気配は感じられなかった。

「今夜はふたりだけだから、奮発してステーキ肉を買ってきちゃった」

控えめながら、優しさのこもった笑みを浮かべて語りかけてくる母の姿を見ていると、異変が起こる前の母に戻ったように感じられて、ようやく少しほっとすることができた。コンロの前に母とふたりで肩を並べ、それぞれ手にしたフライパンで肉を焼き始める。夕飯が始まってからも母の顔から笑みは消えることなく、気性も穏やかなままだった。このまま下手な刺激さえしなければ、今夜は何事もなく夜を過ごせそうだと思った。だが、彼の胸中では平穏な一夜を望む一方で、やはりきちんと事情を知りたいという、ある種の使命のような感情も、少しずつ染みだすように湧いてきてもいた。

それに父が不在の今夜なら、母も秘めたる話を聞かせてくれるかもしれない。

何も話してくれないならそれでもいい。そんな結果になっても自分自身の希望だけはきちんと伝え、然（しか）るべき対応をしてもらえるように頼みたかった。

これ以上、あの泣き声を聞き続けるのは耐えられない。

それ以上に母が泣き声に悩まされ、日がな神経を張りつめる様を見たくなかった。

呼吸を整え、母へと静かに「清美姉さんのことなんだけど」と、切りだしてみる。

その名が耳に届いてまもなく、ふわりと笑んでいた母の顔から笑みが消えた。

「その話はいい。前にも『やめて』って言ったよね？」

沈んだ目つきで彼の顔を覗きこみながら、鋭い声音で母がつぶやくように言った。

「声。泣き声。今も何日かおきに聞こえてくる。もう耐えられないんだよ。お母さんも聞こえているんでしょう？ どうしてあれは、あんなにしつこく泣きわめくの？」

極力、母を刺激しないよう、努めて平静な抑揚を保ち、ゆっくりとした口調で問う。

するとは深々とため息を漏らし、それから寸秒間を置き、再び口を開いた。

「お母さんね。昔、つまんない当てつけがしたくて、あの子を堕ろしちゃってるのよね。だからお母さんのこと、すごく怨んで出てきてるんだと思う」

薄く笑みを浮かべながら、母は冷たい声で吐き捨てるように言った。

「どうして今頃になって？」と尋ねる。

すると即座に「あんたが余計な空想遊びなんかしたからじゃない？」と返された。

さらに冷たくなった声音に、しまったと後悔する。

「お母さんは実の娘を殺した人殺し。でもその代わり、この家に住むこともできている。そういう意味では感謝してよね？ 別に大した家じゃないけれど、家賃はかからないし、立地もそれなりにいいでしょう？」

郊外の住宅地に建つこの家が借家だということは知っていた。だが、家賃については今こうして聞かされるまで、ずっと知らないままだった。

大家は、母方の親戚筋だと記憶しているものの、こちらもくわしい素性は分からない。それ以前に、母の口からこぼれる言葉は断片的で取り留めがなく、話の全体像はおろか、流れすら見えてこない。母が取り乱しているから、そういう話し方になっているものか、意図してそうしているものなのか、その真意についても測りかねるものがあった。

できればさらにくわしく事情を知りたいと思う。ただ、こちらが尋ね方を間違えたり、選ぶ言葉を違えれば、それだけで母は激昂してしまいそうな危うさを漂わせていた。

だから彼は事情を知るより、事象の解決を提案することを優先とした。

「怨みで化けて出てこられてるって分かっているんなら、お寺で供養をしてもらったり、拝み屋とか霊能者に相談して、お祓いしてもらおうよ？　僕も限界だけど、お母さんはもっと大変でしょう？　そうしようよ。今はお父さんもいないし、できればお父さんが帰ってくる前になんとかしたい」

母の目をまっすぐ見つめ、噛んで含めるようにゆっくりと、できうる限り落ち着いた声音で語りかける。内心では多分にひやひやしながらも、これが母に対して彼ができる、精一杯の対応だった。これで何もかも解決してくれればいいと、心の中で彼は祈る。

ところが母から返ってきた言葉は、まったく予想だにしないものだった。

「とっくに行ったよ？　あんたが学校に行ってる間に、三軒も。でも全然駄目だった」

人形のように冷たい面差しに目だけをぎょろりと見開いて、母が事も無げに答えた。

それからいかにも「呆れた」といった調子で小さく首を振ってみせる。

「供養もお祓いも効かないみたい。ただの〝生まれてこられなかった胎児〟のくせにね。それだけお母さんに対する怨みが強いんじゃない？　まあ、お母さんだってあんなガキ、心の底から大嫌いだから、お互い様ではあるんだけどね」

言いながら母の顔に、かすかな笑みが浮かび始める。温もりも親しみも感じられない、投げ遣りにこしらえたような、それは厭な笑みだった。

「まあ、そんな感じだから、悪いんだけどもう少しの間、声の件は我慢してくれない？　大体ね。元はと言えば、あんたが妙なことをしたから〝あれ〟は迷い出てきたわけだし、あんたにも責任の一端はあるでしょう？　小やかましい泣き声ぐらいは我慢しなさいよ。お母さんなんか、枕元に立たれてわめかれるんだよ？　あんたはまだまだマシなほう」

訥々と無機質な声音で紡がれる言葉に、少しずつ静かな怒気が芽生え始めてきている。これ以上刺激するのはまずいと思った。

「お母さんもあいつを捻り潰してやるために、いろいろ念を送ったりして頑張ってるの。今度も殺してやったら、さすがに二度と化けて出てこれやしないでしょう？　だからね、もう少しだけ時間をちょうだい？　もちろん、お父さんにも黙っていてよ？」

母の目が猛禽のように鋭く、浮かべた笑みが獣を嬲る猛獣のように荒々しい色を帯び、彼に向かって爛々と差し向けられる。背筋に氷を押しつけられたようにぞっとした。

「分かった。ごめんね。もう何も言わないって約束する」

微笑みながら言葉を返すと、彼はがたつき始めた膝の震えを隠しながら自室へ戻った。

どうにか階段を上りきって自室へ戻るなり、ベッドの上へうつ伏せに倒れこむ。

それから彼は枕に顔を押し当て、声を殺して泣き始めた。

母の口から聞かされた、「プロでも手の打ちようがない」という話より、それを語る母の様子に強い戦慄（せんりつ）と絶望を覚えた。

先日、初めて見せた異様な剣幕の時よりも一層荒んだ姿は、もはや別人のようだった。彼の記憶している本当の母は、控えめな花のように物静かで温かな人だったはずなのに、先ほど見せつけられた姿には、そんな面影など毛ほども感じ取ることができなかった。

果たしてどのような経緯があって、母が娘を堕ろし、「殺した」などと言いきるのか、それは分からない。今さら分からなくてもいいとさえ思う。

それにも増して彼の心を捕えていたのは、母から浴びせられた言葉のほうだった。

「あんたが余計な空想遊びなんかしたからじゃない？」

「あんたにも責任の一端はあるでしょう？」

仮に原因が本当にそうなら、母をあんなふうにしてしまったのは、自分のせいである。母の言うとおり、余計な空想遊びになど現（うつつ）を抜かすのではなかったと悔いる。

だが、理性ではそうして悔いる一方で、彼の心の本能に近い、もっと単純な部分では、この期に及んで「優しく綺麗（きれい）な」清美姉さんを再び求める気持ちも湧いてきていた。

心細かったのである。本来ならいちばんに縋（すが）りつきたい母は、半ば壊れかけているし、父にも縋りつくことができない。今の気持ちを受け止めてくれる人が欲しかった。

彼が頭の中で創りあげた〝清美姉さん〟が、母へと降りかかった災いの元凶だろうと、発端だろうと、追いつめられた彼の衝動は「関係ない」と訴えた。

巨大な赤子のほうの〝清美姉さん〟を目にしてから、しばらく経っていたこともあり、頭に思い浮かべる清美姉さんの虚像に、赤子の姿が被さってくることはなかった。

嗚咽をあげながらも空想の翼を広げていくと、やがて濃紺色のジャンパースカートに身を包んだ清美姉さんが、まぶたの裏に鮮やかな像を結んで現れ始めた。

心の中で「姉さん！」と叫びかける。すると清美姉さんは、たおやかな笑みを浮かべ、彼を両手でそっと包みこむように抱きしめてくれた。

二週間以上のブランクを経て再開した空想は、その精彩さをわずかも翳らすことなく、彼の脳裏に理想の姉の姿を色鮮やかに再現してみせた。

胸中で泥のように渦巻いていた不安と悲しさが、ゆるゆると意識の彼方へ引いていく。代わりにぬくぬくとした安堵と喜びが、たちまち胸中に満たされていく。

それから、慌ただしく部屋の電気を消すと、彼はベッドの中で胎児のように身を丸め、久々に再開した清美姉さんの空想に無我夢中でのめりこんでいった。

まぶたの裏で微笑を浮かべる清美姉さんの顔、耳の奥で聞こえる清美姉さんの笑い声、頭の中に果てなく浮かび描かれる、清美姉さんと過ごす尊く美しい情景。

その全てを余すことなく心に感じ、耽り続けるうちにいつしか彼は、深い眠りの中へ落ちていった。そして再び、夢を見た。

自室に置かれたテーブル越しに清美姉さんと向かい合って、笑い合う夢。

それは最前まで空想していた情景でもあったので、空想がそのまま途切れることなく、夢へと延長されたようなものだった。

夢の中でも清美姉さんは、濃紺色のジャンパースカートに身を包み、肩まで伸ばした黒髪をうしろでひとつに束ねた姿で、彼に優しく微笑みかけていた。

綺麗だな、素敵だな、と思いながら彼も微笑み、思いつくまま言葉をかける。

そうしてしばらく話をしていた時だった。ふいに清美姉さんが怪訝(けげん)な色を顔に浮かべ、言葉もふっと止めてしまった。

「どうしたの？」と彼が声をかけると、彼女は怪訝な色を浮かべたまま、自室のドアに向かってゆっくりと、いかにもためらいがちに顔を向けた。

その顔色にふっと違和感を覚えたとたん、たちまち胸中が厭な予感で満たされていく。

以前にも、これと同じ光景を見た覚えがあった。

思うと同時に、部屋のドアの向こうから「おぉぉぉぉおん！　おぉぉぉぉおん！」と甲高い泣き声が聞こえ、彼の耳をつんざいた。

そこで彼は目を覚ました。

目覚めても彼の耳には、同じ声が聞こえてきた。けれども今夜は以前の流れと違って、声は部屋の中からではなく、夢と同じくドアの向こう、厳密には階下から聞こえてくる。

だから初めは「いつもの声がまた始まった」と思い、慄(おのの)きながらもげんなりした。

ところが声はみるみるうちに大きくなって、いつもと様子をがらりと変えた。

「があああぁぁん！　があああぁぁぁん！　うがあああぁぁぁぁん！」

泣き声ではなく、叫び声。それも凄まじい怒気を孕んだ叫び声が家じゅうに木霊して、鼓膜をびりびりと震わせる。

続いて階下の寝室から、母の悲鳴が聞こえてきた。こちらも今まで聞いたことのない、まるで野獣の断末魔を思わせるような、尋常ではない悲鳴だった。

母の悲鳴は大きく三度聞こえ、それからぴたりと止んだ。だが、もう一方の叫び声は一向に収まらず、なおも家じゅうを揺るがすような咆哮を高々と張りあげている。

母の安否が心配になった。

もしかして、死んでしまったのではないかと思い、みるみる顔が蒼ざめていく。

ベッドの上に上体を起こした姿勢で、どうするべきかと逡巡するが、叫び声に慄いて、身体はまったく言うことを聞いてくれなかった。

そうするうちに彼の耳が、声に再び変化が表れたことを察知する。

声が移動し始めていた。

寝室から廊下を渡り、ゆっくりとした歩調ながら、階段のほうへと近づいてきている。

続いて、階段の踏面を鳴らす足音が聞こえ始めてきた。

来る。だが、どうすることもできない。身体は恐怖で石臼のように固まり、口の中もからからに干上がって、声すらだすことができなかった。

「があああああぁぁぁん！　があああああぁぁぁぁぁぁ！　うあああぁぁぁぁぁぁぁん！」

階段を踏み鳴らす足音とともに、声がますます大きく聞こえてくる。

視線は先刻から、ドアの前にまっすぐ釘付けになっていた。逃げ道はドアしかないと思いながら見つめていたのだが、こうなったら窓から外へ逃げるしかないと考え始める。視線をドアから窓のほうへ向けようとした時だった。

ベッドの脇に置いたガラステーブルの向こうに、人が座っているのが目に入った。

電気の消えた薄暗い部屋の中、本当だったら仔細は闇に滲んで分からないはずなのに、顔も姿も繊細な輪郭を帯びて、彼の目にはっきりと映った。

清美姉さんだった。

濃紺色のジャンパースカートに身を包んだ清美姉さんが、たおやかな笑みを浮かべてガラステーブルの前に座り、彼をじっと見つめていた。

「大丈夫」

凛と透き通るような声で彼に向かってつぶやくなり、清美姉さんは静かに立ちあがり、ドアへと向かって歩きだす。

これは夢の続きなのかと思った。けれども、夢の中で自分が「夢を見ている」などと、認識できるものかと思う。頭がぐらぐらし始め、続いて強い眩暈を覚え始めた。

清美姉さんがドアを開け、二階の廊下へ出ていく。

声は階段を上りきり、部屋へと向かって廊下をまっすぐ進んできているようだった。

自室のドアを出ていった清美姉さんの足音と、自室へ向かってゆっくりとやってくる〝清美姉さん〟の足音が、廊下の上で混じり合いながら聞こえてくる。

やがて廊下を進むふたつの足音が止まって、まもなくのことだった。

この夜、いちばん大きな絶叫が家じゅうを轟かせた。

それは先ほどまでの怒気を孕んだ叫びではなく、凄まじい痛みによって絞りだされた悲鳴のように聞こえた。

彼はそこで意識を失い、得体の知れない現実から黒一色の暗黒へと没していった。

浮舟桔梗【二〇一二年十一月某日】

そこから時は大きく流れ、さらに十六年後のこと。

昼さがり、宮城の小さな町で拝み屋を営む浮舟桔梗の許へ、ひとりの相談客が訪れた。歳は三十代の初め。電話で予約をもらった時の声は男で、相談開始時に書いてもらう氏名も男のものだったが、仕事場に現れた客の容姿は、女のそれだった。

薄いピンクのジャケットに白いブラウス。首には真珠のネックレスがさげられている。下はグレイのフェミニンなスカートに黒いストッキング。

頭髪は濃いブラウンに染まったストレートのロングだったが、おそらく地毛ではなく、ウィッグだと思う。顔にはファンデーションが塗られ、薄桃色の口紅が引かれている。

元の顔立ちと体形が、それなりに繊細だという影響もあるのだろう。

切れ長で大きな両目に、細い線を描いて整った小さな面貌は、化粧が施されたことでその美しさが鮮やかに引き立ち、細くて長い手足が目を惹く華奢な体形は、落ち着いた色合いの服装も相俟って、なまじの女よりもはるかに女性的な雰囲気を醸していた。

拝み屋を始めて二十年余り。これまでの間、数えきれない相談客と接してきているが、こうした身なりの人物と向きあうのは、この日が初めてのことだった。

「単刀直入に申しあげます。わたしはこの身に神さまを降ろしたいんです」

畳の上に敷いた座布団に座りながら向かい合い、「本日のご用件は？」とうながした桔梗の言葉に女性のような男は、涼やかな笑みを浮かべて答えた。

「それはどうして？　神さまは祈ったり、敬ったり、時にはおすがりするものであって、人の身体に降ろしたりするようなものではないと、わたし自身は考えているのだけれど、どうしてそんなことを考えてしまったのかしら？」

「隠しても仕方がありませんから、これも正直に申しあげます。ひとつには、強い力が欲しいんです。今のわたしでは対応できない、様々な事態や状況に対応できるための力。それからもうひとつは、自分の身に降りかかる様々な悪意や危険から守ってもらうため。いろいろと考え悩んだ結果、このふたつの条件を満たせるのが、身体に神さまを降ろし、共生関係を築くという方法だったんです」

見た目の柔らかそうな物腰とは相反して、男は驚くほど流暢な声風で、自身の願いを図々しいと感じるまでにはっきりと述べた。

「ちょっと待って。そういう口ぶりから察すると、あなたもわたしと同じような仕事をされている方なのかしら？」

桔梗の質問に、男は微笑みながら「はい」と答えた。

「残念だけど、わたしは特定の神さまを身体に降ろして仕事をしているわけではないの。降ろし方も分からないし、力になることはできないと思うな」

桔梗が答えると、男は「そうですか」とつぶやき、それから沈黙した。

一方、桔梗のほうは「神降ろしか」と、半ば呆れた心地で考える。

桔梗は三十代の初め、母親の跡を継ぐ形で、拝み屋を始めた。

幼い頃から、この小さな町で拝み屋をしていた母の背中を見ながら育ち、桔梗自身も生まれながらに他人の目には視えないものや気配を感じるような特異な体質だったので、母の亡きあと、二代目浮舟桔梗の名を継ぐことは、さほど難しいことではなかった。

仕事は対人関係や仕事関係などの悩み相談、家内安全や交通安全といった加持祈禱が大半を占め、平素の業務は平板そのものである。時には、魔祓いや憑き物落としなどの依頼が舞いこんでくることもあるが、強い心で事に当たり、母から教えられた手順さえ間違えなければ、なんらの問題もなく対応することができていた。

そうしたなかで桔梗が唯一苦手としていたのが、不躾にこうした話を持ちこんでくる相談客の存在だった。

平均すると年に四、五件ほど、この男のように「我が身に神さまを降ろしたい」とか、あるいは「我が身に神さまが降りてきた」と宣い、我が家を訪ねてくる者たちがいた。

目的はいずれも「自身も拝み屋になりたいから」という思いがあってのことだったが、別に身体に神など降りていなくても、この仕事は当たり前に務めあげることができる。

桔梗自身にも特定の神が身体に降りてきているわけではないし、亡き母も同様だった。桔梗も母も、我が身に神を欲しいと思ったことさえない。

ところが拝み屋に憧れる人間というのは、異様なまでに神の存在にこだわる者が多い。その理由のひとつとして考えられるのは、この地元界隈の一部で古くから語られている、「身体に神が宿るのが、本物の拝み屋の証」という概念の影響によるものだろうと思う。物の考えや価値観など人それぞれだし、そうした概念を殊更に否定するつもりはないが、だからと言って同調する義理があるわけでもない。我が身に神が降りてきていないから否定するわけではないのだけれど、桔梗はそうした概念に昔から懐疑的だった。

その考えをさらに強固なものとしているのが、現に神を欲し、神が降りてきたと宣う者たちの言動や物腰が、いずれも非常識なものだからである。

「我が身に神が降りてきた」と語る者の顔つきは、誰もが恍惚とした輝きを帯びていて、まるで自分が世界の救世主にでもなったかのような尊大さも、その端々に滲み出ていた。吐きだす言葉も「救済」だの「お導き」だの、響きだけは立派ながらも具体性が伴わず、ゆえに薄っぺらく、掴みどころのないものにしか感じることができなかった。

拝み屋という仕事は、そんな大それた大義の元におこなうものではない。

客から持ちこまれた相談事を、自分のできる範囲で淡々と執り行っていくだけのもの。斯様な信条を第一に桔梗は仕事をこなしていたし、亡き母もまったく同じ理念の下に長年仕事を続けてきた。

だからそこに「救済」や「お導き」などという価値観が入りこむ余地などなかったし、そうした言葉を挙げ連ねる者に同調する気にすらなれなかったのである。

この男の場合は、すでに拝み屋か、拝み屋に類する仕事をしているのだという。

開業して何年になるのかは知らなかったが、これまで身体に神など降りていなくても仕事が続けられてきたのなら、これから先も特に欲する必要はなかろうと、桔梗は思う。現状に不安と至らなさを感じるのなら、その分、自分自身を磨けばよいだけの話である。

男の発した馬鹿馬鹿しい願いに対し、胸の中ではそこはかとない嫌悪を抱きながらも、これが自分にできる精一杯の対応だろうと考え、努めて平静に言葉を向ける。

ところが桔梗の言葉を聞いた男の答えは、桔梗がまったく予期せぬものだった。

「神さまを降ろすことができないなら、造り方はご存じないですか？　ご存じでしたらぜひとも教えていただきたいです。あとはなんとか、自分でがんばってみますので」

桔梗の言葉が終わると開口一番、男は事も無げにこんなことを言いだした。

おそらく先ほどまで沈黙していた間、ずっとこんなことを考えていたのだろうと思う。こちらの話など何も聞いていなかったのだろうとも判じ、たちまち気分が重くなる。

「これも残念だけど、造り方も知らない。確かに〝そういうこと〟ができるという話を聞いたことはあるけど、あまり有益なものではないみたいよ。悪いことは言わないからそういう考えは改めて、別の方針を模索したほうがいいと思う。もしわたしでよければ、くわしい事情は聞かせてもらうし、力になれることはなってあげるから」

再び言葉を向けて、男の返答をうかがう。内心では「造り神まで欲するのか」と思い、さらに気分が悪くなったが、努めて顔にはださないようにした。

ところが男は、まるで桔梗の心を見透かしたかのように顔色を曇らせ、視線を横へと気だるそうに流しながら、やがてぽつりと独りごちるようにつぶやいた。

「やっぱり誰も分かってくれない。わたしはそれが、すごくもどかしくて堪らない」

「……どういう意味かしら？　分かるも分からないも、あなたからまだくわしい事情を何も聞かされていないのよ？　話してくれれば、力になれるかもって言っているの」

男の投げ遣りな態度に気分を害し、少々語気が鋭くなってしまう。

すると男は視線をこちらへ戻し、桔梗の目をじっと覗きこみながら、こう言った。

「分かりました。でも、話すより感じてもらったほうが、分かりやすいと思います」

言葉の真意を汲むより早く、男は突然身を乗りだし、桔梗の両手をぐっと握りしめた。

とたんに視界が乱れ、男の姿が見えなくなる。

代わりに目の前に現れたのは、どこの誰とも知らない無数の男女の顔だった。

年代は四、五十代の中年から、七、八十代とおぼしき年配までと様々で、彼らの歳に共通点は見いだせない。だが、その表情だけは、ほとんど判で押したように同じだった。

いずれの顔も凄まじい怒気を孕んで、猛りに猛りまくっていた。

目には怒りの他にも、非難がましき色や侮蔑のごとき念のこもった光も浮かんでいる。あるいは深い悲しみや悔しさに根差した、複雑な色を浮かべているものもあった。

そうした顔たちが視界一面を埋め尽くすようにぎっしりと並び、目と鼻のすぐ先からこちらへ向かって口々に、何やら大声で得体の知れない言葉を叫んでいた。

よく聞くとそれらは全て、お経や祝詞、まじないで唱える呪文のたぐいだった。

声が重なり過ぎて、ひとつひとつを聞き分けることこそできなかったが、声の中には桔梗が魔祓いで用いる呪文の文句も含まれていた。他のお経や祝詞も、書物で呼んだり、母や母の知人の拝み屋が唱えているのを聞いた記憶がある。

そのいずれもが、魔祓いや調伏、あるいは呪いの際に用いられるものばかりだった。

状況から察するに、眼前に並ぶ無数の顔は拝み屋か、それに類する仕事をする者たち。唱える呪文は怨敵を潰すか退けるため、発せられているものということになる。

話すより感じてもらったほうが、分かりやすいと思います――。

さらに察するに、男の言葉を額面通りに受け取るのであれば、これらは桔梗に対して向けられているものではない。

おそらくは、男が心に有する過去の記憶の集合であり、これまで男が向けられてきた怒りと憎しみなのだと判じる。だが、どうしてこんなことに?

思い惑うさなか、声はたちまち鼓膜が張り裂けるほど大きなものとなり、眼前に並ぶ顔の形相もますます険しく、まるで身の毛もよだつ悪鬼のような相に変わり始めていく。

堪らず悲鳴をあげ、掴まれた手を振りほどこうと暴れたが、桔梗の手を握る男の力は凄まじく、まるで肉と肉が結合したかのように梃子でも離れてくれなかった。

胸の内で弾けた恐怖は、たちまちパニックへと切り替わり、悲鳴がさらに大きくなる。

自分でも信じられないほどの凄まじい悲鳴に、さらに恐怖と焦りが加速していく。

「どうしたの！」

そこへ仕事場の障子戸が勢いよく開く音が聞こえ、続いて娘の瑠衣の声が聞こえた。

とたんに両手を締めつけていた力がぱっと離れ、同時に視界が元へと戻る。

目の前には、陰気な表情を浮かべてこちらを見つめる男の顔と、その背後に突っ立つ瑠衣の姿があった。

「分かっていただけました？　こんな感じなんですよ。誰も彼も、わたしのことなんか何も理解できないくせに、こうして被害者気取りでわたしを全力で攻撃してくるんです。殺されないようにするには、神さままでも降ろして強い力を持つしかないでしょう？」

どろんと濁った目で桔梗の顔を睨めつけるように見ながら、男が言った。

「悪いけど、帰ってちょうだい。もうこれ以上、あなたの口からは何も聞きたくない」

「実際、すでにわたしの大事な人も殺されているんですよ？　次はわたしの番なんです。早くなんとかしないと、わたしの命も危うくなってしまう」

「いいから帰って！　そんなことはわたしになんの関係もない！」

その場にすっくと立ちあがり、男の頭を見おろしながら怒鳴りつける。

「……そうですか。分かりました。帰りますよ。ただし、そうなると、今後はあなたもわたしの敵ということでよろしいんですね？　だって、こんなに困り果てて悩んでいるわたしの心をろくに理解しようともせず、理不尽に怒鳴りつけて追いだすわけですから、これはわたしに対する敵意とか、宣戦布告とみなしていいんですよね？」

「ぼそぼそした声でくだらないことを並べなさんな。いいからさっさと帰りなさい！」
開け放たれた障子戸を指差しながら再度怒鳴りつけると、男はのろのろと立ちあがり、「分かりましたよ、本当にいいんですね？」とつぶやきながら仕事場を出ていった。

まもなく男が廊下を渡り、玄関を開けて立ち去った音を確認すると、桔梗はその場にへたりこみ、太いため息を長々と漏らした。

「大丈夫？　何があったの？」
怪訝な顔で傍らに座りこんだ瑠衣に、先刻自分が見たものをくわしく語って聞かせる。桔梗の話に瑠衣も苦い顔をしながらため息を漏らした。

「あの男、いかにも被害者ぶったようなことを言っていたけど、本当は多分逆だと思う。あれだけの数の同業者から、本気で攻撃されるようなことを方々でしでかしてきている。でないとあんな状況になってしまう説明がつかない」

「どんなことをしてきたんだろう？」
桔梗の言葉に、瑠衣はうなずきながらも首を捻った。

それについては、桔梗自身もまったく想像がつかなかった。稀に例外はあるとしても、基本的にこうした仕事をしている者が、他の同業者を攻撃するということは滅多にない。桔梗自身はこの二十年余りの間、些細な妬みから一度だけ、同業者から生霊をもらった経験があるが、攻撃といってもせいぜいそんな程度のものである。命を狙われるような深刻な被害ではなかった。

けれどもあの男に向けられた、同業者たちの怒り具合はどうだろう？

「くわしいことは分からないけど、相手が『殺してやりたい』って思うぐらいのことをいろんなところでしてきているんだろうね。だとしたら、自業自得というもんよ」

それだけ答えるのが、ようやくというところだった。

一人娘の瑠衣も今の男と同年代で、今年三十になったばかりだった。

桔梗は母の後を継いで拝み屋を始めるはるか以前に、交通事故で夫と死に別れている。それ以来、長い間、母と娘の三人で暮らし続けてきた。

瑠衣は現在、地元の企業で事務の仕事をしながらも、将来的には自分も拝み屋として桔梗の跡を継ぎたいと言っている。

血筋なのか、瑠衣も瑠衣で幼い頃から桔梗や母と同じく、特異な感覚を有していたが、そんなものがあるからといって、別にこの仕事をしなければならない義務はないと思う。

平素は地味な仕事とはいえ、時としてこんな目にも遭わされる、危うい仕事でもある。

桔梗の願いとしては、できれば拝み屋の看板は自分の代でおろしたいと考えていた。

「あんなのが来るときもあるんだよ？　あんた、本当にこんな仕事をしたいわけ？」

「しつこいな。それにこういうのを口実にして止めようとするのもずるい。大丈夫だよ。生半な気持ちでなりたいわけじゃないし、わたしはあくまで本気だから」

言いながらこちらの目をまっすぐ見つめる娘の目には、あの男から感じられたような不穏な影は、微塵（みじん）も感じ取ることができなかった。

ならばあとは、あくまで本人の意思を尊重するよりないか。

親の欲目を差し引いても、芯の強い娘である。曲がったことの大嫌いな娘でもあった。教えるべきことをきちんと教えれば、自分の身ぐらい自分で守ることができるだろうし、仮に道に迷うことはあっても、踏み外すことはないだろうと思う。

ならばあとはやはり、本人の意思を尊重するよりないのだろう。

娘の将来を憂いながらも、桔梗はそれ以上、瑠衣に小言を向けるのをやめた。

今日の日はさようなら　春　【二〇一六年四月下旬】

それから四年後。

語り手は再び、拝み屋の私自身へと戻る。

身を突き刺すように冷たい春北風（はるきた）が、日を追うごとに暖気を孕（はら）んだ梅ごちへと変わり、自宅の周囲に広がる野山が淡い緑に色づき始めた頃だった。

よく晴れた、陽気がぬくぬくと心地よい昼下がり。

私は妻を誘って、車で十数分ほどの距離にある、地元の大きな公園へ花見に出かけた。宮城の桜は四月の半ばから、終わり頃までが見頃である。私も妻も桜が大好きで、結婚前から春になると、かならず花見に出かけていたのだが、この数年はなかなか思うように時間をとることができず、気づけば桜の見頃が終わって短い花見の時期を逃してしまうが繰り返されていた。

行きつけの公園は、敷地のまんなかに大きな沼が広がっていて、沼のほとりに沿って遊歩道と桜並木が敷かれている。敷地の片側には小高い丘もあって、丘の上から眼下へ視線を向けると、公園じゅうに咲き誇る桜の全てと、それらを水面へ逆さに映しこんだ沼の光景を余すことなく一望できた。

丘の上に建てられた小さな東屋の中で、妻が作った弁当を食べながら桜を眺めるのが、私たちのお決まりのスタイルだった。

「ねえ。子供って、いつ頃できるのかな？」

小ぶりに作った玉子焼きを噛みながら、妻がふいにそんなことを言った。

この年、私は三十七歳、妻の真弓は翌月の誕生日で三十一歳を迎えようとする頃で、結婚からまもなく、五年の月日が経とうとしていた。

すでに子供がいてもおかしくない時期なのかもしれないが、私たちは子宝に恵まれず、未だに家族は我々ふたりきりという状態が続いていた。

とはいえ、子は天からの授かりものという。だから私は別に、子供ができないことを悩んだり焦ったりしたことはない。いずれ授かる日が来るならそれでいいと思っていた。妻にもそのように伝えていたし、妻も「そうだね」と応えていた。

元々口数が少なく、自己主張もほとんどしない真弓が、こうした話題を口にするのはとても珍しいことだった。だから私は少し、面食らってしまう。

「いつ頃欲しい？」と尋ね返すと、真弓は「なるべくだけど、早く欲しいな」と答えた。

彼女の答えに私もそろそろ、ふたりの間に子供がいてもいいかなと考え始める。

ふと振り返れば、椚木の家にまつわる怪異からすでに十一年の歳月が流れていた。

同時にこの十一年、拝み屋として自分が歩んできた道筋を思い返すと、危なげのない静かな仕事を多く手掛けてきたし、概ね平穏無事な日々を過ごせてきたと思う。

だがそうした一方、これまでの長い年月、およそ「平穏」とは言い難い、あまりにも特異な案件に幾度も携わる羽目にもなっていた。そのたびに七難八苦の憂き目に晒され、自分の生命に危険が及んだことも、一度や二度のことではなかった。厄介事に巻きこまれたりしないよう、身に余りそうな案件は、なるべく辞退してきた。常日頃から警戒してきたつもりでもいる。

しかし、こちらがどれだけ忌避しようと、避けることのできなかった案件もあったし、あるいはかつてのように義憤に駆られ、自ら渦中に身を投じていったこともあった。

いずれにしても分不相応な危うい案件に、私はたびたび関わってきたのである。

そうした流れの末、一昨年の暮れ近くに請け負ったある異様極まりない案件において、私はとうとう心身を著しく壊して、昨年一年間は公私共々、絶不調の状態に陥っていた。ようやく気持ちを立て直すことができたのは、まだつい先月のことである。

さすがにもう疲れたという気持ちが、ここ最近は強かった。

拝み屋の看板を掲げている限りは、また何かの拍子にそうした案件が舞いこんでくる可能性は拭えないだろうけれど、できればこれから先は、地味で冴えなくて大いに結構。極力静かに、穏やかな人生を生きていきたいというのが、私の本音だった。

だからこそ、妻の「子供が欲しい」という発言は、私にとっても望ましいものだった。守るべきものが増えれば、私自身も自ずと仕事で無茶をする機会は減るだろうと思うし、何より妻が望むなら、ぜひとも叶えたいとも思った。

「男の子と女の子、どっちがいい？」と尋ねると、真弓はすかさず「女の子」と答えた。

「名前はどんなのがいい？」と尋ねると、真弓は眼下に広がる桜景色をつかのま見やり、それから少し恥ずかしそうな笑みをこぼしながら「桜子」と答えた。

東屋で食事をしつつ一時間ほど桜を眺め、やがて真弓が後片付けを始めたのを契機に席を立って、帰り支度を整える。

そうして丘の斜面に敷かれた緩やかな坂道を、真弓と並んで下り始めた時だった。

真弓がふと立ち止まり、背後に視線を向けながら、怪訝な表情を浮かべ始めた。

「どうした？」

もう何年も以前の話になるが、実はこの公園で私は一度、妙なものを視たことがある。髷を結った女の生首で、それが沼の中空に浮かび、くるくると独楽のように回っていた。あれもちょうど、真弓と花見に訪れた時のことだった。

あの時、真弓がそれを視ることはなかったものの、もしかしたらと感じてしまう。

ところが真弓から返ってきた答えは、私がまったく予期していなかったものだった。

「なんかね。一瞬だったんだけど、花嫁さんが立ってた」

真弓の話では、先刻まで私たちがいた東屋から少し離れた場所に、白無垢姿の花嫁が沼を見おろすような姿勢で、楚々と佇んでいたのだという。

真弓が指で示した場所に視線を凝らしてみたが、そんなものなど見当たらなかった。

だが、真弓が言った「花嫁」という言葉に、私の身体は自然と強張り始めてしまう。

今からちょうど六年前、二〇一〇年四月のことである。

白無垢姿の花嫁にまつわる、ひどく陰惨な案件に携わったことがある。

それは、件の椚木の一族にまつわる凄まじい怪異に比肩しうる、極めて特異な災禍で、実を言うなら水面下では、椚木の家とも浅からぬ因縁をもつ案件でもあった。

あれも結局、私の実力が至らずに、完全な解決を見ることができなかった仕事である。

結果として亡くなる人も出てしまったし、不幸な目に遭う人もだしてしまった。

その累は私自身の身にも及び、関係者との関わりが途切れたのちも、これまで何度か災いの元凶と目される、この世ならざる白無垢姿の花嫁に襲撃されてきている。

まさか今さら、とは思ったものの、そもそもあの一件は解決を見なかった案件であり、私自身も拝み屋として介入している以上、ある意味れっきとした関係者である。

だからいつ何時、その災いの元凶が私の前に現れようと、おかしなことではないのだ。

「大丈夫か？　具合悪いとか、身体に変わった感じはないか？」

たちまち不安と心配が湧きあがり、半ば蒼ざめながら妻に問う。

だが、続く妻の答えも、私がまったく予期せぬ意外なものだった。

「ううん、違うの。全然怖くはなかった。なんだかすごく優しい感じの花嫁さんだった。だから多分、あの怖い花嫁じゃないと思う」

「ごめんね、大丈夫」と告げる妻の顔は朗らかで、取り繕っているとも思えない。

「そうか。だったらいいんだ」と返し、再びふたりで坂道を下る。

「もしかしたら、子供ができるお知らせかな？」

駐車場に向かって桜並木を並んで歩くさなか、真弓が微笑みながらつぶやいた。

真弓の笑顔を横目に見ていると、本当にここから先は、私たちの日々を脅かすものが何も訪れないでほしいという気持ちが、ますます強くなっていく。

今は難しくても、いずれは拝み屋の看板をおろし、妻と子供と三人で静かに暮らせる日が来ないものかと、この頃から私は薄っすらとだが、考え始めるようになっていた。

今日の日はさようなら　秋　【二〇一六年十月中旬】

さらに月日が過ぎた、およそ半年後。

地元にそびえる山々が、赤や黄色に色づき始めた秋晴れの昼下がりのことだった。

この日も私は妻とふたりで、今度は自宅の前に延びる、山へと続く坂道を車で上った。

二〇一一年の九月に結婚して以来、私たち夫婦は地元の山の麓(ふもと)に建つ古びた一軒家を借り受け、住居兼仕事場として暮らしていた。

周囲は鬱蒼(うっそう)とした杉林にぐるりと囲まれ、隣家との距離もひどく遠い。

日が暮れ落ちれば、辺りは濃い闇に包まれ、水を打ったように静まり返る。

こんなら寂しくて、辺鄙(へんぴ)な立地ながらも、拝み屋という特異な生業(なりわい)を営むうえでは、これ以上はないというほど最適な環境でもあった。

秘匿性の高い悩みを抱えた依頼主は、人目を気にせず相談に訪れることができるし、夜中にどれだけ大きな声で経をあげようが、隣近所から文句を言われることもない。

買い物や交通の問題など、不便な面も確かにあったが、それらを補って余りあるほど、前述した恩恵は大きなものがあった。住めば都の言葉通り、多少の不便も暮らし始めてまもなく慣れてしまい、以後は概(おおむ)ね快適な暮らしが続いていた。

山の麓に当たる我が家の門口からさらに道を登っていくと、ほどなく山へと分け入る深い森の入口が見えてくる。森の中には年古りた巨大なケヤキが高々と屹立していて、その手前には不動明王を祀った、小さなお堂が建っている。

地元では昔から〝お不動さん〟の愛称で親しまれてきている、寂びた風情の不動尊で、お堂の裏手にそびえるケヤキの太い根の張られた間からは、山の中から染みおりてきた豊富な清水がこんこんと湧き出ている。

水には霊験があるとも言われ、地元の住人を始め、はるばる遠方から水を汲みにくる愛好家も多い、私の地元ではよく知られた名所である。

自宅からあまりにも近過ぎるため、普段はあまりお不動さんを訪れることは多くない。年の初めの元朝参りと、気が向けば盆や彼岸の時節に挨拶がてら、手を合わせに訪れる。年間を通して、せいぜいそんな程度のものである。

ただ、この日は私としては珍しく、単なる挨拶ではなく、お不動さんに祈願をすべく夫婦でお堂を訪れていた。

一昨年の暮れ、件の異様極まりない案件を請け負った辺りから、私はたびたび背中に激しい痛みが生じ、寝こんだりすることが多くなっていた。

もちろん病院にも行った。だが、どんなに細かな検査を受けても、原因らしい原因は分からずじまいだったため、そのうちすっかり行かなくなってしまった。

その一方で原因は分からないまでも、痛みが生じる法則だけは分かっていた。

魔祓いや憑き物落としなど、拝みの仕事で何かを祓い落とすための所作を実行すると、ほどなく痛みが現れるのである。痛みは早ければ一時間、平均二時間ほどで嘘のようにぴたりと治まるが、その間に生じる感覚はおよそ耐え難いほどの激痛で、まるで背骨を砕けんばかりに思いっきり握り潰されるかのような苛烈なものだった。

幸いなことにここしばらくの間は、魔祓いや憑き物落としが必要な仕事は少なかった。おかげで何年かぶりに穏やかな夏を過ごすことができたのだが、たまさか昨日の午後、相談に訪れた女性客の背中に向かって、ほとんど形ばかりの魔祓いをおこなったところ、夕方頃からまたぞろ急激に背中が痛みだし、三時間ほど畳の上でのた打つ羽目になった。しばらくぶりに味わう激痛と、今回も法則どおりに痛みが生じたことに不安が再燃し、とうとう藁にも縋る思いで、お不動さんを頼る運びとなった次第である。

背中の痛みが病気ではなく、特定の拝みによって生じるものなら、それを治せるのは医者ではなく、神仏の力ではないかと判じたゆえのお参りだった。

敷地の隅に車を停め、お堂の前にふたりで並んで手を合わせる。

神妙に拝み終えたあと、「治るかな?」と妻に問われ、「大丈夫だろう」と答えるも、確証があっての答えではなかった。

いずれにしても、あとはお不動さんを信じて、治ることを祈るより他ない。

背中の痛みが始まってまもなくから、私の身体にはもうひとつ、奇妙な変化があった。以前よりも拝み屋としての勘が冴えているというか、感覚が総じて鋭くなっていた。

具体的な例を挙げるなら、依頼主が患っている病気の症状や、失せ物の在り処などが特に意識せずとも分かったり、依頼主が口にださない隠し事が頭に浮かんで、ぴたりと言い当ててしまったり、そんなことが多くなった。

おこなえばかならず痛みが生じながらも、魔祓いや憑き物落としの精度も跳ねあがり、失敗することがまったくと言っていいほどなくなった。

仕事を続けていくうえではありがたいことなのかもしれないが、背中の痛みと併せて、どうして急にこんなことができるようになったのか、こちらについても原因は分からず、気味が悪いと思うこともしばしばあった。

まるで自分の中にあるリミッターのようなものが勝手に解除されていて、己の健康や寿命と引き換えに、特異な力を行使できる状態にさせられている。

そんなふうに勘ぐってしまったことも、一度や二度のことではない。

確たる証拠も根拠もないにせよ、それこそ得体の知れない直感から、嫌なビジョンが頭の中に浮かびあがり、このままこの仕事を続けていくことにためらいや、恐怖すらも感じることがあった。

単に生きていくだけなら、拝み屋以外にも生きる道はいくらでもある。

やはり自分はそろそろ、看板をおろすべき時期に来ているのではないだろうか。

いつか自分の身体が一線を越えて、駄目になってしまうのではないかと感じるたび、以前よりもますます、そんな思いが強まっていた。

塔の夢、そして開幕【二〇一六年十月十八日】

それから数日後、私は奇妙な夢を見た。

夢の中で私は、冷たい水の上に仰向けの状態で浮かんでいる。

視線の先に見えるのは、細長い円筒形を描きながら高々とそびえる、ガラス張りの壁。

ざっと見積もって三十メートルはあるだろうか。ビルにするなら十階ほどの高さである。

私はちょうど、壁に囲まれた中心辺りの水上に浮かんで、頭上を見あげている。

壁の形状と内部の雰囲気から察して、どうやらここは、どこかの塔の中のようだった。

私は塔の最下層に開いた大きな水溜(みずた)まりの上に、死体のように浮かんでいる。

ガラス張りの壁面は、どす黒く錆(さ)びた鉄骨で、モノリス状の長方形に区切られている。

鉄骨のフレームに嵌(は)めこまれた無数のガラスも、ところどころが割れていたり、ひびが入っていたり、あるいは枠からごっそり抜け落ちてなくなっているものもあった。

無傷で嵌まっているガラスも乾いた泥や土埃(つちぼこり)に濁って曇り、外の様子は何も見えない。

霞(かす)んだガラスの向こうは茜色(あかねいろ)に染まり、割れたり抜け落ちたりしているガラスの間から、橙色(だいだいいろ)の弱々しい光が内部へ向かって射しこんできている。

だからかろうじて今が、朝方か夕方のどちらかだろうと分かるぐらいである。

身体を浸す水は、氷のように冷たかった。寒さに耐えきれなくなり、身を捩りながら周囲に視線を巡らせる。まもなく視界の数メートル前方に、崩れたコンクリートの岸を見つけた。凍えた身体に鞭打つようにして岸まで泳ぎ、這いあがる。

歯の根をがちがち震わせながら、再び周囲を見回してみる。

だが、塔の最下層に出入口とおぼしき扉や、通路のたぐいは見当たらない。

代わりに視線の先に留まったのは、ガラス張りの壁面に沿って螺旋状に高々と伸びる、赤錆びた鉄製の古びた階段だった。流れに沿って視線を上へと見あげていくと、階段は塔の最上部まで連なっていた。

階段が終わった先には、かなり小さくだが、扉らしきものがかろうじて見える。

視認できる限りでは、どうやらあの扉が、塔の中に存在する唯一の出入口らしかった。

扉の向こうに何があるにせよ、上るしかないかと考える。

ただし、階段には手摺りがついていなかった。踏面も狭く、一メートルにも満たない。

途中で足を踏み外したら、ひとたまりもないだろうと思う。

とはいえ他にどうしようもなく、私は怖気づきながらも階段を上り始める。

先ほどまで水に浸かっていた寒さのせいか、恐怖のせいか、あるいはその両方なのか。

階段を上る足取りはふらふらとぎこちなく、身体の重心も取りづらかった。

はらはらしながら五メートルほど上ったところで案の定、私は踏面から足を踏み外し、眼下に広がる水面に向かって、悲鳴をあげながら真っ逆さまに落ちていった。

そこで私は目が覚めた。ひどいオチだった割には目覚めた時の恐怖は薄く、布団から起きて身支度を終える頃には夢自体の印象も頭の中で希釈され、いかにも夢ならではの摑みどころのないものへと変わってしまった。

ただ、その日の午前中は気分がそわそわして、どことなく落ち着かないものがあった。心なしか心臓の鼓動も、いつもより気忙しく動いているように感じられて仕方なかった。

そうした妙な具合になりながらも、自宅の奥座敷に構えた仕事場で、表面上は淡々と仕事をこなし、やがて時刻が正午を跨いだ頃だった。

座卓の上に放りだしていた携帯電話が鳴った。

出ると相手は新規の男性客で、相談の予約をしたいとのことだった。

「承知いたしました」と答えながら、型通りに先方の名前を尋ねたのだが、彼が答えた苗字を耳にしたとたん、肌身がすっと冷たくなった。

「高鳥って言います」

電話の向こうで、男は確かにそう答えた。

もう十五年近くも拝み屋を営んでいるが、高鳥と名乗る人物から連絡をもらったのは、この日が二度目のことだった。

忘れもしない。前回、電話口で「高鳥」と名乗ったのは、高鳥千草。十一年前に私を、あの忌まわしき「椚木の一族の災禍」に誘った、今は亡きかつての依頼主である。

朝からずっとそわそわし続けていた不調の原因が、これでようやく分かった気がした。

おそらくは予兆だったのだろう。鋭くなった勘も、自分に関することだけは鈍かった。

今頃遅れて確信めいた思いが脳裏をよぎり、動悸がますます速まっていく。

「すみません。妙なことをお尋ねしますし、もしも間違っていたら申し訳ないんですが、もしかして過去に離婚をされていますか？」

どうか間違いであってほしい。思いながら尋ねてみたが、男の答えは「はい」だった。

もはや確定だろう。腹を括って、自分自身で答えの続きを話すことにする。

「当てましょうか？　元奥さんの名前。千草っていうんじゃないですか？」

「……はい、確かにそうですが……どうしてそんなことを知ってるんですか？」

男の声が微妙にかすれて困惑しているのが、受話器越しにもありありと伝わってくる。

一方、私のほうは私のほうで、身体が勝手に震え始めて止まらなくなっていた。

「まあ、こういう仕事ですから、なんとなくです。あまり気にしないでください」

動転しているとはいえ、我ながら下手な答えだと思う。

この春先に、長らく続いた絶不調から脱し、ようやく立て直すことができた気持ちが、再びぐらりとなり始めた。ここしばらくの間、ひそかに考え始めていた拝み屋の引退は、こうなることを回避するための直感だったのではないかと考えてしまう。

早めに看板をおろしておけば、こんな流れになることもなかっただろうに、遅かった。できれば今からでも逃げだしたいところだったが、多分もう、逃げられないのだと思う。

　おそらく電話をとった瞬間から、もうすでに始まっている。

　以前もそうだった。我に返ってまずいと気づいた時には逃げられなくなっているのが、過去に千草が私にもたらした、あの規格外としか言いようのない災いの特徴である。

あれはまだ、終わっていなかったのか。だったら今度こそ、私のほうが終わりかもな。

あるいはこれが、最後の仕事になってしまうのかもしれない。

決して望んでいるわけではないし、好んで考えたくもないことだったが、実のところ、原因不明の背中の痛みや、いつかこの身が一線を越えて駄目になるのではないかという懸念も含め、自分はあまり長くはないかもしれないという予感は、前々からあった。

だから今日という日の、こうした流れはむしろ必然で、ずっと以前からこうなるよう、視えざる何かに仕組まれていたのではないか。そんなことも感じてしまう。

ならば私が進める道は、ひとつしかない。もはや覚悟を決めるしかないのだ。

「それで、相談の内容なのですが……」

話し始めた男の声を遮って、この日はあえて何も聞かないことにした。

事前に話を聞いたところで、きっと怖気づいてしまうだけだろう。

斯様に予期したゆえの判断だった。

三日後の昼、私は高鳥千草の元夫、高鳥謙二と会う約束だけを交わすことにした。

高鳥謙二【二〇一六年十月二十一日】

約束の日、謙二の話を聞くため、列車で仙台市内へ向かった。

予約時に謙二は、私の仕事場まで伺いたいと言っていたのだが、適当に話を取り繕い、私のほうが謙二の許へ出向くことにした。

まだ依頼の詳細さえ聞いていないというのに、甚だ無礼だということは百も承知だが、依頼の詳細を聞いていないからこそ、謙二に我が家の敷居を跨いでほしくなかったのだ。自ら進んで藪蛇をやらかそうとしている私自身は、何かあっても自己責任ということで片がつく。だが十一年前とは違って、今は真弓がいる。

謙二の依頼がどんなものであるにしても、真弓を巻きこむことだけは回避したかった。少しでも彼女の身に危険が及ぶ可能性がある流れは、避けるに越したことはない。

地元の最寄り駅から在来線で仙台駅へ向かい、謙二に指定された、駅前からほど近い喫茶店で、私はようやく高鳥謙二と対面を果たした。

年代は、私とほぼ同じの三十代半ば過ぎ。十年ほど前から市内のマンションに住居兼事務所を構え、個人でＩＴ関係の仕事をしているのだという。

「お忙しいんでしょうに、わざわざご足労いただいて申しわけないです」

挨拶を済ませてテーブルに着くなり、いかにも神妙そうな面持ちで謙二が頭をさげた。

個人事業主という立場で仕事をしている身の上だろうか。髪型も服装もラフな雰囲気で、顔だちもとっつきやすような印象を感じる。ただ、目の奥には戸惑いと憔悴を滲ませた暗い光をかすかに感じ取ることもできた。

「いや、うちの仕事場は本当にひどい田舎にあるものですから、勝手に参じた次第です。それでさっそくなんですが、本日のご相談内容をくわしくお聞かせいただけますか？」

「はい。相談というのは、私自身の身に起きたことも多少はあるんですが、主には私の娘のことなんです」

娘と聞いて頭の中に浮かんだのは、千草の娘、高鳥美月の顔だった。

十一年前は確かまだ、四歳だったはずである。

だが、美月は千草の亡きあと、千草の母親に当たる椚木昭代に引き取られ、仙台とは別の街で暮らしていたと記憶している。

そもそも千草と謙二はとうの昔に離婚をしているのだし、今さら美月の親権が謙二に移ったとも考えづらい。

ならば謙二が語る「娘」とは美月のことではなく、謙二の再婚相手との間に生まれた別の娘なのではないかと考えるのが、話の流れとしては自然なように感じられた。

いや、実際はわずかな希望もこめて、感じようと努めたのである。だが無駄だった。

「美月といって、別れた妻の娘なんですが、今年で中学三年生になります。その娘からこの間、しばらくぶりに電話で連絡がきたんです」

ほら来なすった。そんなに甘くはないよなと改めて思う。

謙二の口から美月の名前が出るまで、心のどこかで謙二の相談事は、椚木の一件とはまったく別件の、それも大層他愛もない内容だという可能性だってあるかもしれないと、私は少しだけ、そうであってほしいと思っていた。

あの一件が始まる以前に千草と離婚している以上、謙二は椚木の一族から断絶された存在なのだし、あるいは私の取り越し苦労であってほしいとも思っていた。

ところが実際、蓋を開けてみればこのとおりである。

やはり椚木の一族と、私は再びつなぎ合わされようとしている。

謙二の話では四日前、つまり謙二が私に電話をしてきた前日の、夕暮れ近くだという。

謙二が自宅で仕事をしていると、電話が鳴った。

出ると相手は厳めしい声をした男性で、深町と名乗った。

娘さんの件で困っていることがあるので、一度お会いして話がしたいという。

まったく面識のない相手だったが、深町と名乗る人物があまり心穏やかでないことは、声色から察してすぐに了解することができた。

ただ、娘の件で話をしたいと言われても、謙二は千草と離婚して以来、一度も美月と顔を合わせたことがない。突然の電話に、状況すら呑みこむことができなかった。

戸惑いながらも事情を尋ねてみると、数日ほど前から深町が仕事をしている事務所へ美月がたびたび訪ねてくるので、困っているのだという。

その後に「うちでは保護者の同意か立ち合いの下でないと、未成年者からのご相談は受理することができないのです」と、深町は付け加えた。

聞けば深町も、仙台市内のマンションを拠点に営業している、拝み屋とのことだった。「相談には保護者の同意が必要」との旨を、美月が事務所へ来るたび、伝え続けた結果、ようやくその日になって、父親である謙二の電話番号を教えてくれたらしい。

さらにくわしい事情を尋ねてみたのだが、少し込み入った話になるので、続きは直接お会いしたうえで説明したいとのことだった。

「美月は今、そちらにいらっしゃるんですか？」との問いに、深町は「いいえ」と答え、「三十分ほど前にようやく帰っていただけました」と言った。

美月が何を考えているのかは、見当もつかなかったが、深町が言う「相談」とやらに保護者の同意が必要なら、謙二はお門違いだった。美月の今の保護者は、謙二ではない。

電話口で否定しようかとも考えたが、なんだか厭（いや）な予感も覚え、口を噤（つぐ）むことにした。

「のちほど娘さんのほうからも直接ご説明があると思いますので、お聞きください」と深町が言ったので、「分かりました」とだけ答え、通話を終えた。

それから一時間ほどして、再び電話が鳴る。出ると相手は、美月だった。

「家のすぐ近くまで来ているんだけど、これから少し会える？」と美月は言った。

「それで美月を家に呼んで、くわしく事情を訊いてみたんですけど、驚きましたよ」

悩ましげな表情で鼻からため息を漏らしたあと、ためらいがちに謙二が言葉を続けた。

「私の元妻で、美月の母親でもある千草が、美月の身体に降りてきたと言うんです」

美月が語るには、今から二週間ほど前、亡き千草の魂が自分の身体の中に入ってきて、意識の中で話ができるようになったのだという。

千草の声は弱々しく、言葉も途切れ途切れにしか聞きとることができないが、何度も根気強く話を続けていくうちに、千草がこの世に迷い出てきた理由が分かった。

「成仏できていないっていうんです」

歳若くして非業の死を遂げてしまったことと、この世に残してしまった美月のことが心配で堪らず、向こうに渡っても身の置き所がないのだという。

では、どうすれば成仏することができるのか？

美月の問いに対する千草の答えが、どうやら今回の騒ぎの発端となっているらしい。

「お母さんを成仏させたくて、深町さんのところへ行っていたと、美月は答えましたが、どうなんでしょうね？　素人考えですが、お寺で塔婆供養をしてもらったりするのでは駄目なんでしょうか？　美月は『そういうことじゃないの』と答えましたが、だったらどんな方法で成仏させるのかと訊いても、そっちは何も答えてくれませんでした」

代わりに「とにかく深町さんと一度、一緒に会ってほしい」の一点張りだったという。

謙二としては、まるで話が見えてこなかった。

加えて美月は、謙二にこんなことも約束させた。

『このことは、叔母さんにもお祖母ちゃんにも内緒にしていてほしい』んだそうです。知られてしまうと心配をかけてしまうから、千草もやめてほしいと言っているらしい。だから深町さんには本当の保護者じゃなく、私の名前と連絡先を教えたんでしょう」

美月は小学六年生まで昭代とふたりで暮らしていたが、仙台市内にある私立中学校を受験して合格。以後は市内で暮らす昭代の妹の家で暮らしているのだという。

「美月と接するのは十年ぶりぐらいのことで、私は美月の携帯番号も知りませんでした。でも美月のほうは、こっちの連絡先を昭代さんから教えられていたんですね。好意的に解釈すれば娘に頼られたということですが、状況から俯瞰するとむしろ、隠れ蓑としてうまい具合に利用されてしまったんですかね」

言いながら謙二は、頭を振って苦笑した。

「とはいえ高鳥さんは、その深町という拝み屋に対して、あの娘の父親だということを否定しなかったんでしょうし、あの娘を自分の家にあげて、きちんと話も聞いてあげた。十年以上も交流がなくて、実の娘でもない子に立派な対応をされたと思いますよ」

「あれ。どうして美月が実の娘じゃないって分かったんですか？」

私の返した言葉に、謙二は虚を突かれたような顔をした。

「分かるも何も、さっきご自分でおっしゃってましたよ」

笑いながら私は答える。

先刻、謙二は美月のことを「別れた妻の娘」と説明していた。「自分たちの娘」とは言っていない。聞き流さなければ簡単に分かってしまうことだったが、私は別に謙二の言葉からそれを察したわけではない。以前からすでに知っているのである。

「なるほど、そうでしたよね。予約の電話をした時は、千草のこともご存じでしたから、また驚いてしまいました。あっちのほうは、霊視みたいなことをされたんですか？」

「いいえ。あっちもそんな妙な真似はしていませんよ。正直に言うと、元奥さんは私の昔の依頼主だったんです。かなり厄介な案件だった。さらにもっと正直に告白するなら、私は彼女を救けてあげることができませんでした。本当に申しわけない」

テーブルに両手をつき、深々と頭をさげる。謙二はかなり驚いた様子だったが、私に対して怒りや非難がましい目を向けることはなかった。

「何があったんですか？」という質問にざっと掻い摘んでだが、当時の千草と椚木家に起きた怪異の全容と顚末を説明する。

事前に謙二が、美月が実の娘でないことを知っているのを確認できたのは幸いだった。美月の出生に関する事実は、当時の災禍において重大な要素にもなっていたからである。そのうえで、くわしい内実をどの程度まで知っているのかも、できれば確認したかった。

謙二の反応をうかがいながら言葉を慎重に選び、開示すべき情報と開示すべきでない情報を判断しつつ、あらましを説明していく。話を進めていくなかで、謙二は千草との離婚後に椚木の家で何が起きたのかについては、一切知らなかったことが分かった。

その一方で、美月の本当の父親が誰であるのかは、結婚前に当時の千草から聞かされ、承知しているという。今後の流れがどうなるにしても、そこまで知っているのであれば、何かと話がしやすくて助かる。

「そうですか。そんなことがあったんですか……。美月は話してくれませんでしたから、これでようやく少し事情が分かってきました。謝っていただく必要は、ないと思います。こちらこそ、当時は千草と美月が大変お世話になりました」

そう言って、謙二は私に頭をさげた。

「それにしても、これは縁でしょうか？　すごい巡り合わせもあったものですよね」

謙二が私のことを知ったのは、たまさか私が開設しているホームページを見たからで、私が過去に千草や美月に関わっているなどとは知らなかったのである。謙二が「縁」と思いたくなる意味も分かる。

ただ私としては、「縁」と言うより、「因縁」という言葉のほうが脳裏を掠めた。

「まあ、確かに妙な巡り合わせではありますね。ところで肝心要な本題についてですが、高島さんは今回の件で、私にどんな役割を希望されていますか？」

「できれば一緒に、その深町さんという方にお会いしていただきたいんです」

謙二は言った。

「美月の希望しているとおり、本当に千草の成仏を深町さんに頼むようになるにせよ、美月を説得して諦めさせるにせよ、まずは実際に会ってみなければと思いまして」

しかし、そうするにしても、謙二は本職の拝み屋などと話す機会はこれまでなかった。ましてや娘の奇行に関する込み入った要件ともなれば、なおさら腰が引けてしまう。無論、こうした方面の知識にも乏しい。そこでくわしい事情を一緒に聞いてもらえる本職の人間をネットで探していたのである。

なるほど。そう来たか。

話の流れからてっきり、千草の供養を深町ではなく、私に頼みたいという話になると思っていたのだが、予想外の展開になってしまった。まいったなと思う。

「同じ拝み屋さん同士でしたら、お互い専門的な知識もお持ちでしょうし、話も円滑に進められるんじゃないかと思うんです。何より私自身が心強いですし」

謙二はそんなことを言うが、それは見当違いというものである。

少なくとも私が知りうるまともな拝み屋や、霊能関係の人間は、同業同士でみだりに馴（な）れ合うことはない。各々が有する特異な感覚も似ているようで異なることが大半だし、仕事に対する価値観やスタンスも微妙に異なる。

そうした諸々（もろもろ）の違いは、互いに接触した場合、思わぬ軋轢（あつれき）を生むこともある。余計な衝突や厄介事に巻きこまれないようにするためには、同業同士だからといって軽はずみに関わらないのがいちばんなのである。

私自身も同じ拝み屋で交流があるのは、水谷源流ぐらいである。接触を持ちたがって連絡をよこす同業者も稀（まれ）にいるが、できうる限り断るようにしていた。

それに人のことをどうこう言えるような義理ではないが、霊能関係の人間というのは、性格にクセの強い者が多い。その昔、華原さんが語っていた「イカレ具合のベクトルが、それぞれちょっと違うだけ」という言葉は、あながち的を外した冗談でもないのである。これも私が同業者との交流を忌避する大きな理由のひとつだった。

とはいえ、ここまでの話を謙二から聞いて判断する限り、その深町という拝み屋とは、会わざるを得ない流れなのかもしれない。

第一に、当の美月が深町にご執心なのだ。「他の拝み屋では駄目なのか？」と謙二が尋ねても、美月はくわしい理由は明かさず、あくまで深町に頼みたいということらしい。その辺の事情を知るためにも、深町に直接会ってみるのがいちばんだと判じる。

第二に、深町という拝み屋自体が、私にはどうしても怪しく感じられて仕方なかった。風営法の関係で、保護者の同意がない未成年者の相談を断っているのは私も同じである。未成年者から相談の連絡をもらった場合、保護者の同意を促すという流れも同じである。ここまでの対応に関して、深町は何も間違ったことはしていない。

だが、何かが引っかかる。

しかも、ここしばらくやたらと鋭くなっている、例の勘のほうに引っかかるのである。その原因を確認するためにもやはり、直接本人と会うのがいちばんだろうと判じた。

とはいえ、物事には順序というものがある。深町と会うのなら、向こうが持っている情報と同等か、それ以上のものを手に入れておきたかった。

「分かりました。私でよければ構いませんよ。日程もできるだけ合わせるようにします。でもその前に一度、美月さんと会わせてください。この条件を呑んでくれるんでしたら、深町さんの件だけでなく、今回の件に全面的に協力させていただきます」

私の提案に謙二は少し考えながらも、「了解です。なんとかします」と答えてくれた。

先ほど謙二から聞いた美月の言い分から推し量るに、謙二に同意をもらえたとしても、当の美月本人から面会を拒否される可能性は、十分に考えられた。そこで少々、小狡い手口とは思ったものの、謙二に美月を説得する入れ知恵をしておいた。

先に私と会うことが、一緒に深町に会いにいく条件である。

こんなふうに条件を提示すれば、おそらく美月も断りづらかろうと思う。欲を言えば、私と先に会うことで美月の要望が満たされ、深町に会う必要がなくなってくれるのなら、申し分のない流れと言える。

「さて。ではとりあえずこの件に関しては、大体流れがまとまったようです。それでは続いて、高鳥さん自身の身に起きたお話というのを伺わせていただきましょうか」

「ああ、そうでした。すっかり忘れてました、すみません。これも素人考えなんですが、私自身の身に起きた件も、今回の美月の件と何か関係があるような気がするんです」

深町と美月から電話がきた、その晩のことだという。

深夜零時半過ぎ、仕事を終えた謙二が自宅の近所にあるコンビニに出かけ、買い物を終えて店から出てきた時だった。

人気の絶えた暗い夜道のどこからか、妙な気配か、視線のようなものを感じることに謙二は気づく。周囲に視線を巡らせると、すぐにその原因が視界に飛びこんできた。コンビニの道路向かいに立つ電信柱の陰にぽつりと人が突っ立ち、どうやらこちらをじっと見つめているようだった。

それは灰色のスウェットらしきものを上下に着こんだ人物で、背恰好から判断するに、女性のようだと謙二は思った。小柄で中肉中背の体形で、胸に膨らみがあることからも、おそらく女性だろうと判断した。

だが顔は見えなかった。いや、厳密には「素顔」は見えなかったのだそうである。

女とおぼしきその人物は、顔に面を被っていた。

質感から察して紙製の面だと判じた。白黒にプリントされた人物の顔写真を切り抜き、顔面に貼りつけているのである。こんな夜更けに尋常ではないと思いながら身構えたが、よくよく面に目を凝らしてみると、それは謙二が甚だ知ったる人物の顔だった。

「美月の写真だったんですよ。小さい時分の、おそらく小学校低学年ぐらいだった頃の美月の顔です。美月とはずっと会っていませんでしたけど、それでも自分の娘の顔です。間違いないと思います」

写真の顔に気づいてぎょっとなり、謙二がその場で身を乗りだすなり、女とおぼしき人物は、電信柱の陰にさっと姿を隠してしまった。どうしたものかと一瞬迷ったものの、謙二は道路を渡って電信柱の前まで向かった。

「でも、いませんでした、電信柱の裏側は、駐車場のコンクリート塀が左右にずらっと延びていて、どこにも隠れるところなんかないはずなのに、いなかったんですよね」

あれはなんだったんでしょう？　幽霊みたいなものでしょうかと、謙二は言った。

その正体については、私も判じかねるものがあった。だが、これだけはもう確定した。

やはり今回の件は、一筋縄ではいきそうにもない。

「成仏」を乞う亡き千草以外にも、何かが確実に関わってきているし、ここからさらに大きな絵が浮かびあがってきそうな予感をありありと覚えた。

とはいえ、怖気づいたところで何がどうなるわけでもない。まずは情報を集めながら状況を見極め、今後の指針を定めていくことである。

差し当たっては、美月と千草だ。今頃になって、一体何が起きているというのか。

美月との面会の可否を待つことに決め、この日は謙二と別れることにした。

高鳥美月【二〇一六年十月二十三日】

　それから二日後、私は再び夢を見た。

　朽ちかけたガラス張りの塔の中、私は最下層に広がる冷たい水の上で仰向けに浮かび、やがて寒さに耐えかね、水から這いあがる。

　それから塔の最上部に唯一見える扉を目指し、ふらつく身体とおぼつかない足取りで、錆びついた階段を上り始める。

　延々と連なる螺旋階段の、おそらく四分の一ほどまで上ったところで私は体勢を崩し、眼下に広がる水の中へと落ちていく。

　そこで目が覚め、なんとも不快な心地で布団から起きだした。

　呆然としながらも、五日前に見た夢とほとんど同じ内容だったことは理解できた。

　寝ぼけ頭で気味が悪いと思いはしたものの、着替えて身支度を整えている間に記憶はどんどん薄まり、朝食を済ませる頃には意識の上から完全に消えてしまった。

　夢の考察より、今日もやるべきことと考えるべきことがあった。

　昨日の昼間、謙二から再び連絡が入り、無事に美月と面会ができることが決まった。
今日は昼過ぎに再び仙台市内で、今度は美月と会う約束である。

出かけるまでまだ時間に余裕があったので、細々とした仕事を済ませておこうと思い、居間から廊下を渡って仕事場へ向かう。

仕事場の前まで来て、入口の障子戸を開けようとした時、視界の端に違和感を覚えた。不審に思って視線を巡らせると、違和感の元は庭先にいた。

仕事場に面した廊下のガラス窓、その向こうに見える前庭に人が突っ立っている。否。正確には人ではなく、人の形を成した何かであり、この世に生きる者ではない。

身長は百五十センチほど。灰色のスウェットらしきものを上下に着こんでいる。胸の膨らみや身体つきから察して、おそらく女性らしいと判断できるが、確証はない。顔には白黒でプリントされた紙の面が貼りついていて、素顔がまったく見えないからである。

白黒で、なおかつ粒子も荒っぽいため、これも判別に悩むものがあったが、女の顔に貼りついている面は、小学校低学年ぐらいの幼い女の子の顔だった。

元は無邪気な笑みを浮かべた面貌（めんぼう）だったのだろうが、両目と口の部分が切り抜かれて黒い穴が開いているため、目玉をくり抜かれた人形が笑っているようにも見える。

私の古い記憶が間違っていなければ、幼い頃の美月の顔にそれは極めて似通っていた。謙二が一昨日（おととい）話していた、美月の面を被った女とは、こいつだろうと瞬時に察する。

女は前庭に植えられた皐月（さつき）を背にして突っ立ち、こちらに視線をまっすぐ向けながら、微動だにしない。中肉中背で、それなりに成熟している体軀（たいく）に対し、幼い娘の顔写真を貼りつけた姿はいかにもアンバランスで、全身から異様な雰囲気を放っている。

廊下のガラス窓を挟んでこちらも微動だにせず、女の顔を黙ってじっと睨み据える。

時間にすれば、おそらく一分ほど経った頃だろうか。

木偶のように佇んでいた女がふいに踵を返して背中を向けると、我が家の敷地の前に広がる杉林の中に音もなく入りこんでいき、それきり姿が見えなくなった。

女が退散したのを確認すると、すぐに仕事場へ入って魔祓いの御札と御守りを作った。

御札は家の内部の四方に貼るタイプのもので、魔祓いの文字通り、家内に怪しいものが入りこむのを防ぐために用いるもの。

あらゆるものに対して万能というわけではないが、それでも使うのと使わないとでは、多少なりとも違いはあるだろう。まずは効いてくれることが肝心である。

長らく拝み屋を営み続けてきて、こうした札を使うのは、今回が初めてのことだった。

なまじ、仕事場を構える自宅にこうした結界のようなものを作ってしまうと、仕事場へ訪れた依頼主にとり憑いている者が、家の前で一時的に離脱してしまい、鑑定に支障をきたしたり、判断を見誤ってしまう恐れがある。

これは昔、水谷さんから教わった流儀で、仕事で魔祓いや憑き物落としを扱うのなら覚えておけと言われていたことである。現に水谷さんも、自宅と別棟になった仕事場にこうした言わば、保身のための御札は一切貼っていない。

だから、私自身も平素は用いないようにしているのだが、今回は直感的な判断として家の守りを固めることを最優先とした。

理由は己の保身ではなく、妻の身の安全を守るため。

今回の美月に関する案件が、十一年前の椚木の一族にまつわる災禍に関係してくるか、あるいは関係しないまでも、今後の展開いかんによって、あれ以上の事態が全容として浮かびあがってきた場合、なまじの対応では真弓を守りきれる自信がなかった。

ただでさえ平素は、前述した事情があって、我が家は基本的に視えざる外敵たちから無防備な状態に晒されている。

それでも真弓を危険な怪異に巻きこまないため、代替策としてかなり強力な御守りを渡して肌身離さず持ってもらっているのだが、今回はそれでも不安を感じ、さらに強い御守りをもう一枚追加で作り、持ってもらうことにした。

家の四方を固める御札と新しい御守り。これらふたつで果たしてどの程度、妻と家を守りきれるか。正直なところ、まったく予想のつかない不安があったが、やれることはやっておくに越したことはない。

加えて、美月の件が長期化する可能性があることも重々考慮して、少なくともそれが解決の兆しを見せ始めるまでは、我が家に依頼主を招く対面相談も、極力控えるべきと判じる。無期限で収入が途切れることになってしまうため、貧乏暮らしの境遇としては、痛手を被ることになってしまうが、事情を鑑みれば、なんの関係もない相談客に災禍が飛び火する可能性がわずかでもある限り、自粛しないわけにはいかなかった。

とにかく何が起きるか分からないのが、十一年前に起きた、あの災禍の特質なのだ。

真弓に事情を伝えるべきか悩んだものの、結局、くわしいことは伝えないことにした。

仮に全てをつまびらかにしたところで、いたずらに不安を煽(あお)ってしまうだけだろうし、真弓自身は私が渡した御守りで自衛してもらう以外に、何もできることはない。

とにかく少し厄介な案件を抱えたので、すまない。ちょっとの間、我慢してほしい。

それだけを申し伝えて納得してもらい、さっそく私の心配をし始める妻に玄関口まで見送られながら、仙台へ向かった。

約束の時間に駅前の待ち合わせ場所まで向かうと、謙二と美月はすでに先に来ていて、私の到着を待っていた。

「話をする場所、本当に私の家でもよかったんですよ？」

挨拶(あいさつ)早々、わずかに怪訝(けげん)な色を浮かべた謙二にそう言われたが、適当に言葉をかわし、どこかなるべく人目に触れない場所で、できれば先に私と美月のふたりで話がしたいと謙二に告げる。やはり少しだけ訝(いぶか)しまれたようだが、「お願いします」という私の言葉に、謙二は「分かりました。お任せします」と応(こた)えてくれた。

謙二のすぐ傍らで、どことなく所在なさげに佇みながらこちらを見あげる美月の顔は、一瞬、千草と見紛(みまが)うほど面立ちがよく似ていた。

千草は茶髪で長い髪をしていたけれど、美月はショートカットの黒髪。髪型を除けば母娘(おやこ)というより、母親の生き写しのような印象を抱かせた。

そしてその顔は同時に、今朝方庭先で見かけたあの女の面にも、やはり酷似していた。

「久しぶりだね。私のことは覚えてるかな？」

語りかけると、美月は「はい、ちょっとだけ」と答えた。

何しろ十一年ぶりに会うため、今現在における美月の常態など、知る由もないのだが、それでも様子が普通でないことだけは、十分に感じ取ることができる。

顔色は若干蒼ざめ、おそらく少しやつれたのだと思う。こちらに視線を向ける表情はどことなく生気のこもらない印象で、目はいかにも気だるそうな色を帯びている。

「もうお父さんから聞いていると思うけど、深町さんに頼みに行った件、もしかしたらこっちでなんとかしてあげられるかもしれない。くわしく話を聞かせてもらえない？」

少々ためらいがちではあったものの、美月がうなずいてくれたので、謙二と一旦別れ、美月とふたりで歩きだした。

駅からほど近いカラオケ店で個室を借り、ガラステーブルを挟んだソファーの対面に美月を座らせる。

本題に入る前に「何か注文しようか？」と尋ねると、美月はメニューを見つめながら、「パフェが食べたい」と答えたので、パフェとジュースを注文してあげた。

まもなくパフェとジュースが届き、美月がパフェを半分ほど食べ進めたのを見計らい、ようやく本題に入ることにする。

「お母さんが身体に乗り移ったって聞いているけど、今も身体の中にいるのかな？」

「はい。いつでも感じるわけじゃないけど、身体の中にいるのは分かります」

わずかに目を伏せ、眼前のテーブルのほうへ視線を流しながら、美月が答える。

「こういうことは今回が初めて？」という質問にも、「はい」という答え。

「体調のほうは大丈夫？」という質問にも、「はい」と答えが返ってきた。

「悲しいことだけど、お母さんは成仏できていないって話を聞いた。お母さんが成仏を望んでいるとも聞いたし、君がその願いを叶（かな）えてあげたいって話も聞いた。どうすれば、お母さんを成仏させてあげられるんだろう？」

尋ねると、美月はつかのま目を伏せ、それから答えた。

「もう一度だけでいいから、家に帰りたいって。家に帰って、幸せだった頃の思い出に少しの時間だけでも触れることができたら、成仏できるって言ってます」

〝家〟か。家と言っても、候補は二軒ある。千草が謙二と美月と三人で暮らし、千草が亡くなってしまった、市街の住宅地の中に立つ一軒家。もう一軒は千草の実家に当たる、県北の山中に立つ椚木の屋敷である。

住宅地の家に関しては、現在どうなっているのか分からないが、椚木の屋敷のほうは、千草が亡くなってしばらくしたあと、昭代が売りにだしたはずである。

「どっちの家？」と尋ねたところ、住宅地の家のほうだと答えが返ってきた。

「住所を忘れてしまったわけでもないだろうに、自分で帰ることはできないのかな？」

これに対しては、「できないみたいです」と美月は即答した。

「家には今、別の人が暮らしているし、その家の人は幽霊とかお化けとかに敏感だから、勝手に入っていったら気づかれて、怖がらせてしまうかもしれないって」

なるほど。今の住人に気を遣っているというわけか。

「拝み屋の深町さんにお母さんの件を何度も頼みにいっているのは、深町さんだったら、今の家に住んでいる人に気づかれず、お母さんを家の中に入れてあげられるから？」

「多分、そうみたいです。深町さんにはそういう力があるから、お母さんは深町さんにお願いしたいって言ってるから」

「私にはできそうにないかな？」

「さあ、分からないです。お母さんも『分からない』って」

まあそうだろうと思う。当然といえば当然の答えである。私だって、そんな変則的な条件で故人を成仏させたことなど、一度もない。

だが深町には、どうやらそういうことができるらしい。話の筋は、大体分かってきた。他にもいくつか分かったこともある。あとはもう少し確認するだけで、今日のところはひとまずよかろうと判じる。

「昔、暮らしていた家に戻って思い出に浸るよりも、自分の娘とこうして接することで、どうにか成仏はできないものかね。謙二さんともしばらくぶりに再会できたんだろうし、そういうことでは気持ちは満たされてくれないのかな？」

美月の顔を覗（のぞ）きこみながら、できるだけ柔和な笑みをこしらえて問いかける。

美月は思案げな色を浮かべた視線をしばらく床に向かって伏せたあと、それから再び視線をあげて、「やっぱり、あの家をもう一回見たいって言ってます」と答えた。

「そうか……分かった。そういう事情なら、なんとかしてあげないとね。私のほうでもどうしたらいいのか、いろいろ考えてみよう。そのうえでお父さんと一緒に深町さんとお会いして、深町さんにもこの件をお願いしてみよう。それでどうかな？」

今度はさらに長い沈黙があり、「分かりました。お願いします」と答えが返ってきた。

交渉成立。これで当面、美月が深町の事務所をひとりで訪ねることはなくなるだろう。あとはできれば、こちらのほうで千草の「お願い」を解決できれば申し分ないのだが、それはまだなんとも言えない。

「ありがとう。これで私も安心した。最後にひとつだけ質問してもいい？」

「なんですか？」

「お母さんのこと、今でも大好き？」

「はい、大好きです。こんな形だけど、また会うことができて嬉しいです」

この質問には、すぐに答えが返ってきた。それまでは緊張してわずかに強張っていた顔がふわりと緩み、あどけない笑みを浮かべて美月は答えた。

「わたしの身体に降りてきているっていっても、お母さん、すごく疲れているみたいで、話す言葉はほとんど途切れ途切れなんです。だからあんまり長いお話はできないんです。身体に入っているから顔も見えないし……」

ただ、それでも嬉しいですと美月は笑んだ。

美月がまだ幼い頃、千草が亡くなってからしばらくの間は、枕元や夢の中にたびたび千草が現れて美月に笑いかけてくれたり、寂しい時には慰めてくれたりしたそうである。けれども美月が成長していくにしたがって、まるで千草が親離れを促したかのように、いつしか声も姿も、気配すらも現すことはなくなってしまった。

それが今頃になってどうして？　という思いを美月も抱かなかったわけではなかった。だが、そんな疑問などより、母と再び触れ合うことができた喜びと、母から聞かされた現状を憂い、なんとかしてあげたいという気持ちのほうが美月の中で強く勝った。

「だからわたし、必死になって深町さんのところ、何度もお願いにいっていたんですが、それがこんなふうに父や郷内さんまで巻きこんでしまって、本当にすみません……」

美月が深々と頭をさげたので、私は「いいんだよ」と答えた。

「もしかしたら、事情は知ってるかもしれないけど、私は君のお母さんに借りというか、負い目みたいなものがあってね。前からずっと、できればいい形で償いたいと思ってた。それが叶いそうで、むしろありがたい。拝み屋として、できることならなんでもするよ。困ったことがあったら、どんなことでも相談してほしい」

美月がうなずいたのを見計らい、「パフェのおかわり欲しい？」と尋ねると、美月は礼を言って、大きなパフェをもうひとつ頼んだ。

これで美月に対する聞き取りと確認は終了である。概ね満足のいく結果だった。

美月と一緒に謙二の許へ戻り、この日は美月と別れた。

今度は謙二とふたりで、近くの喫茶店に入る。

「どうでしたか？」という謙二の問いに、「確かに降りてきてますね」と私は答えた。

それが亡くなった自分の身内であれ、あるいはまったく縁もゆかりもない他人であれ、生身の人間の身体に誰かの魂が降りてきている状態を、これまで何百件も見てきている。それらの真贋は、当事者の顔色や言動、その他、ちょっとした挙動などで見分けがつく。美月の場合は、間違いなく本物だった。彼女が自分の意思で千草の名前を騙り、虚言を語っている可能性はゼロだと伝えた。

これだけでも謙二は動揺していたが、千草が提示している「成仏」の条件については、さらに驚いた様子を見せた。だがその一方で、しみじみと得心したような反応も見せた。

「本当にひどすぎる別れ方でしたけど、確かに思い出は、たくさんある家でしたからね。もしかしたら私や美月も知らない、心残りのようなものがあるのかもしれません」

「それで、今後の方針についてなんですが、やっぱりその深町さんには一度、ふたりで会いにいきたいと考えています。残念ながら現状では、私に千草さんを成仏させられる手段は思いつきませんが、向こうはどうやらそういうことが可能な手段をお持ちらしい。他にもちょっと確認したいこともありますし、もし可能であれば、なるべく早いうちに面会させてもらいたいんです」

私の提案に謙二は了解し、その場ですぐに深町へ連絡を入れてくれた。深町の希望では、謙二と美月の三人で話がしたいとのことだったが、私自身の判断で今回は美月を交えず、代わりに私を拝み屋ではなく、謙二の身内の者ということにして、面会の打診をしてもらう。

「大丈夫だそうです。〝身内〟の立ち合い、OKとのことでした」

通話を終えた謙二の報告にひとまず安堵する。面会は明日の午後からとのことだった。

これに加えてもうひとつ、謙二に伺いを立てる。

「本人には『言わないで』と言われていますけど、私の判断では今回の件、昭代さんに報告すべきだと思います。実は昭代さんのほうにも何点か確認したいことがありまして、事実を伏せたままだと動きづらいという私の都合もあるのですが、いかがでしょう？」

こちらもすんなり了解をもらえた。中学生との約束を破るのはいくらか気が引けたが、たとえ恨まれようと立場上、問題を解決するほうが優先である。

さっそく携帯電話の電話帳から番号を探しだし、昭代に連絡を入れる。通話に応じた昭代に私が名乗ると、初めは嬉しそうな声をあげていたのだが、本題に入るとまもなく、予想していたとおり、ひどく陰った声色になった。

「大丈夫です。かならずなんとかしますから」と昭代に約束し、この件を美月本人には伏せておくこと、それからできうる限りで構わないので、椚木の一族の各家庭の近況を調べてほしいと頼んだ。昭代は快諾してくれ、一週間後に改めて会うことになった。

十一年前に椚木の家から始まったあの怪異は、本家のみならず、当時の千草の家庭や多くの親戚の家にまで波及するという、それは大きな災禍だったのである。

あまり考えたくはなかったが、美月の面を被った女の件を始め、今回も早い段階から不穏な予感はすでに十分感じとることができる。あるいは美月と千草の件以外にも何か、椚木の一族の中で、別種の怪異が起きている可能性もないとは言いきれない。

仮に何かが起きているとしたら、それは美月と千草の件や、美月の面を被った異形の素性とつながり合う可能性が高い。こじつけや妄想のたぐいなどではない。十一年前に勃発した椚木の家の災禍とは、まさにそうした異様極まる性質を帯びたものだったのだ。

先んじて全体を確認しておくことに越したことはないと思った。

これで一応、現状において組める段取りは全て組むことができたはずである。

あとは途中で不測の事態が生じない限り、個々の確認作業を進めつつ、状況に応じて然るべき対応をとっていく流れになる。朝からいろいろあったものの、今日はどうにかこの辺で人心地つけそうだと感じる。

時計は四時半過ぎを指していた。すでに日は傾き始め、店の窓から見える街の景色は、藍色の薄闇に染まっている。そろそろ切りあげようかと、ぼんやり考えていた時だった。

「あの、もしもよかったらですけど、私と千草の話、聞いてもらえませんか？」

ふいに謙二が、思いつめたような表情で切りだした。

千草との馴れ初めから離婚に至るまでの経緯を、私に聞いてもらいたいのだという。

私が千草と直接的に関わっていたのは、十一年前の初夏に彼女から依頼を受けてから、せいぜい二ヶ月程度。おまけに顔を合わせた回数も、わずか三、四回に過ぎない。

とはいえ、その二ヶ月程度に顔を合わせた数回が、いずれも強烈な体験になったため、私の頭に思い浮かぶ千草の人物像は、かなり浮世離れしたものだった。

私が知らない、素顔の女性としての千草とは、果たしてどんな人物だったのか。

おのずと興味が湧いて謙二の話に聞き入ってしまったのだが、彼の口から明かされた千草にまつわる古い話も、決して平穏とは言い難いものだった。

椚木千草【二〇〇〇年十二月下旬】

それは今から十六年前。そろそろ暮れも押し迫る、真冬のひどく寒い夜のことだった。

その日、謙二は夕方頃から仙台市内の歓楽街に出かけ、適当に入ったショットバーで時間を過ごし、気の向くままに杯を重ね続けていた。

当時、謙二は二十代前半。

県南の小さな田舎町に生まれた謙二は、地元の高校を中退したのち、実家を飛びだし、仙台に住む従兄弟のアパートに転がりこんで暮らしていた。

仕事は、交通整理から土木関係、パチンコ店のホールスタッフなど、雇ってもらえるものはなんでもやった。だが、いずれも長続きすることはなく、数ヶ月から半年おきに職を転々とするサイクルが何年も続いていた。

理由は対人関係や労働時間、賃金の問題など様々だったが、それは上辺の問題であり、根本的な理由ではなかった。己の気力のなさこそが、最大の原因だった。

元々、謙二は何かやりたいことがあって、高校を中退したのではなかった。

高校時代のある時期から親との確執が生じ、家にいること自体が耐えられなくなった。家出のような形で実家を飛びだし、同時に高校も中退することになったのである。

親とはその後、ほとんど絶縁状態にある。現状からの逃避を目的に家から逃げだしただけで、特にやりたいことなどなかったし、何かを見つけようにも、中途半端に終わらせた学歴が災いして、選択肢は限りなく狭い。目的意識はおろか、将来への展望もないまま働く仕事に、張り合いなど生じなかった。だから気分が塞いでくると些細な不平を理由に、謙二は離職と就職を繰り返していた。

しかし、そうした生活を五年近くも続けた結果、気分はますます落ち込む機会が増え、見つかる仕事は業種も数も、ますます減っていく一方だった。自暴自棄に駆られ、もう何もかもどうなったっていいと思うことも多かった。だが、だからと言って、悪いことに手を染めたり、死を選んだりする度胸もなかった。代わりに謙二がしていたのは、時折こうして、大して呑めない酒を呑むことだった。憂さを晴らすためでも、厭なことを忘れるためでもなく、自分を痛めつけるために呑む。限界まで呑んで具合が悪くなると、自分に対して「ざまあみろ」という気持ちになった。そうした時だけ、ほんの少しだけ気持ちが楽になることができた。

この日もやけになってオーダーを繰り返し、杯を重ね、財布が許す限り呑みまくった。普段ならば水割りを五杯も呑めば、視界がぐらぐらと揺らぎ始め、トイレに腹の中身をぶちまける羽目になる。だが、なぜかこの日は、何杯呑んでも気分が悪くならなかった。

これまでの自己記録を更新する七杯目からは、ストレートで呑んでみた。けれども視界は一向にぐらつかず、吐き気を催すこともなかった。

それから続けて三杯、ストレートを呷ってみたが、気分は少しも悪くなる気配がない。この辺りで財布の中身も心許なくなってくる。不思議なこともあることだと思いながら、やがて時計が十一時を回る頃、謙二は見切りをつけて店を出た。

その日は平日だったが、忘年会のシーズンである。往来はそれなりの人通りで賑わい、ずらりと軒を連ねる店の前のあちこちで、酔客たちの陽気な声が飛び交っていた。

そうした周囲の華やぎとは裏腹に、謙二は暗く沈んだ顔をうつむかせ、師走の寒気に肩を強張らせながら、最寄りの地下鉄駅がある方面を指して、とぼとぼと歩いていく。

十分ほど歩いた頃だった。謙二は異変に気づいて足を止めた。

そろそろ歓楽街を抜けだしてもいいはずなのに、謙二は未だ、歓楽街の只中にいた。

単に自覚がないだけで、実はそれなりに酔っているのだろうか。

思いながら気を取り直し、再び駅へと向かって歩きだす。

道端の軒先に見慣れた立て看板が置かれている立ち呑み屋の角を曲がり、続いて駅の入口がある大通りへ延びる路地を歩いていく。

ところが路地を歩いているうち、気づくと謙二は、またしても歓楽街の只中にいた。

さすがに少し呆然となる。

そんなに頻繁に訪れる場所ではないため、この界隈の道に熟知しているわけではない。

だが、さすがにおおよその道筋ぐらいは知っているし、碁盤状の等間隔に道が敷かれたこの歓楽街は、むしろ迷って出られなくなることのほうが難しい作りをしている。

とはいえ、自分が駅まで達することができないのは事実だった。

やはり、酒のせいで方向感覚がおかしくなっているのだろうと思う。自覚はなくともそのように割り切る以外、納得のいく答えは出なかった。

あまり気乗りはしないものの、背に腹は代えられない。道行く誰かに駅までの道順を尋ねようと思い、周りに目星をつけ始める。

背後に視線を向けると、往来のまんなかにぽつりと突っ立つ人影と、目が合った。

それは、濃紺色のコートを羽織った、髪の長い若い女だった。

一見すると、往来を行き交う生身の人間たちと、何も変わらないように見えた。

だが、女は靴を履いておらず、脛(すね)のあちこちやつま先に丸い穴の開いた黒いタイツが、凍てついた路上へ貼りつくように突っ立っていた。

同じくコートの裾(すそ)にも、焼け焦げたような黒い穴がいくつも開いている。

女の容姿がこれだけなら、今しがた火事から逃げだしてきたような印象ぐらいしか、抱かなかったのだろうと思う。

だが、女は身体が薄く透けていて、背後の景色がモザイクのようにちらついていた。

顔つきはひどく陰気で精彩に欠けているが、目だけはやたらと大きく見開かれている。女はピンポン玉のように丸い目で、こちらをまっすぐ見つめていた。

とたんに背筋がぞっと凍りつく。

すかさず視線をそらし、その場を足早に去り始めた。

歩きだしてまもなく、背後をちらりと振り返ってみると、女は先ほどとほとんど同じ間隔を保ちながら、まっすぐ謙二を追ってきていた。

あんなものを見たのは生まれて初めてだったが、直感で「幽霊」だと思った。背筋にぞわぞわと得体の知れない寒気が生じる。すかさず徒歩が駆け足へと変わった。

血相を変え、人込みをすり抜けながら走りだすと、やがて視界前方の道端に置かれた立ち呑み屋の立て看板が見えてくる。呑み屋の角を曲がった路地をまっすぐ抜ければ、駅へとたどり着くことができる。

角を曲がり、死に物狂いで駆け抜けた路地の先は、歓楽街のまんなかだった。

その場に棒立ちとなり、荒れた呼吸を整えながら、背後をゆっくりと振り返る。

数メートル先の路上から、女がこちらに向かってずんずん歩いてくるところだった。

とうとう「うわっ！」と悲鳴があがり、再び矢のごとく一直線に駆け始める。

そこへふいに右腕を抱えこむようにぐっと摑まれ、二度目の悲鳴があがった。

「こっち」

耳元で、若い女の声が囁いた。振り返ると、目の前に女の顔があった。背後から迫る得体の知れない女ではない。謙二より年下の、十代後半とおぼしき少女だった。

少女はそのまま謙二の腕に絡めた細い腕を引き、通りの道端で蛇のように口を開ける細長い路地の中へ謙二を引きずりこんだ。

「多分、寂しいんだよ。彼氏が欲しいんだね」

傍らで再び聞こえた声に視線を向けると、困ったような笑みを浮かべながら、少女が謙二の顔を見あげていた。

「見えるのか、あれ？」

「うん、まあね。さっきからふたりでこの辺、ぐるぐる回ってたでしょ？」

「ああ」と返しはしたものの、事態がよく呑みこめなかった。

少女を見る。セミロングの黒髪に、フードのついた深紅のダッフルコートを着ていて、まるで赤ずきんのようにあどけない笑みを浮かべている。面立ちや背恰好から考えても、やはり十代後半だと思う。ただ、間違いなく生身の人間ではあった。

「逃げる？」と、少女が藪から棒に尋ねてきたので、謙二もとっさに「ああ」と答えた。

「行こう」

言いながら少女は謙二の腕を引き、路地を抜けだして大通りに戻った。

びくつきながら通りの周囲を見回したが、女の姿はどこにも見えない。

「ごめんね。もうちょい、ひっつく感じになってもいい？」

聞こえた問いに応えるまもなく、少女は謙二の身体にぴたりと半身を寄せつけた。

そのままの形で通りをまっすぐ歩き始める。

「なあ、あれって幽霊か？　悪霊みたいな化け物かなんかか？」

未だに事態が呑みこめなかったが、どうにか口を開いて尋ねると、少女は笑いながら、

「化け物なんて言ったら、かわいそうだよ」と答えた。

「寂しいだけ。寂しいから、彼氏が欲しくって探してるんだと思う。だからこうやって、彼女がいるふりしてれば大丈夫。『なんだ、彼女いるじゃん』って諦めると思う」

少女の言葉を聞きながら呆然とした心地で通りを歩いていくと、何分もしないうちに歓楽街を抜け、地下鉄駅がある大通りへ出た。

「驚いた……。いや、でもありがとう。もしかして、霊能者とかなんか？」

「何それ？　違うよ。普通の十九歳」

満面にこぼれんばかりに浮かんだ笑みは、やはりまだ未成年のあどけないそれだった。

「呑みにきたのか？　十九だったら、まずいじゃん」

「ううん……まあ、友達に誘われて。でもあたしバカだから、友達とはぐれちゃってさ。ほんとはね、あたしもさっきからこの辺ぐるぐる回ってたの。そしたら、見つけた」

言いながら、少女は謙二の顔を指差した。

「謙二。高鳥謙二っていう。ありがとう、助かったよ」

「謙二」

少女は微笑み、まるで嚙みしめるかのように、謙二の名前を復唱した。

「椚木千草。田舎のほうに住んでるんだけど、たまに友達とね、仙台に遊びに来るんだ。今日は忘年会みたいな感じ」

先ほどまで潰れるために呑んでいた自分のことを棚にあげ、「呑み過ぎんなよな」と千草に言うと、「大丈夫だよ。だってあたし、呑めないもん！」と返された。

そこへ、背後の歓楽街の通りから「千草！」と叫ぶ声が聞こえてきた。

見ると、通りの向こうの人込みの中に千草と同年代とおぼしき金髪頭の少女が立って、こちらに向かって手を振っている。

「あ、いた。ごめんね、もう行く。じゃあね」

「うん。ありがとう」

言いながら千草に右手を差しだす。千草もすぐにそれに気づいて、謙二の手を握った。

それは謙二としては、少しだけ名残惜しい別れの挨拶のつもりだった。

だが、謙二の手を握り返した千草の言葉は、謙二がまるで意図しないものだった。

「傷、ひどいね。ねえ、どんなひどい傷？」

あどけない笑みから一転して、千草は物憂げな眼差しで謙二の顔を見ながら言った。

「何が？」と訊き返したとたん、歓楽街の通りから再び「千草！」と聞こえてきた声に、千草は「はい！」と応えて、手を離した。

「ごめん、行くね」

千草も名残惜しそうに別れを告げると、歓楽街の中へ小走りに去っていった。

壊れた母様の家　乙　契りと共生【二〇〇一年六月】

仙台の歓楽街で千草と出会ってから三ヶ月後、謙二は仙台から県北の田舎町へと移り、建築関係の職に就いた。

長らく厄介になっていた従兄弟(いとこ)に恋人ができたことで、アパートには居づらくなった。

当初は市内で適当な住まいを見つけようとしたのだが、家賃の折り合いがつかなかった。

折しも半年近く勤めていた仕事も、そろそろ先行きが暗くなり始めてきた頃だった。

そこへたまさか求人広告で、県北の建築会社が、寮完備でバイトを募集しているのを見つけた。長続きするかどうかはともかく、当面の住まいが手に入るのは魅力的だった。

さっそく会社に連絡をとり、形式的な面接を済ませると、謙二は難なく採用となった。

三月から六畳一間の狭い寮に入り、それなりにきつい仕事をどうにか勤め続けていた。

新しい生活にもだいぶ慣れ、気持ちに余裕もできてきた六月半ばの日曜日。

昼下がり、謙二は初夏の清々(すがすが)しい陽気に誘われて、寮からほど近い公園へおもむいた。

近所に一軒だけある雑貨店で缶コーヒーと菓子パンを買い、公園の片隅に高々と生える栃(とち)の木の日陰になっているベンチに腰掛け、昼食を摂(と)り始める。車もなければ金もない謙二にとって、唯一思いついて実行することができた、ささやかな娯楽だった。

公園は学校の校庭ぐらいの面積があり、かなり広々としている。休日だからだろうか、人の数も多く、小さな子供を遊具で遊ばせる若い両親の姿や、地元のグループホームの入居者とおぼしき年配者たちが、介護士らしき男女に付き添われて歩いている。

ベンチから少し離れた前方に、車椅子に腰かけた年配女性を押して歩く中年女性と、その傍らを並んで歩く、若い女性の姿が見えた。

若い女性は、セミロングの髪の毛を明るい茶色に染めた、十代後半とおぼしき年頃で、女性というより、まだ少女と言ったほうがよさそうな、あどけない笑みを浮かべていた。

彼女の顔に何気なく視線を投げていた時、ふいに半年前の記憶が脳裏に蘇り、思わず「あ」と声が漏れた。

ベンチから立ちあがって、「久しぶり！」と声をかけると、彼女はこちらを振り向き、それからたちまち満面を輝かせ、「謙二！」と答えた。子供みたいに両手をばたつかせ、こちらへいそいそと駆け寄ってくる。

「やっぱり呼び捨てかよ。まあ、いいか。本当に久しぶり。元気にしてた？」

「まあね。と言いたいんだけど、そうでもないかな？」

小首を傾げながら、やれやれと言った調子で千草が答えた。

訊けば千草は、この田舎町に暮らしているのだという。高校を卒業した去年の春から、この公園の近くにあるグループホームに勤めている。今日は半日勤務で、仕事はすでに終わっていたのだが、なんとなく散歩がしたくて同僚たちについてきたらしい。

まるで示し合わせたかのような偶然に、謙二はしんから驚嘆した。

「まったく……。世間は狭いな、椚木くん」

「我々には狭すぎるんでしょうよ！」

芝居がかった口調で振った謙二の言葉に、千草は弾んだ声ですかさず応えた。

「驚いた。『インディ・ジョーンズ 最後の聖戦』。よく分かったな。好きなんだ？」

「うん、好き。何回も観た。インディ・ジョーンズ、かっこいい」

謙二が口にしたセリフは、劇中でハリソン・フォード演じるインディ・ジョーンズが、彼と因縁浅からぬ盗掘団のリーダーと交わす、ファンにとっては印象深いセリフだった。ただ、さりげない場面で交わされる短いセリフなので、千草が知っていたことに驚いた。

「髪の色、変えたんだ？」

「うん。ちょっとイメチェン？ 変な感じ？」

「いや、似合ってる」と返すと、千草は「ありがとう」と微笑んだ。

こちらが勧めるまでもなく、千草は同僚たちに断ると、謙二の隣に腰をおろした。

それからふたりで話をした。趣味や特技、好きな食べ物といった他愛もない話題から、地元の名物や歴史まで、次々と思いつく限りの話題をだし合っては、夢中で語らった。

やがて話題が、「好きな人はいるのか？」という質問になった時だった。

それまで笑っていた千草が、ふいに顔色を陰らせて、「いないけど、妊娠してる」と、つぶやくようにぽつりと言った。

エプロンに隠れて目立たなかったが、よく見ると千草の腹は、少しだけ膨らんでいた。何ヶ月かと尋ねると、千草は「六ヶ月」と答えた。立ち入った話なので、それ以上を訊くべきかどうか、かなりためらった。だが、訊かずにもいられなかった。

結果、やはり訊かなければよかったと思う。

千草の腹に入っている子の父親は、千草の身内に当たる人物だった。望んで授かったのではないと、千草は言った。身内の男に犯されてできたのだという。

「堕ろさないのか？」と尋ねた謙二の言葉に、千草はさらに驚くべき答えを口にした。

「産むよ。だってわたしもこの子と同じような境遇だから、大事にしてあげたいんだ」

千草自身も、実の両親との間に生まれた子ではないのだという。千草の父親と身内の女、それも父親の母親、千草から見て祖母に当たる人物との間に生まれた子なのだという。ゆえに幼い頃から、戸籍上の母親には疎まれながら育てられ、産みの母親からも十分な愛情をもらうことなく、この歳まで生きてきたとのことだった。信じられないような話だったが、千草の目は本気だった。

謙二としては、身内の男に犯されてできた子など、生まれてくることのほうがむしろ、不幸なのではないかと感じた。現に千草自身も、複雑な事情をもって出生したからこそ、これまで謙二の想像もつかないような、悲惨な人生を歩むことになっているはずである。

それなのに、どうして千草は「産む」などと言いきれるのか。謙二には彼女の心情が、皆目理解できなかった。

「誰が親とか、生まれてくる子には関係ないじゃん」

謙二が言葉を返せず黙りこんでいると、ひとりごちるように千草が言った。

「誰と誰の間にできた子だから、生まれてきたらダメとか、不幸になってしまうとかさ。そういうのって、周りが勝手に決めることじゃないじゃん」

言いながら千草は視線を前方に向け、大きくゆっくりうなずいてみせた。

「あたしはこの子をちゃんと産むしね。絶対幸せにする。もう決めてるから、大丈夫」

微笑みながら、千草が言った。

その笑みと言葉は力強いものだったが、謙二には、千草自身が複雑な境遇に生まれ育ったことへの反動のようにも感じられた。決意は立派なものとは思えど、これから先、無理だけはしなければいいが、とも思った。

気づけば四時間近くも話しこんでいた。日差しも弱まり始め、少し肌寒くなってきた。いつのまにか周囲に見える人影も、だいぶ少なくなっている。

思いがけない再会から始まった無邪気なやりとりも、気づけば予期せぬ悲惨な告白と、重苦しい話題になっていた。

ただ、こんな話を長々聞かされても、謙二は千草に嫌悪を抱いたり、忌避する感情は少しも湧いてくることはなかった。代わりに漠然とした心配のほうが、胸の中に募った。

千草に携帯電話の番号を教えると、千草も自分の番号を教えてくれた。

「また話そう」と言った謙二の言葉に、千草も「うん」と微笑んでくれた。

それからふたりは休日の公園で何度か会って、そのたび、少しずつ仲を深めていった。ひと月ほどが経つと、千草の車で街場に食事や、映画を観に出かけるようにもなった。

千草は時折、誰もいないはずの路傍や店の片隅に目を向けて、しきりに首を傾げたり、笑いかけたりすることがあった。

「また、何かいるのか？」と尋ねると、千草はいつも「まあね、でも大丈夫」と答えた。

物心ついた頃から、他人の目には視えない、妙なものを視ることが多いのだという。

もはや日常の一部と化しているので気にしないでと、そのたびに千草は笑った。

こうした奇妙な個性を持つ一方で、千草は気丈な気質と、明るさを持つ娘でもあった。

出産やこれからの暮らしについて愚痴をこぼしたり、泣き言を言ったりすることもなく、謙二の前ではいつでもよく笑い、朗らかに振る舞っていた。

それればかりか千草は、自分の話などよりも、謙二の話のほうをこそよく聞いてくれた。

「傷、ひどいね。ねえ、どんなひどい傷？」

昨年の暮れ近く、謙二の手を握りながら千草がぽつりとつぶやいた、あのひと言。

それは謙二が実家を飛びだすことになった、親との込み入った確執の問題だった。

口にだすのも憚(はばか)られ、一緒に暮らしていた従兄弟にさえもほとんど話したことのない、甚だ気疎い心の傷を千草は謙二から巧みに引きだし、事細やかに聞き取ってくれた。

初めは何も話す気がなかった謙二も、千草の言葉や笑顔にしだいに気持ちがほぐれて、そのうち胸に秘めていた何もかもを、洗いざらいぶちまけてしまった。

それで問題が解決したわけではなかったが、気持ちはだいぶ楽になった。

胸の痞(つか)えが下りると、それまで適当にこなしていた仕事にも身が入るようになった。

仕事も含め、ここ数年、灰色だった人生に明るい色が戻ってきたという実感も湧いた。

おかげで楽しい日々を過ごすことができた。千草もとても楽しんでいるようだった。

ただし、その一方では当然ながら、千草の腹は日に日に大きくなっていった。

千草は当時、実家ではなく、隣町の住宅地の中にある一軒家にひとりで暮らしていた。家は椚木の実家が所有するものなのだという。

千草の妊娠と出産の意志を知った戸籍上の母親が、千草を家から追いだす名目として住まいを貸し与え、出産までの最低限の世話をしているらしい。

千草の家族は誰ひとりとして、千草の腹に宿っている子の父親が誰であるかについて、知らないという。「きちんと説明すべきだろう」と何度か説得したこともあったのだが、千草は決して首を縦には振らなかった。それは偏(ひとえ)に、事実をつまびらかにしてしまえば、問答無用で堕ろさせられることを多分に危惧(きぐ)していたからだろうと思う。

危ぶむ気持ちはよく分かるし、生まれてくる子を守ろうとする志も、立派だとは思う。だが、あまりにも現実を見ていないと思えたし、これから先、赤ん坊とふたりきりでどうやって生きていくのかと思うと、多大な心配も感じていた。

出産予定日を翌月に控えた八月の中頃、謙二はとうとう、決意を固めることにした。

行きつけのファミレスで食事をしながら、「結婚しよう」と千草に言った。

千草はひどく驚いた様子で、「え？　なんで？」と聞き返してきた。

正直なところ、六月に再会してから二月ほど経っても、謙二には千草と交際している実感がほとんどなかった。互いに気持ちを告白し合ったわけではなく、ただなんとなくウマが合って一緒にいる時間が増え、ここまでふたりで過ごしてきただけのことだった。無論、身体の関係なども一切ない。

そうしたなかで謙二が気持ちを固めたのは、やはり千草のことが好きだからだった。これから先もずっと一緒にいたいと思ったし、千草が不幸になってほしくもなかった。ただ純粋に、それだけの気持ちだった。

だから謙二はもう一度、今度は「好きだから、結婚してほしい」と千草に言った。

謙二の言葉に千草は、「ありがとう、じゃあ結婚してください」と微笑みながら答え、それから声をあげて泣きだした。


翌日、千草の仲介で戸籍上の母親、昭代と電話で話すことになった。

千草と結婚したい旨を伝えた謙二に対し、昭代は「そうですか」と返しただけだった。その無機質な声音には、反対はしないが、祝福もしないという冷たさがこめられていた。

一方、謙二のほうも両親に結婚することは伝えなかった。

昭代と同じく、祝福などしてくれないことは、火を見るよりも明らかだったからだ。千草もそれでいいと言ってくれたので、あとは何も考えないことにした。

そうして互いの親に祝福されることのないまま、千草の出産予定が近づく少し前、八月の終わり頃にふたりは夫婦になった。

結婚式は挙げなかったが、代わりに千草の友人たちが結婚パーティーを開いてくれた。金髪頭やピアスだらけなど、見た目は柄の悪そうな連中ばかりだったが、根は優しくて心温かな友人たちだった。彼らが作った手料理を食べながら、酒を酌み交わしていると、ようやく自分たちの門出が寿がれ、結婚したのだという実感が湧いた。

住まいは栩木の家が千草に与えた、件の一軒家。結婚に伴い、謙二は半年近く住んだ寮を出て、千草の無事を祈りながら仕事を続けた。

それから二週間ほど経った九月の初め、千草は無事に元気な女の子を産んだ。

決して口にはださなかったが、謙二は子供の顔を見るまで不安を募らせていたのだが、生まれてきた娘は、目鼻立ちや輪郭まで千草にそっくりのかわいい女の子だった。

「名前はどうする？」と尋ねると、千草は「なんで今まで訊いてくれなかったかな」と、もったいつけるように笑い、少しはにかみながら「美月」と答えた。

とても素敵な名前だと思った。謙二も気に入り、さっそく娘に向かって名を呼んだ。

出産前後から昭代はまめに千草の世話をしていて、千草が退院して家に戻ってからも定期的に訪れ、千草と美月のケアに当たった。

ただ、その姿には実の娘に接する温かさや、孫に接する喜びなどは微塵も感じられず、電話口で聞いた時に抱いた、機械のような印象しか感じ取ることができなかった。

娘と孫が心配だから世話に来ている、というよりは、もしも万が一、何かあった時の世間体を気にして、最低限のフォローをしているだけだろうと思った。

謙二に対する態度もまったく同じで、昭代はこちらになんの興味もないようだった。

千草の実の母親と聞かされている、祖母の百合子も何度か訪ねてきたことがあったが、こちらも似たようなもので、すこぶる態度は冷たかった。

ただ、千草と昭代の顔がまったく似ても似つかないのに対し、千草と百合子の面貌は、驚くほどによく似ていた。千草の出生にまつわるおぞましい事実を知っているだけに、謙二は百合子の顔をなかなか直視することができなかった。


けれどもそうした周囲の不穏な空気に関係なく、当の美月は大きな病気にかかるでも、激しい夜泣きで煩わせるでもなく、あくまですくすくと成長していった。


やがて年を跨ぎ、美月が生まれて半年近くが経つと、昭代と百合子が家に訪ねてくる回数も減り始め、やがて電話の一本すらもかかってくることがなくなった。

千草は育児のため、介護の仕事は休職状態。実家からお仕着せのような形で最低限の仕送りはあったが、当面は謙二の収入に一家の生活がかかっていた。


だから謙二はその後、以前にも増して仕事に一層、力を入れるようになった。残業も休日出勤も厭わず、自ら率先して働き、月に入る手取りを躍起になってあげ始めた。


働くことをつらいと感じることはあっても、逃げだしたいと感じることはなかった。

千草と美月のために働くことが、謙二がようやく見つけた生きがいになっていった。

壊れた母様の家 乙 贖いと救済【二〇〇四年八月】

夢中になって働いていると月日はあっという間に流れ、気づくとふたりの結婚生活はまもなく三年目を迎えようとしていた。

同じく美月ももうすぐ三歳の誕生日を迎えようとしている。こちらもあっという間に大きくなった。ついこの間までは這い這いをしていたと思っていたのが、ふと気づけば自分の足で器用に歩き、最近では言葉もだいぶ達者になってきていた。

千草曰く、「物凄いスピードで人間に進化している」のだそうで、それを聞きながら美月の顔を見るたび、謙二は声をだして大いに笑った。

千草は一年半ほど前から、介護の仕事に復帰していた。就業中は保育所に美月を預け、無理のない範囲で育児と仕事を両立し、家計を助けてくれていた。

一方、謙二のほうも真面目に勤め続けた甲斐あって、一昨年の初夏から正社員として雇用されるに至っていた。おのずと収入も増え、おかげで車の免許もとることができた。

それに加えて、一年ほど前からは同僚の勧めにより、ネットで個人通販の副業も始め、最近はこちらのほうも仕事として軌道に乗り始めてきたところだった。

努力が結果として報われ、幸せな暮らしを続けられることに謙二は満足していた。

住宅地の一角に経つ木造二階建ての住まいは、築年数こそそれなりに古かったものの、造り自体はしっかりしていて、部屋数も多かった。

おまけに家賃はタダで、固定資産税も榊木の家が全て払ってくれていた。相変わらず、千草と家族の間の交流は薄く、盆と正月にさえ顔を合わせないような状況だった。

だが、それは謙二と両親の間でも同じことだったし、別に気にすることでもなかった。そんなことより、余計な波風が立たないことのほうが大事だと、謙二は考えていた。

斯様に暮らし向きは、安定の一途を保ち続けている。たまには贅沢をしてもよかろう。

そう思った謙二は、今年の結婚記念日はどこかいいホテルに泊まって、豪華な食事でも愉しもうと千草に提案した。

ところが千草のほうは、「緊張するから、そういうところはいいよ」と顔をしかめた。以前から千草は、妙なところであがり症というか、貧乏性というか、敷居の高そうな雰囲気の公共施設や、高価な食事の席を嫌がる傾向にあった。

昨年の結婚記念日も千草の要望で結局、地元の定食屋で祝うことになったのである。今年こそはと思っての提案だったのだが、こうなると千草は絶対に折れることはない。

仕方なく、どこがいいのかと尋ねたところ、千草は地元のショッピングモールにあるフードコートを希望した。そこのステーキ店のメニューに並んでいる、一皿三千円する、ちょっと高めのステーキが食べたいのだという。

三千円なら少しは成長したものだと思い、謙二は千草の要望を呑むことにした。

それから数日後の結婚記念日。夕暮れ近くに仕事を早めに切りあげて帰宅した謙二は、千草と美月を車に乗せて、ショッピングモールに出かけた。

広々としたフロアに開かれたフードコートの一席に着き、千草が所望したステーキを注文して、まもなくのことだった。

千草がふいに「あれ？」とつぶやき、椅子から腰を浮かせ、通路のほうへ顔を向けた。続いて顔をぱっと輝かせ、手を振りながら「霞！」と叫ぶ。

千草の視線の先に謙二も視線を向けると、席から少し離れた通路にビジネススーツを着た若い女性が立っていた。女性は、千草の声に気づいてこちらを振り向き、つかのま、きょとんした顔を浮かべた。

「もしかして、ちーちゃん？」

首を傾げながら発した言葉に、千草が「そう、千草！」と応えると、女性もたちまち子供のような笑みを浮かべ、こちらへ小走りに向かってきた。

「何やってんの、こんなとこで？」と、千草が尋ねる。

「仕事の打ち合わせで朝から出張。さっき終わったばっかりなんだけど、ついでだから帰る前に晩ご飯も済ませちゃおうかなって思って」

「そうなんだ。久しぶりだね。あ、この人、あたしの旦那」

千草に紹介されたので、謙二も立ちあがって挨拶をした。

「初めまして、立花霞です。ちーちゃんとは従姉妹同士なんです」

微笑みながら女性も名乗り、謙二に軽く会釈した。

霞の顔を目にしながら、謙二はぐっと息を呑む。霞は言葉を失ってしまいそうなほど、それは綺麗な人だった。抜けるように色の白い細面に、艶やかな長い黒髪。手足の線は、ガラス細工のように細く、繊細である。彼女は信じられないほどの美人だった。

「小学校の時以来だから、何年ぶりだろうね？　結婚したとか、全然知らなかったよ。わあ、子供もいるんだ！　ちーちゃんにそっくり！　かわいいね！」

言いながら美月に笑いかけ、謙二に「いいですか？」と確認すると、霞はテーブルの空いている席に座った。

それから三人で話をした。

霞は千草と同い年で、昭代の兄夫婦の娘なのだという。実家は、三陸海岸の沖合いに浮かぶ小さな島にあるのだが、高校卒業後、就職を機に本土へ渡った。謙二と千草の家からだいぶ離れた海辺の街で独り暮らしをしながら、会社員をしているのだという。

千草がずいぶん気安く声をかけたので、小さい頃はよく遊んだ間柄なのかと思ったが、聞けば小学四年生の夏休みに、一度遊んだきりなのだという。

互いによく顔を覚え合っていたものだと思ったが、そんなブランクを思わせないほど、ふたりは声を弾ませ、まるで姉妹のように仲睦まじく、昔の話に花を咲かせ始めていた。

まもなく霞が注文した料理もできあがり、食事をしながら話の続きを始めた時だった。

すぐそばで甲高い羽音が聞こえてきたかと思うと、目の前を大きな蚊が掠めていった。蚊はそのままテーブルの上を飛び回りながら、天井に向かって忙しなく上昇していく。

「やだ、蚊がいる」

言いながら霞が蚊に向かって視線をあげると、天井の明かりに照らしつけられた瞳が、暗みを帯びた濃紺から、鮮やかな藍色に輝くのが見えた。

「霞、その目、どうしたの？ カラコンとかじゃないよね？」

千草も気づいて、怪訝そうな声で霞に尋ねた。

「ああ、これ？ 小学校の頃に色、変わっちゃったの」

心なしか、少しだけ口ごもるようにして霞が言った。

「ほら、ちょうど、うちに泊まりに来ていたちーちゃんが帰って、少し経った頃かな？ うちの近所にあった、お化けが出る洞窟って覚えてる？」

霞の言葉に、千草は無言でこくりとうなずいた。

小学四年生の夏休み、千草が霞の実家へ長期で泊まりにいった時のことだという。

ある日のこと。霞と千草は、霞の提案で実家の近所の岬の下にある、洞窟へ向かった。目的は肝試しと写真撮影。この洞窟には昔から、女のお化けが出るという噂があった。霞は持参したインスタントカメラでお化けを写真に収め、雑誌やテレビ局に送りたいと考えていた。千草もそれに「楽しそう」ということで賛同した形だった。

昼下がりに向かった洞窟は、堤防沿いの道路脇に延びる坂の下、ごつごつした岩壁の下り坂をおり、波しぶきの砕け散る岩礁をいくつも飛び越えた先にあった。

直径二メートルほどの丸い穴を広げた薄暗い入口に、懐中電灯を灯（とも）して足を踏みこみ、びくびくしながら進んでいくと、内部は思ったよりも狭くて奥ゆきのないものだった。

そのままゆっくりと歩を進め、上へ下へと光をかざしていくと、岩壁のどん詰まりに、石で造られた小さなお宮の姿が浮かびあがった。お宮の周りにはお幣束や小さな風車がいくつも立てられていたが、いずれも古びてぼろぼろになっている。

由来は何も分からないながら、お化けが写るとすればここしかないだろうと思い定め、霞はお宮に向かってシャッターを切った。

眩（まばゆ）いフラッシュの光が真っ暗闇の洞窟内を照らしだし、鼓動も急速に高まってくる。もう一枚撮ろうと思って、再びシャッターボタンに指をかけた時だった。

ふいに千草が霞の腕をぎゅっと摑（つか）んで、いかにも飽きたという顔で「帰ろ」と言った。霞としては、もっとこの場にいたかったのだけれど、千草がごねるのでは仕方なかった。「うん」と応えて、洞窟を出た。

それからまもなく千草は家に帰り、さらにそれからしばらくして、ようやくカメラが現像から戻ってきた。カメラは元々、霞の母が行楽用に買い求めたもので、フィルムを全部使いきって現像にだすまで、時間がかかってしまったのである。

霞自身もその頃には、写真のことなどほとんど忘れてしまっていた。

休日の昼間、現像された写真を母とふたりで眺め始めると、それはすぐに見つかった。

その写真は、真っ黒な下地を背景に、白い靄のようなものが写りこんでいる妙なもので、印画紙の右下にプリントされている日付がなければ、自分があの日、撮影したものだと思いだせないような代物だった。

撮影ミスだと思いながらも、一体何が写っているのだろうと思い、写真をまじまじと凝視する。そこへテーブルの向かいに座っていた母が突然、金切り声を張りあげた。

びくりとなって、「どうしたの？」と尋ねるなり、蒼ざめた母が「顔ッ！」と叫んで、霞が手にしていた写真をくるんと逆さに回転させた。

向き直された写真には、凄まじい形相で嗤う女の顔が、でかでかと写しだされていた。

霞も悲鳴をあげて写真から手を放そうとした、その瞬間だった。

写真の女がさらに口元を歪ませ、化け物じみた形相で、音のない笑い声をあげ始めた。

印画紙の中で嗤うその女は、白い綿帽子を被った花嫁だった。

花嫁に嗤いかけられたのと同時に、霞はそのまま意識を失ってしまったのだという。

「それからお母さんに頰っぺを引っぱたかれたりして、すぐに意識は戻ったんだけどね。気がついてからもう一回写真を見てみたら、顔はもう写っていなくて、ただの黒一色になってたの。不思議なんだけど、本当なんだよ？」

思案げな眼差しで霞が言った。

その後、霞は心配した母に病院へ連れていかれた。

検査の結果では、問題なしと診断されたにもかかわらず、その晩から急に高熱をだし、本土の総合病院に入院することになった。熱は原因不明のまま、二週間以上もさがらず、ようやく熱がさがって家に帰ってくると、今度は日に日に瞳の色が、元の濃い茶色から深い藍色に変わってしまったのだという。

「わたし、ちーちゃんみたいな霊感ないから、こういうのってよく分からないんだけど、でもね。自分なりになんとなく、目の色が変わっちゃうまでの流れを振り返ってみると、『罰が当たったのかな』って、思うんだよね……。だからあの時、誘っちゃってごめん。ちーちゃんはあれから変わりなかった？　大丈夫？」

霞の問いに、千草は「ううん、平気だよ」と答えた。

高熱の原因と同じく、瞳の色が変わってしまった原因も分からずじまいだったという。視力のほうには何も問題が出なかったのが、せめてもの救いだったと霞は語った。

「あ、ごめんね。せっかくの結婚記念日なのに、なんか変な話しちゃって」

霞が千草と謙二に向かって、ぺこりと頭をさげる。

「いいよ。夏だし、怪談は定番じゃん。こっちこそ、変なこと訊いちゃってごめんね？　話題、変えよう。仕事の話とか、独り暮らしの話とか、もっといろいろ、話聞きたい」

千草が微笑みながら明るく答え、謙二も同意の言葉を返すと、霞も再び笑みを戻して、「うん、お邪魔じゃなければ」とうなずいた。

それから二時間近く霞の話を聞き、楽しく語らい、午後の九時頃に解散した。

別れ際、霞は「今日はお邪魔してしまって、すみませんでした」と再び頭をさげたが、謙二はそれを制して「楽しかったです」と応えて別れた。綺麗なうえに丁寧すぎるほど丁寧な人だと思った。

千草も笑いながら「またね」と言って、霞と別れた。

ところが霞の姿が見えなくなってまもなく、千草の顔から笑みが少しずつ消えてゆき、代わりに何かを思いつめたような、重苦しい表情になった。

「どうした？」と謙二が尋ねると、千草は小さな声で「あたしのせいだ」とつぶやいた。

「霞、死んじゃうと思う」

千草の思いがけないひと言に驚き、謙二が「なんだそれ？」と声をあげると、千草は「視えなかった？」と答えた。その目には、薄く涙が滲んでいた。

当惑しながら、「俺に何も視えるわけないだろう？」と答えた謙二の言葉に、千草は「帰りながら話すから」と暗い声で答えた。

駐車場に停めた車へ向かい、先ほど眠りに就いたばかりの美月をチャイルドシートに座らせる。夜の街を走りだしてまもなく、千草は再び口を開いた。

「さっきの話、霞が話してないことと、霞自身も知らないことがあるんだよ」

千草が語るには、件の洞窟で写真を撮り終え、外へ出てまもなく、霞は意識を失った。岩礁の上に身を丸くしてうずくまり、奇妙な唸り声をあげながら、失禁までしたという。

そうして十分近く唸り続けたあと、霞はふいに意識を取り戻して立ちあがったのだが、自分が何をしていたのか、まったく覚えていない様子だった。

霞が自分自身で気づいた異変は、家に帰る途中に自分の下着が濡れていたことだけで、それに気づくと霞は声をあげて泣きだしたという。

先ほどは食事中だったし、初対面の男の前で、そんな話などしたくはないだろう。思いながら謙二は、そんなことかと考えたのだが、千草の話はさらに続いた。

「あたしもさ、霞が言ってた花嫁のお化け、実は霞より先に視てるんだよね」

洞窟の中で霞がお宮に向かって、シャッターを切った瞬間だった。

青白いフラッシュに浮かびあがったお宮の上に、純白の綿帽子と白無垢に身を包んだ花嫁の姿が、ぼっと浮かんで、消えた。白粉で薄白く染めあげられた顔には、頬の肉が張り裂けるのではないかと思うほど、凄まじい形相の笑みが浮かんでいるのが視えた。

すかさず懐中電灯の明かりでお宮の上をかざしてみたが、花嫁はもう姿を消していた。だが、ほんの一瞬垣間見た花嫁の姿に、千草は今まで感じたことのないような凄まじい恐怖を覚えた。この場にこれ以上いたらまずいと直感し、カメラを構えてはしゃぐ霞に「帰ろう」と促して、ふたりで洞窟を出たのだという。

その後に霞が意識を失った時は、肝が潰れるほど慌てふためいたものの、再び正気に戻ってからは特に変わった様子も見られず、この件はこれで終わりかと思われたところがそうではなかった。

洞窟から帰ってきたその晩、霞の自室で布団を並べ、眠っていた時のことだった。

寝苦しさに目を覚ますと、わずかにカーテンが開いた窓の向こうに人影が立っていた。

それは昼間、洞窟で視たあの花嫁だった。

花嫁は、ガラスに両手をべたりと貼りつかせ、肌身がぞっと凍りつくような恐ろしい笑みを満面に浮かべながら、こちらをじっと見おろしていた。

すかさずタオルケットで頭を覆い隠し、千草はがたがた震えながらその夜を明かした。

その翌日。昨晩、目にした花嫁の姿が、脳裏に未だ生々しく残っている千草に対して、霞が再び「洞窟へ行きたい」と言いだした。千草が「行きたくない」と言っても、霞は熱に浮かされたようにしぶとく食い下がる。

自分が洞窟の中と寝室の窓辺で、二度も花嫁のお化けを視たと告白すれば、さすがに霞も怖気づくだろうとは思った。けれども千草は、それを口にすることすらも恐ろしく感じられ、平静を装いながら霞を諦めさせるのにかなりの根気と忍耐を要した。

千草が恐怖を内に隠して縮みあがるのを、まるで嘲笑うかのように、花嫁はその夜も、その次の夜も、部屋の窓辺に姿を現した。

三晩目はカーテンを完全に閉ざして寝た。しかし、気づくといつのまにか端のほうが開いていて、隙間から花嫁の顔が覗いていた。

家に帰るのはまだ数日先のことだったが、千草はとうとう耐えられなくなってしまい、朝一番で昭代に電話で「すぐに迎えに来て！」とせがんだ。

その日のうちに迎えに来た昭代とふたりで霞の家をあとにし、帰りの船に乗りこんでまもなく、遠ざかっていく島の姿を甲板の上から見つめていると、岬の下にある洞窟が小さく視界の中に入りこんできた。

　洞窟はまるで生きているかのように、ぽっかり開いた暗闇が血のような赤に染まって、ちかちかとまばたきするかのように瞬いていたという。

「本当だったら、あたしもあの花嫁にとり憑かれていたんじゃないかと思う」

　暗く沈んだ顔を前方の暗闇に向けながら、千草が言った。

「でも、あたしは逃げてきてしまったから、霞がひとりで罰を受けてしまったみたい」

「あの目のことか？」と尋ねた謙二に、千草は「それだけじゃないよ」と答えた。

「霞が洞窟の話を始めてすぐぐらいからね、霞のうしろに花嫁が立っているのが視えた。もうずいぶん昔のことだけど、忘れもしない。あの洞窟の花嫁だってすぐに分かったよ。霞、花嫁にとり憑かれてる。今はなんともないようにしていても、あのままにしとくとそのうち絶対、死んじゃうと思う」

　千草の言葉に驚きはしたものの、謙二はそれを訝んだり否定することはできなかった。それは、ふたりの馴れ初めがお化けの絡む特異なものだったということもありはしたが、それ以上に千草は時折こうして、人の死を予言するようなことがあったからである。

　この数年で謙二が覚えているだけでも、身内や隣近所の人間など、実に五人もの死を事前に察して言い当てていた。だから千草が嘘を言っているとは思わなかった。

「なんとか救けられる方法はないのか？」

戸惑いながら発した謙二の質問に、千草はしばし物憂げな色を浮かべて沈黙したあと、

「あたし、洞窟に行って謝ってくる」と答えた。

「大丈夫なのか、そんなことして？」

「分かんない。分かんないけど、なんとか許してもらえるようにお願いしてみる」

正直なところ、仮に霞の将来が千草の語るとおりになるのだとしても、なぜに千草がここまで責任を負うのか、謙二には分からなかった。だが、千草の話を聞いていくうち、やがて千草の秘めたる思いと動機が明らかになった。

「元を正せば、あたしのせいでもあるんだよね」

他人の目には視えないものが視えるという千草の体質は、家族を始め、周りの身内も友人たちも、誰ひとりとして認めてくれる者がいなかった。

自分が目にしたものをみだりに吹聴したりすると、昭代や百合子から激しく叱責され、友人たちからは「嘘つき」と呼ばれてからかわれた。

そんな千草の話を唯一信じてくれたのが、小学時代の夏休みに知り合った、霞だった。お化けが視えることを告白した千草に、霞は少しも怪訝な色を浮かべることさえなく、逆に「すごいね！」と顔を輝かせ、夢中になって話を聞いてくれた。

読書好きだった霞は、怖い話も大好きだったのだが、そこへ千草がそれまで視てきたお化けの話をたくさん語り聞かせたことで、さらに興味を強くさせてしまった。

その結果が、「自分もお化けを視てみたい」という願望へと結実し、霞が千草を件の洞窟へ誘う流れになってしまったのだと、千草は語った。

「だから、やっぱりあたしが悪いんだって思う。きちんと責任とらなくちゃいけないし、霞のことを救けてあげたいんだ。一緒に遊んだのは短い間だったけど、あたしは今でも霞のこと、大事な友達だと思ってるから」

あの時、霞に何も伝えず、ひとりで逃げだしてしまったことにも後悔しているという。千草が急に「帰りたい！」と訴えたことに昭代はすっかり腹を立ててしまい、それ以来、島に遊びに行かせてもらうことも、霞に会わせてもらうこともなくなってしまった。

それがこうして十数年ぶりに再会してみれば、霞はひどいことになってしまっていた。とても悲しくなったけれど、同時に運命でもあるかもしれないと千草は言った。

「お願い。行ってきてもいい？」

切羽詰まった表情で謙二の顔を覗き見る千草に、謙二は「駄目だ」とは言えなかった。それに千草の性分も分かっている。言ったところで折れることはないだろうとも思った。

相談の結果、次の休みに千草がひとりで島へ向かうことが決まる。

「気をつけて行ってこいよ？」という謙二の言葉に、千草は「大丈夫、ありがとう」と笑いながらうなずいたが、のちになって謙二はこの時、たとえどんな手段を使ってでも千草を止めておくべきだったと後悔することになる。

壊れた母様の家　乙　呪いと離別【二〇〇四年八月】

数日後、謙二の休日に千草は朝早く、車で家を出ていった。

港のある街まで車で約一時間、それから船に乗って島まで三十分、片道一時間半程度の道のりだったが、仮に早く用が済んでも島を行き来する船は、一日数便しか出ていない。「だから帰りは多分、遅くなるけど心配しないで」と言って、千草は出発した。

直前まで「一緒に行きたい」と言い続けたものの、千草は「美月はどうするの？」の一点張りで、首を縦に振ろうとはしなかった。

仕方なく、謙二は美月とふたりで千草の帰りを待つことにした。

今か今かと待ち続け、ようやく千草が帰ってきたのは、夜の八時半近くのことだった。

玄関を開けて中へ入ってきた千草の顔は、ひどく蒼ざめ、たった一日でげっそり窶れ、まるで死人のような顔になっていた。

その様子に、美月と手をつないで玄関口まで迎えにいった謙二の顔もたちまち強張る。

「大丈夫か？　何かあったのか？」

尋ねると千草は、「大丈夫。許してもらえた。でもちょっと問題が起きた」と答えた。

ふらつく千草を居間に通し、座卓の定位置へと座らせる。千草は暗い顔をうつむかせ、今にも泣きだしそうな色を浮かべていた。

「謙二、ごめん。あたしと離婚してくれる？」

消え入るようにつぶやいた千草のひと言を、謙二は一瞬、聞き間違いだろうと思った。だが、続く千草の言葉を聞いて、それが間違いではないことを確信する。

「あの洞窟に行ってね、お宮の前で花嫁のお化けに向かって、心をこめて真剣に謝った。四時間ぐらいかな。すみませんでした、ごめんなさい、霞のことを許してくださいって、地べたに頭を擦りつけながら、ずっと謝り続けてたの。そしたらね」

眼前にふっと暗い影が差したので、顔をあげると、お宮の脇にあの花嫁が立っていた。

ぎくりとなって立ちあがろうとしたとたん、花嫁のほうがそれより早く千草の前へと屈みこみ、両手をぐっと握って、白粉に染まった顔を鼻先まで近づけた。

心臓が潰れそうなほど驚いたものの、花嫁の顔には先日、霞の背後に立っていた時や、十数年前に千草の前に現れた時の、あの恐ろしい笑みは浮かんでいなかった。

代わりにまるで、千草を憐れむような悲愴な色を満面に浮かべ、花嫁は白い綿帽子に包まれた首を傾げて、こちらをじっと見つめている。

花嫁は言葉を発しなかったが、両手に伝わる冷たい手の感触と、その悲愴な表情から何を考えているのかが、頭の中へ染みこむように伝わってきた。

霞のことを許すのだという。それがまず、すぐに分かってほっとした。

けれどもそれに続いて感じ取った花嫁の意思に、千草は肌身がぞっと凍りついた。

「霞を許す代わりに、自分と同じ思いをあたしに感じてほしいって。それが条件だって言われたの。その花嫁さんね、結婚したばかりの頃に旦那さんと無理やり引き離されて、好きでもない男と再婚させられたんだって。でも、そんなことはとても耐えられなくて、そのうち自分で海に身を投げて、死んじゃったって」

そこまで望みはしないけれど、大事な人と引き離される気持ちだけは分かってほしい。分かってくれるのなら、もう誰にも何もしないと伝えられたのだという

「ごめん。人の命と別れだったら、別れのほうを選んじゃった。勝手に決めてしまって、本当にごめんね。でも、他にどうしたらいいのか分かんなくって」

言いながら涙をこぼした千草に、謙二はやれやれと頭を振った。

千草が今日、件の洞窟で花嫁のお化けと遭遇したこと自体を疑ったわけではなかった。だがそのやりとりは、いくらなんでも馬鹿げている。お化けと妙な約束を取り交わして離婚させられるなど、到底信じることができなかった。

「何をバカなこと言ってるんだよ。そんな心配なんかしなくたっていい。美月と三人で、これからもずっと一緒だろ？」

おそらく気が動転して、自分でもどうしたらいいのか分からなくなっているのだろう。落ち着かせるために千草の傍らにそっと寄り添い、手を握る。

とたんに千草の冷えた手から、ぞわりと冷気が走るように押し寄せ、全身を駆け巡る。

夏だというのに千草の手は、氷のように冷たかった。だがそれ以上に慄（おのの）かされたのは、手から全身を廻（めぐ）り始めた、得体の知れない冷気のほうだった。

冷気はまず全身の筋肉をわななかせ、続いて脊椎（せきつい）を含む、全身の骨という骨の芯（しん）まで浸（し）みるように凍えさせた。腹の中身も冷蔵庫になってしまったのではないかと思うほど凍てつき、呼吸がたちまち苦しくなってくる。

ついには首から上まで冷気が押し寄せ、凍え始めた頭の中で薄氷を踏んだ時のような「じゃりっ」という厭（いや）な音が聞こえた瞬間、謙二は恐ろしくなって千草から手を離した。同時に冷気が嘘のように引き始め、体内に元の温（ぬく）もりが戻っていくのを感じた。だがその一方で、謙二は目の前に座る千草に対し、とてつもない違和感も覚え始める。なんだろう、この感覚は。

謙二が戸惑いながら何かを言おうとしかける前に、千草のほうが先に口を開いた。

「できないんだよ、もう。あたしがそうしたくても、できなくなってしまったんだよ」

言いながら千草の頬から、ぼろぼろと大粒の涙が伝い落ちた。

いつもだったら肩を引き寄せるなり、抱きしめるなりして千草を慰めるはずだったが、謙二はこの時、涙を流す千草に自分でも驚くほど、なんの感情も湧き立たなかった。目の前にいるのは、確かに自分が愛する妻で、彼女とずっと一緒にいたいと思えども、まるで千草が見ず知らずの他人のように感じられ、少しも気持ちが湧いてこない。

今度は先刻とは別種の寒気が、全身をぞわぞわと這（は）うように巡り始める。

「あたしだって、謙二とずっと一緒にいたい。美月と三人で、ずっと一緒に暮らしたい。でも分かったでしょ？　どんなにそう思ったって、もうどうすることもできないの」

涙で顔じゅうをぐしゃぐしゃにしながら、千草が何度も「ごめんね」と謝った。

だが、やはり謙二の心には、嗚咽をあげて泣き崩れる千草を思いやる気持ちはおろか、なんの興味すらも一片たりとて湧いてこない。

それがどれだけおかしなことなのかは理解できるのだが、分かったところで最前まで千草に抱いていた愛情は、出逢った頃から今に至るまで、四年近くも育んできたはずの強い愛情は、まるで凍らされたかのように、再び湧いてくることはなかった。

そわそわと落ち着かない気分を抱えたまま一夜明けても、気持ちはやはり同じだった。ためらいがちな顔で千草に「おはよう」と声をかけられても、気分は少しもあがらない。むしろ千草がそばにいると、息が詰まるような気さえ覚えた。

それは千草に対してのみならず、美月に対しても同様だった。

やはり顔を見ようが、声を聞こうが、他人のように思えてしまい、情が湧いてこない。

昨晩は千草のことで頭がいっぱいで気づかなかっただけなのか、それとも今朝になってまたさらに、気持ちの中でおかしな変化が起きてしまったのか。

どちらとも判然としなかったが、自分が妻子に対して抱く感情が一変したことだけは、朝食の席のやりとりだけでも、まざまざと実感することができた。

それからさして日を置かず、謙二は千草と離婚した。

住まいを勤め先の寮へ戻し、必要最低限の荷物だけをまとめて、住み慣れた家を出た。

昭代にも一応、離婚する旨を電話で報せた。向こうの反応は事前に思っていたとおり、「そうですか。分かりました」という簡素で素っ気ないものだった。

昭代が少しでも反対してくれれば、千草に対する気持ちも戻ってくるかもしれないと、心のどこかでわずかに期待してもいた自分が、一層惨めに感じられて気が滅入った。

だから千草の友人たちにも何も相談を持ちかけたりはせず、謙二は淡々とした心地で離婚の手続きを済ませた。

離婚届けに互いの判を押した時、千草は再び泣いて「ごめんなさいッ！」と叫んだが、それでも謙二の気持ちは、自分でも空恐ろしくなるほど動かなかった。

ただ、以前のような愛情は湧かなくなってしまってからも、千草と美月がこれから先、どうなってもいいとまでは思わなかった。

だから謙二は、これまで蓄えてきた預金の大半を千草に残して家を出た。

どうせ初めから、将来の生活や美月の養育費として少しずつ貯め続けてきた金だった。言うなれば、千草と美月のために貯め続けてきた金である。ふたりに残していくことに、なんの未練を感じることもなかった。

さらにそこから半年余りが過ぎた翌年の春先、謙二はそれまで勤めていた会社を辞め、再び仙台へと戻った。

相も変わらず、千草に対する気持ちが戻ってくることはなかったが、千草と二度目に出逢った寮の近くの公園を目にするたび、胸が少し苦しくはなった。

それに、このままこの田舎町に暮らし続けていたら、そのうちどこかで千草と美月にばったり出くわすこともあるかもしれない。

互いのためにもこちらが去るのがいちばんだろうと、思ったゆえの決断だった。

独り身に戻って、家庭というものを失ってしまうと、仕事に対する意欲も減退した。

差し当たって、市内の小さなアパートを借り受けはしたものの、人に会うことさえも億劫で、なかなか仕事を探す気にもなれなかった。

幸い、数年前から始めていたネット通販のノウハウは、まだ活かすことができたので、しばらくアパートに籠って、最低限の稼ぎを得ながら暮らしていこうと考えた。

ところが通販事業に没頭していくうち、暮らしは斜陽の兆しを見せ始めるどころか、少しずつではあるものの、稼ぎが増えていく一方だった。

一年もすると月の収入は倍以上になり、安アパートからそれなりにいいマンションへ引越すこともできた。仕事が軌道に乗ったことを確信した謙二はその後、事業を慎重に拡大しながら、仕事を続けていくようになった。

昭代の連絡で千草の訃報を知ったのは、それからさらに四年経った秋口のことだった。

昭代からは、心不全だと聞かされたものの、くわしい事情までは聞かされなかったし、謙二自身も昭代の声色から察して聞くのがためらわれ、詳細は分からずじまいになった。

昭代が連絡をよこしたのは、実質的には千草の件よりも、美月に関する件でだった。

「高鳥の姓を、このまま美月に使わせてもらっても構わないでしょうか？」

電話口で昭代は、涙を押し殺したような声で謙二に尋ねた。

離婚後も千草は、高鳥の姓をそのままにして暮らし続けていたのだという。

あの娘は多分、自ら望んで「高鳥さん」として亡くなっていったのだから、その姓を千草の形見として、美月に残してあげたいのだという。

離婚の件を報せた時に聞こえてきた冷たい声色とは、まるで人が変わったかのように昭代の声は優しく、娘の死を悼む気持ちに溢れていた。

あれからどんな心境の変化があったのかは知らないが、千草が望んでいたのであれば、断る理由は何もなかった。「構いませんよ」と答えて通話を終えた。

それからまもなくだった。

謙二の目から、涙が堰を切ったように止め処もなく、ぼろぼろとこぼれ始めた。

それは千草に離婚の話を持ちだされてから流す、初めての涙だった。

涙はやがて嗚咽に変わり、嗚咽はやがて、悲鳴にも似た叫びへと変わった。

思い出が記憶の底から次々と湧きあがり、頭の中でぐるぐると回り始める。

千草と初めて出逢った、歓楽街での夜のこと。再会を果たした、休日の公園でのこと。

ファミレスでプロポーズをした夜のこと。美月の誕生に抱き合いながら喜んだこと。

千草とふたりで迷いながらも、美月のためにかわいい服や玩具(おもちゃ)を選んで買ったこと。

美月を連れて遊びにいった遊園地や動物園。一緒に観た、テレビや映画。

三人そろって食べる、楽しい食事。三人並んで仲よく眠る、穏やかな夜。

そんな光景が脳裏に浮かんでくるたび、謙二は吼(ほ)えるような声で泣いた。

だから言わんこっちゃない。

やはり結婚記念日は、高いホテルの高級料理にすればよかったのだ。

フードコートの安いステーキなんか選ぶから、あんなことになってしまったのだ。

馬鹿だよ、千草。本当なら誰よりも幸せにならなくてはならなかったのは自分なのに、あんな道を選んでしまって。

望むことなど決してないはずだった、あんなに悲しく、酷(むご)い道を選んでしまって。

ありったけの涙と声を絞りだして泣き続けるなか、ようやく謙二は千草にかけられた呪いが解けたのだと実感した。

だがそれは、あまりにも遅すぎた解放だった。

深町伊鶴　【二〇一六年十月二十四日】

美月と面会を果たし、謙二から千草の昔話を聞いた翌日のこと。

謙二とふたりで深町の許を訪ねる予定だったこの日の朝も、私は再び夢を見た。

全面ガラス張りで円筒形を成した、古びた塔の最下層。

冷たい水の中で私は、息を吹き返すと岸へあがり、錆びついた螺旋階段を上り始める。

四分の一ほど上ったところで足を踏み外し、眼下に広がる水面へ落ちていく。

そこで私は目を覚ました。

厭な夢が続くと思いながら布団から起きだし、身支度を整える。

正午近くに仙台駅へ到着し、改札前で謙二と合流した。

深町の事務所があるマンションは、ここから地下鉄で十分たらずの距離にあるらしい。

最寄りの地下鉄駅に降り、謙二に先導されながら街中をさらに十分ほど歩いていくと、やがて目の前に、外壁が赤い煉瓦造りの古びた高層マンションが見えてきた。

スマホの地図アプリを見ながら、「ここですね」と謙二が言った。

建物自体が古いせいか、エントランスはオートロック式ではなく、ただのガラス扉で、誰でも好きに入れるようになっていた。

これなら美月も通いやすかったろうと思いながら、正面に見えるエレベーターに乗る。事務所は十一階とのことだった。

電話で伝えられていた部屋のドアの前まで向かい、謙二がインターフォンを鳴らすと、まもなくドアが開いて、中から長い髪をうしろで束ねた、顔の細長い男が現れた。

「深町です。本日はお忙しいところ、恐れ入ります。どうぞ中へ」

軽く挨拶を交わし、促されるまま中へ入る。

年頃は私と同じか、少し下ぐらいだろうか。顔も含め、胴も手足も、全体的に細長い。単に痩せ型とか、華奢と言うよりは、全身を紐のように細く伸ばしたような印象である。いかにもひ弱そうな感じに見えるが、目つきは猛禽のごとく険しい。

玄関から台所を通った先が、どうやら仕事場に使っている部屋らしかった。部屋の一角には祭壇が組まれ、水晶玉や香炉、鈴など、私にも馴染み深い商売道具が整然と並べられている。

他には、部屋の壁際にアンティーク調の大きなガラスケースが三つ並べられ、中には綺麗なドレスで着飾った少女人形が、何十体もずらりと鎮座している。ビスクドールか、それに類する古くておそらく高価な人形なのだろうが、私にはよく分からなかった。

「改めてですが、初めまして。拝み屋の深町伊鶴と申します。本日はご足労をいただき、申し訳ありません。電話でもお伝えいたしましたが、娘さんの件でお話ししたいことがありまして、不躾ながらお招きした次第です」

ガラステーブルを挟んだソファーの向こうに腰をおろした深町が、頭をさげる。

「拝み屋」と名乗られたものの、深町は洒落たデザインをしたダブルの黒いスーツ姿で、拝み屋というより、目つきのやたらと鋭い葬儀屋のような印象である。

深町が座るその傍らには、明るいラベンダーカラーをしたパンツスーツに身を包んだ女が、両手を腹のところに組んで突っ立っている。

歳は深町と同年代ぐらいだろうか。亜麻色の髪の毛をうしろで団子に結んだその顔は、ガラスケースに並べられた人形よろしく、色白で端正な顔立ちだったが、目つきだけはやはり鋭い。立ち位置から察するに、深町の助手か秘書といったところだろうか。

「こちらこそ、娘がご迷惑をおかけしてしまい、申しわけありませんでした」

謙二が深町に向かって頭をさげる。

さっそく本題に入りたいところだったが、一応私も自己紹介することにする。

「初めまして。身内の者で里内と申します。今日は彼が、ひとりでは不安ということで、一緒にお話を伺うことになりました。よろしくお願いいたします」

「里内さん、ねえ……。最近、改名されたんですか？　それともそれが本名なのかな？　それに高鳥さんのお身内ですか！　一体、どの口が言うんだか。あなたは単なる下種で胡散くさい田舎の拝み屋さんでしょう？　売名家の郷内心瞳先生」

おどけた感じで首を傾げ、唄うような調子で深町が言った。

「なるほど……ご存じでしたか。まいったな。ちなみにどの程度までご存じで？」

「自分が創った幻に振り回されている哀れな人だ。桐島加奈江さんと言いましたっけ？　与太話にしか思えないような話だが、この件に関してはおそらく事実なんでしょうから、なおのこと目も当てられない。自分の頭の中身さえまともに管理ができない拝み屋など、話にもなりません。他人を救う前にまず、ご自身を救われてはいかがです？」

　唇の片端を大仰に吊りあげ、深町が鼻で笑った。

「そうですか。私の本の読者さまでしたか。お読みいただいてありがとうございます」

　太腿の上に置いた拳をぎゅっと握りしめながら、なんとかぎりぎりの線で平静を保ち、目いっぱいの笑顔で応える。隣では謙二が、ひどくバツの悪そうな顔を強張らせていた。

「で、加奈江さんとはその後、いかがですか？　楽しくやり合っているのかな？」

「いやあ、生憎ですが、今日はそういう話をしにきたんじゃない。高島さんの娘さんの件で伺っております。そっちの話を進めていきましょう」

「あなたと話したところで、なんになるんですか？　これは非常にデリケートな案件で、おそらくは私が手掛けるべき案件だ。部外者は首を突っこまないでいただきたい」

　微笑みながらも眼光を厳めしく光らせ、吐き捨てるような口調で深町が言う。

　傍らに突っ立つ女もこちらを見おろし、射貫くような視線を注いでいた。

　謙二は私と深町の顔を交互に見比べながら、はらはらした様子で固まっている。

「まあまあ、そうおっしゃらず。こっちは別に、あなたの仕事を邪魔するつもりはない。どうかひとつ、穏便にお願いできませんかね？」

本音は「くたばれ」と言いながら、張り倒してやりたい心境だったが、まさかである。必死の思いで笑顔を崩さず、辛抱強く食い下がる。

二〇一四年に作家デビューして以来、ネットに顔写真が出回っているのを忘れていた。他にも何度かテレビに出たりしたこともあるので、迂闊だったと思う。

相変わらず、どこまで行っても自分に関することには勘が働かず、苛々させられる。

そのうえ深町は、私の本にまで目を通しているらしい。「売名家」と蔑まれたことも癪だったが、それ以上に加奈江の件を詰られたのは、腸が煮えくり返る思いだった。

「実を言うと私もまだ仮決定ながら、高鳥さんに美月さんの件を依頼されていましてね。素性を偽ったうえに無礼を重ねるようで申しわけないのですが、今後、高鳥さんが私と深町さん、どちらに美月さんの件を正式に依頼するのか、その判断をしてもらうためにお伺いしたのがひとつ。それからどちらが採用されるにしても、お互いに持ち得ている有益な情報を提供し合って、お互いにその後の仕事が円滑に進められればと思いまして、参じたしだいです。いかがなものでしょうか？」

「有益な情報ねえ。何が有益で、何が無益な情報なのか、見極められる眼力がなければ、説明してもあまり意味がないと思いますが？」

「そうですねえ。確かに私は、犬と猫の区別もつかないようなアホなのかもしれません。ではこうしましょう。しばらく勝手にくっちゃべらせてもらう。嫌なら摘みだせばいい。よろしいですかな？」

深町の返事を待たず、話しだす。

「高鳥さんとは今回の件で初めて知り合ったんですが、娘の美月のほうはそうじゃない。あの娘が四歳の時に仕事で知り合っているんですよ。それも恐ろしく厄介な案件で」

話し始めたとたん、深町の目の色が変わるのが分かった。どうやら喰いついたらしい。

「ちなみにその時の依頼主だった人が彼女の母親で、現在、彼女の身に降りてきている千草さんなんですよ。個人的には昔の案件と今回の件は、無関係だと思いたいんですが、なんとなく気になる面もありましてね」

「ほう。どういった案件だったんでしょう? 少し興味が湧いてきました」

「それは結構です。ちなみに私の書いた本は、どれぐらいお読みになられています?」

「最初の本しか読んでいませんが」

「そうですか。『花嫁の家』という題名の本に、その恐ろしく厄介だった案件の全容を書き記しています。興味がおありでしたら、ぜひお手に取っていただければ幸いです」

深町はうんともすんとも返さなかったが、興味を示しているのは明白だった。

この男が『花嫁の家』を読んでいないというのは本当だろう。

昨日、美月に確認したところ、椚木の一族を見舞った怪異の全容については、深町に何も話していないとのことだった。ならば少なくとも、深町が美月に関心を抱く理由は、椚木の一族に関する怪異とは関係のない、別のものだということになる。

それではなんだろう? この男はどうしてここまで美月に興味を抱いている?

「美月、というよりは美月に降りてきている千草が語るには、深町さんには亡くなった千草を以前暮らしていた家へ帰らせるお力があるとのことですが、いかがでしょうか？別にお力を疑うわけではなく、どんな手段を用いるのか、私も興味があるんですよ」

「それは秘密です。同業者に手の内を簡単に明かすわけがないでしょう」

確かに正論である。仮にそれを明かさない理由が、何か疚しい理由であったとしても。今のは形式的な質問だった。端から答えが得られるなどとは思っていない。

話を続けることにする。

「私の見立てでは今回の件、あまり長く時間を置けないと考えています。近しい身内で、それも実の母親とはいえ、身体に降りてきてからもう二週間になる。どう思います？」

「それに関しては、同感ですよ。だから私も急いでいる。正直なところ、美月さんには突然押しかけられて迷惑もさせられましたが、相手はまだ十五歳のいたいけな女の子だ。後々にまで支障が残るようなことにはさせたくないと考えています」

「え？　ちょっと待ってください。それってどういう意味なんですか？」

戸惑いながら謙二が話に割りこんできたので、私が答えることにした。

「説明が遅くなって申しわけないんですが、あまり時間を置きすぎるとまずいんです」

美月も謙二も、千草が〝身体に降りてきている〟と表現をしていたので、私のほうも合わせていたのだが、この状態は言い換えれば〝憑依〟そのものである。他人の人格が意識の中に混じりこんでいる状態が、健全であるわけがないのだ。

死者の魂を身体に降ろすイタコや霊媒師であっても、よほど特殊な事情でもない限り、同じ死者の魂を何日間も身体に降ろし続けることはない。負担が大きすぎるからである。

美月もそれなりにやつれ始めているようだし、その影響はすでに出ているものと見て間違いなかろう。だからあまり時間は置きたくないのだ。

「このままの状態が続くとどうなるんです？」

「成仏ができていない死者が入っている状態だと、身体が衰弱していくことが多いです。仕事でそういうケースを手掛ける場合は当然ながら、それよりも深刻な状態になる前になんとかしますから、最後がどうなるか見たことはありませんが、少なくとも好ましい結果にはならないでしょうね」

「だったらすぐにでも、深町さんに千草の成仏をお願いすることはできませんか？」

「いや、それがそう簡単にもいかないんです。実は、高鳥さんとお話がしたかったのは、その件に関するご説明をさせていただきたかったからなんですよ」

深町が言った。

「先週から美月さんは三回、この事務所を訪ねてきていますが、私は美月さんと一度も直接、顔を合わせたことがないのです。毎回、インターフォン越しに話をしていました。それは無論、未成年のお客さまを中に通すわけにいかないという理由もあるからですが、それ以上に私は、彼女とどうしても直接、接することができなかった」

それから一拍置いて、深町は少したたらいがちな声音で続けた。

「まるで視えない力に阻まれているかのように、美月さんとじかに接触しようとすると頭痛が起きたり、動悸が激しくなったりして、まともに立っていることすら難しくなる。その原因は不明ながらも、斯様な事情で私は美月さんと接することができないのです」

なるほど。これはまたずいぶんと、ややこしいご事情をお持ちで。

多大な不信感を抱きながらも、黙って話を聞き続けることにする。

「ではその、深町さんならできるという成仏も、難しいということでしょうか？」

謙二が尋ねた。

「接することができない限り、少なくとも現状では〝できる〟とは断言いたしかねます。この説明と、今後の方針についてのお話をさせていただきたく、お呼びしておりました。一介の拝み屋として、私はぜひともお嬢さんと、亡き奥様の魂を楽にしてさしあげたい。そのためのご了解、方法、段取りの諸々をご相談させていただければと思ったのです」

「ちなみに私のほうはなんともありませんでしたが、どうなんでしょうね？」

しれっとしたそぶりで、ふいを突くように口を挟んでやる。

「は？　あなた、美月さんと会ったんですか？」

たちまち眉間にぎゅっと皺を寄せ、大きく開いた目で深町がこちらを見た。

「はい。高鳥さんから許可をいただいたうえでの面会だったし、問題はないでしょう？別に私は彼女と会っても、なんともありませんでしたよ？　頭痛も動悸もなんにもなし。なんだろう。私の頭が鈍いからでしょうかね？」

「本当に、何も感じなかったんですか？　ふざけないで答えていただきたい」

猛禽のような目でこちらをまっすぐ睨み据えながら、深町が訊いてきた。

「ふふん。ふざけないで答えてもいいんですが、できればギブアンドテイクといきたい。話を聞くに、私もあなたも〝高鳥美月を救けたい〟という目的に関しては同じようです。ところが現状においては、千草を成仏させられる手段をお持ちという深町さんのほうは、美月と接触することができず、その一方で、今のところはまったく打つ手がなしという私のほうは、美月と難なく接触することができる。お互いに打開策が見つかるまでの間、この件は情報を共有し合いながら取り組むということでいかがです？」

私の提案に深町は五秒ほど、苦虫を嚙み潰したような顔で沈黙していたが、まもなく「あまり気は進みませんが、まあいいでしょう」と答えた。

「で、あの娘とじかに接して、あなたは本当に何も感じなかったんですか？」

「さっきの〝ふざけないで答えてもいいんですが〟というのが、そのまんま答えですよ。あとはお察しください。それに押し売りするつもりは毛頭ありませんが、先ほど話した『花嫁の家』。あれも本件の参考になるかもしれませんね。今、こちら側から提示できる情報はこれぐらいかな？　あとは何か分かり次第、ご連絡を差しあげるようにしますよ。こんな感じでいかがでしょうね？」

「呆れたもんだ。ブラフじゃなければいいんですがね。ギブアンドテイクと言った以上、お互い有益な関係でありたいものです」

「それはこっちも同じですよ。まあ、いずれにしても若い女の子の健康に関わる問題だ。早期解決を目指してがんばっていきましょう」

これで大体、必要な情報は手に入れられたし、話もどうにかうまい具合にまとまった。あともうひとつだけ確認すれば、今日のところは切りあげてよかろうと判じる。

「ところで深町さん。最近、身の回りで何か、妙なものを見たりしませんでしたか？」

「見ましたよ。あなただ。こんな妙な人間は、今まで一度も見たことがない」

「面白い冗談だ。いや、私じゃなくて女です。顔面に幼い女の子の白黒写真を面にして被（かぶ）っている、スウェット姿の妙な女。見ませんでした？」

再び深町の目の色が、がらりと変わる。

「……もしかして、あなたもですか？」

「ええ。私もですし、高鳥さんもね。ちなみにいつ頃、見かけました？」

深町の話によれば十日ほど前、美月が初めて事務所を訪れた日の翌朝だという。

「朝方、近くの公園を散歩していたら、どこからか気味の悪い視線を感じ始めましてね。周りに目を向けると、近くの木の陰からこっちをじっと見ていました」

女はその場に棒のように突っ立ち、深町の顔をまっすぐ見つめていたが、目が合って十秒ほどすると木の陰にさっと身を隠し、それきり姿を見せなくなった。

「次に見たのは一昨日（おととい）。今度は、このマンションのエントランスでした」

夜遅く、仕事から帰ってくると、エントランスの脇に突っ立っていたのだという。

「二度目はさすがに看過できないと思ったので、すぐに祓いをかけようとしたのですが、仕掛ける前にホールの脇にある階段に引っこんで消えてしまいました。それっきりです。あれはなんなんです？　何かご存じで？」

「さあ、こっちもよく分かりません。いずれ正体が分かったら連絡しますよ」

「あ、でも顔写真は多分、小さい頃の美月のものだと思います。確信はありませんけど、直感で美月の顔だって思ったものですから」

謙二の補足に深町は悩ましげに首を捻り、低い唸り声をあげた。

「まあ少なくとも、よさげなものではないようですね。せいぜい用心しておきましょう。どうやら今回の件は、予想していた以上に厄介そうな風向きになってきたようですしね。これで今日は失礼します。お見送りは結構ですので、お気遣いなく」

言いながら謙二とふたりで立ちあがり、玄関口へ向かって歩きだす。

私の社交辞令どおり、深町はソファーから立ちあがり、その場でふてくされたように軽く頭をさげただけで、本当に見送りには来なかった。

やれやれと頭を振りながら外へ出て、玄関ドアを閉めようとしていた時だった。

「あまり刺激をしないでいただけますか？」

中から亜麻色の髪をしたあの女が半身をだして、鋭い視線で睨みつけてきた。

「ふん。どっちがだ」

こっちも女を思いっきり睨みつけながら、強めにドアを閉めてやる。

「行きましょうよ」

ため息まじりに謙二に言われ、こちらもため息を返しながらエレベーターへ向かう。

「どんな感じでした？　美月を任せても大丈夫な感じですか？」

エレベーターに乗りこんでまもなく、謙二が口を開いた。

「いや。まだそれはなんとも判断がつきません。でもあの男、理由は分かりませんがね、我々にいくつか隠していることがある。それが分かっただけでも収穫でした」

「隠していたって言えば、美月の体調の件、どうして教えてくれなかったんですか？」

「いろいろデリケートな問題があるんですよ。ただ、説明が遅くなってしまったことは申しわけありません。続きはどこか別の場所で話しましょう」

再び地下鉄を使って仙台駅まで戻り、駅の近くの喫茶店へ入った。

「美月の身体に千草がずっと降りてきているのがよくないんだったら、千草が提示する〝元の家にもう一度〟っていう手段以外に何か、成仏させられる方法はないんですか？　たとえば説得して成仏させるとか」

「過去にも何件か、こういう事例はあったんですが、成仏できていない故人というのは思いのほか意固地で、意思の疎通がとりづらい場合が多いんです。生前の人格とは少し性質が変わっていると思っていただければ分かりやすい。喜怒哀楽を有する当たり前の人格ではなく、ひとつの目的に対して固執する、感情だけの存在と言えばいいですかね。だから多分、別の手段を用いての供養には応じてくれそうにないと思うんです」

「こういうこと、本当はあんまり考えたくはないんですけど、たとえば美月の身体から千草を強制的に離したりすることはできないんですか？」

「できなくはないですが、また戻ってくる可能性が高いです。何より、そういう手段は多分、美月ちゃんも嫌がると思いますから、離すこと自体ができない可能性もあります。だからちょっと、今後の方針について悩んでいるところなんです」

「そうですか……。千草、どうしてこんなことになってしまったんだろう……」

「その件も含めて来週、昭代さんにお会いした時にいろいろ話を聞いてみるつもりです。例の面を被った女の素性も気になりますし、今回の件は、千草さんの成仏だけではなく、もしかしたらもう少し、込み入った案件になるかもしれません。それでもよろしければ引き続き、私に仕事をさせてもらえませんか？」

それについてはありがたいことに、謙二はすぐに「もちろんですよ」と答えてくれた。実を言うと深町同様、私自身も今回の件に関して、美月の容態に関すること以外にも意図して謙二に隠している事実が、まだ何点かある。悪意あっての秘匿ではないまでも、こちらを信用してくれる謙二に、少し申しわけない気持ちになった。

ならば最良の結果で事態の解決を図ることだと奮い立ち、どうにか気を取り直す。そうしてしばらく謙二と言葉を交わし合っていた時だった。

「あ、そうだ。ところであの人が言っていた加奈江さんって、どなたなんです？」

ふいに謙二が思いだしたように、加奈江の名前を口にした。

それも訊いてくるか。まいったな。

　できれば答えたくなかったが、答えなければ疚（やま）しいことを隠しているのではないかと勘ぐられるのも嫌で、こちらは正直に概要だけを説明することにした。

　桐島加奈江はその昔、中学二年生の時に私の頭が無意識のうちに創りだしてしまった、この世に実在しない十四歳の少女である。

　当時、私は学校で集団無視に遭っていた。加奈江は孤独な現実を埋め合わせるために生まれた、空想上の友達だった。

　この頃、私は熱帯魚の飼育を趣味としていて、だいぶのめりこんでいたからだろう。加奈江も同じく、熱帯魚が大好きな女の子だった。

　昼夜を問わず、眠るたびに加奈江は私の夢の中に現れ、現実に酷似した虚構の世界で大好きな熱帯魚の話や飼育に興じたり、熱帯魚店で一緒にアルバイトをしたりしながら、しばらく楽しい日々を過ごした。

　ところが夢を見始めて三月（みつき）ほど経った、ある日のことだった。

　加奈江は夢ではなく、覚醒（かくせい）時の現実において、私の前へ唐突に姿を現した。

　現実に現れた加奈江に驚いた私は、彼女に手を差し伸べて歓迎することをしなかった。逆に背を向け、恐怖に慄（おのの）きながら逃げだしてしまったのである。

　以来、加奈江が夢に出てくることはなくなったが、存在が消滅したわけではなかった。代わりにこの現世にたびたび姿を現し、私を執拗（しつよう）につけ狙うようになってしまった。

夢の中と現実で、加奈江の人格が一変してしまった原因は、他ならぬ私自身にある。無意識の発露とはいえ、加奈江は私が創りだしてしまった存在なのだから、私自身の加奈江に抱く感情が、彼女の人格や有り様にそのまま反映されてしまうのである。

私が加奈江に恐れを抱けば抱くほど、加奈江は化け物じみた存在へと変貌していった。異様さを増した加奈江に遭遇するたび、私はますます加奈江を恐れ、その都度加奈江は、私の恐怖を色濃く反映させた、手のつけようのない存在に変わっていった。

こうした災禍が中学時代から断続的に二十年余りも繰り返された末、ようやく道理に気づいて加奈江と和解を果たしたのが一昨年、二〇一四年十二月のことだった。

私と加奈江は、互いに長らく続いた悪夢から解放され、そこから先はもう何事もなく、平穏無事に過ごしていけるものだと信じていた。

だが、そうはならなかった。それからまもなく、加奈江は私の中で死んでしまった。

その年の年末近くに請け負ったある仕事で、私はとてつもなく重大な過失を犯した。加奈江は、その巻き添えを喰らう形で死んでしまったのだ。

いや、厳密には死んでしまったのではなく、私が自分の手で殺してしまったのである。元をたどれば、孤独に打ちひしがれた中学時代の自分自身が創りだした幻想とはいえ、加奈江を失ったショックは大きく、私の心身は著しく減退した。昨年一年間は公私共々、絶不調の状態に陥り、気持ちを立て直すのに一年以上の時間を要した。

今でも完全に立ち直れたのかと自問すれば、甚だ胸苦しいものがある。

「驚いたな。本当ですか？　本当にそんなことってあるんですか？」

「少なくとも、当事者が『本当にあった』と認識しているんだったら、当事者の中ではあったということになるんでしょうね。加奈江のような存在を、タルパというそうです。イマジナリーフレンドの発展型のようなものらしい。恥ずかしい話をしてしまいました。こんな不安定な拝み屋ですよ？　本当に継続して仕事をさせてもらえるんですか？」

「よしてくださいよ。こう見えても、人を見る目は自信あるほうです。それだけ特異な修羅場を生き延びてこられたんでしたら、むしろ心強いです。引き続き、お願いします。美月と千草を救(たす)けてください」

　そう言って謙二は私に頭をさげた。

　時間を置きすぎるとまずいとは説明したが、昨日の様子を見た限りでは、美月はまだ当面の間は大丈夫そうだと思う。下手に刺激をしたりしない限りは、容態が急変したり、意想外のトラブルを起こしたりすることはないだろう。

　それでも万が一、何か異変が起きた場合には、いつでも連絡をくださいと謙二に告げ、この日は話を切りあげることにした。

椚木昭代【二〇一六年十月三十日】

それから六日後の昼過ぎ。

私は昭代に会うため、我が家から遠く離れた海辺の街へ向かった。

昭代が現在暮らしているのは、郊外に建つ小さなアパートだった。十一年前に起きた、件(くだん)の椚木の一族にまつわる怪異が収束してまもなく、昭代は、県北の山中に建っていた椚木の広大な土地屋敷を始め、家が保有していた不動産の大半を処分した。

その後は自分の実家がある、三陸海岸の沖合いに浮かぶ孤島からほど近い、この街へ引越し、現在は地元の水産会社で働きながらひとりで細々と暮らしている。

「ご連絡をいただくまで、あまり気にも留めていなかったんですけど、あれから椚木の身内でここ数年に起きた不幸をまとめてみたら、なんだか少し不安になってきました」

アパートの一室で挨拶(あいさつ)を交わしてまもなく、昭代はいかにも不安げな面持ちで言った。それからテーブルの上に四つ折りにされた大きな紙と、B5サイズの紙を数枚差しだし、私に見せた。

大きな紙のほうは、椚木家の詳細な家系図を昭代が新たにまとめてくれたものだった。小さな紙のほうの一枚には、人の名前と年月日が整然と並んで書き記されている。

「これ、この四年の間に椚木の身内で亡くなった人の名前と、亡くなった日にちです」

昭代が指で示した紙のいちばん上には、私もよく知っている女の名前が記されていた。

芹沢千恵子（ちえこ）　二〇一二年八月四日没
芹沢真也の母親である。死因は心不全とのことだったが、詳細は分からないらしい。

そのすぐ下には、私のまったく知らない名前があった。

芹沢彰斗（あきと）　二〇一二年八月十三日没
「わたしは全然面識がなかったんですけど、千恵子さんに新しく生まれた息子さんです。まだ六歳だったみたいですが、この子も病気か何かで亡くなっています」

それも母親の死から十日も経たないうちに、と昭代は続けた。

「さらに見てください。それから一年半近く経ったあとです」

昭代がさらに指で示した次の名前も、私がよくよく知っている人物のものだった。

芹沢真也　二〇一三年十二月十八日没
「真冬の川の中から車に乗った状態で発見されたそうです。事件性はないということで、事故か自殺ということで片づけられたみたいですけど」

なるほど。死んでいたか。真也と最後に会ったのは、二〇一二年の春先だったと思う。高熱に浮かされて病院へ行った際、いきなり目の前に現れ、しばらく絡まれたのである。あの時は「自分も拝み屋になった」と言っていたが、その後はどうしていたのか。

昭代に尋ねてみたが、彼女も真也のその後について、くわしいことは知らないという。

「不謹慎とは思いますけど、この三人については『罰が当たった』と思っていたんです。千草が亡くなるきっかけになったのは、この母子なんですし、罰が当たって当然だろう。そんなふうに思って、割り切っていたんです」

「でも」と昭代は続けて、紙の上に書かれた名前をさらに指で示し始めた。

「それから今に至るまで、椚木の一族でやたらと若い人ばかり、亡くなっているんです。もちろん、中には高齢の人もいますけど、それでも若い人のほうが圧倒的に目立ちます。とりあえず、拾える限りまとめてみたのがこれなんです」

椚木早紀江　二〇一四年八月二十六日没
皆川美緒　二〇一五年三月九日没
黒岩春菜　二〇一五年九月十七日没
椚木園子　二〇一六年六月三十日没

年代は、十代後半から三十代までと幅広かったが、いずれも若い世代に変わりはない。

加えて彼女たちは、十一年前の椚木の怪異になんらかの形で関わっている人物だった。

椚木早紀江を除いた三名は、私自身も面識があり、それぞれ別の案件で関わっている。

初め、黒岩春菜という名前だけにはぴんとこなかったのだが、昭代に確認してみると、黒岩朋子の娘だという。それで思いだした。当時は小学校低学年だった女の子である。

死亡当時、春菜は十九歳で、死因はくも膜下出血とのことだった。

早紀江は死亡当時、三十四歳。死因は心不全ということだが、詳細は不明。

皆川美緒は二十六歳で死亡。こちらも死因は心不全で、詳細は不明。

椚木園子は三十五歳で死亡。やはり死因は心不全で、死亡時の詳細も不明。

二〇一二年の芹沢千恵子の死まで遡ってトータルすれば、当時の椚木の怪異に関わる関係者が、実に七人も亡くなっていることになる。

「いつも忘れた頃に訃報が届くので、今までつなげて考えることはしませんでしたけど、郷内さんからご連絡をいただいて、資料をまとめているうちに思ってしまったんですよ。もしかして、祟りはまだ続いているんじゃないかと。美月は大丈夫なんでしょうか？」

「大丈夫ですよ。資料を見せていただいて確かに驚きはしましたし、この先どうなるか、まだ全容も把握できていない状態ですが、安心していてください」

そう答えるのが精一杯だった。

こちらが予想していた以上に、事態は恐ろしく深刻な様相を帯び始めてきた。

昭代が不安を抱くのも無理はない。昭代に新しく書いてもらった家系図を見てみると、椚木の若い世代で生き残っているのは、あとはもう美月ひとりしかいない。

流れに沿って最悪の結末を想像してしまうなら、これは非常に由々しき事態といえる。

次の一手をどう動こうかと考えていたところへ、昭代が思いつめた顔で口を開いた。

「千草、成仏できていなくて、美月の身体に降りてきたんですよね？　わたしの供養が足りていなかったんでしょうか？　わたしの供養、間違っているんでしょうか？」

声が震え始め、昭代の目に涙が浮かび始めてくる。

私たちが座るテーブルのすぐ隣、壁際に置かれたサイドボードの上には、写真立てに収められた千草の写真が飾られている。写真の前には線香立てと御鈴と小皿が数枚並び、皿の上には手作りの煮つけや果物、小袋に入ったお菓子などがたくさん供えられていた。

「全部、千草が大好きだったものなんです。向こうで食べてくれればいいなあと思って、毎日供えながら、『元気にしてる？』『美月はがんばっているよ』って話しかけながら、手を合わせています。こういう供養じゃ、ダメなんでしょうか？」

言いながら昭代は、しゃくりあげて泣き始めた。

写真の千草は黒髪の制服姿で、おそらく高校時代に撮影されたものなのだろうと思う。誇らしげにピースサインを翳して、屈託のない笑みを浮かべながらこちらを見ている。誰が撮影したものなのかは知らないが、それはとても楽しそうな笑顔だった。

「椚木さん、一生懸命されている供養が届いていないなんてことは、絶対にありません。千草さんが、大好きだったお母さんの供養を受け入れないわけがないです。大丈夫です、届いていますから。それに、千草さんが成仏できていない理由は、美月ちゃんのことが心配だからということもあるようです。もしかしたらそれは、美月ちゃんの身に危険が及ぼうとしているのを守るために、この世に帰ってきたということなのかもしれません。何はどうあれ今までどおり、大事に供養していただけませんか？」

噛んで含めるように言い伝えると、ようやく昭代は少し落ち着きを取り戻したようで、「申しわけないです」と頭をさげた。

昭代が泣きやむのを見計らい、美月のことを尋ねてみた。

千草の亡きあと、昭代が引き取って以来、とてもよくなついてくれているという。

小さい頃から頭がよくて、勉強が大好きな娘に育った。

成績は常に学年でトップクラス。将来は医者か、動物関係の学者になりたいらしい。

だからもっとたくさん勉強がしたくて、中学校は仙台の私立中学を受験した。

無事に合格が決まって、仙台市内に暮らす昭代の妹の家で暮らすようになってからも昭代への連絡は欠かさず、いつも電話やメールで楽しい報告をしてくれる。

長期の休みには昭代の許へかならず戻り、休みが終わる頃まで家の手伝いをしながら、何かと昭代の身を気にかけてくれる優しい娘なのだという。

美月は幼い頃から千草に顔がよく似ていたのだけれど、歳をとって成長するにつれて、その面貌はますます千草に似てきて、まるで千草をもう一度、育てているような心境になるのだという。生前、千草へ注いであげることができなかった愛情を何倍にも増やして美月へたくさん注いであげることが、自分の生きがいだと昭代は語った。

「美月、今度の冬休みも元気で帰ってきてくれるでしょうか？」

不安げな昭代の質問に「かならず」と答え、私は作成してもらった資料を受け取ると昭代のアパートをあとにした。

かつての家【二〇一六年十月三十一日】

その翌日の午後三時近く。

私はかつて高鳥家の親子三人が暮らしていたあの家へ向かって、車を走らせていた。

昨日、昭代に尋ねた話では、件の家も千草の亡きあと、不動産会社に売却してしまい、今は誰が住んでいるのか分からないという。

一方、美月の話では「別の人が暮らしている」とのことだった。それが本当だろうがどうだろうが、すでに家の権利が昭代から離れている以上、くわしい調査は無理だろう。

だが、情報はできる限り多いほうがいい。それが解決の手掛かりにつながるものなら、なおのこと歓迎である。たとえ中に入れないまでも、外から家を見ただけでもあるいは何かしら、気づくこともあるかもしれない。そんなことを期待しての出発だった。

私の家からかつての千草の自宅までは、車でたかだか三十分ほどの距離だった。

だが、十一年前の一件があって以来、家の近くさえ一度も通ったためしがない。

単に用がないというのが正式な理由だったが、仮にそれらしい理由ができたとしても、決して気乗りはしないだろう。あの家を再びこの目にするのは、心に負担が大きすぎる。

今回の件がなければ、おそらく一生近づくことはなかったと思う。

国道を逸（そ）れて狭い道路を何本か曲がると、やがて千草の自宅があった住宅地に入った。道路沿いに立ち並ぶ住宅の外観は以前とほとんど変わっておらず、当時の記憶が視界に重なるように蘇（よみがえ）ってくる。

それから少し進んでいくと、ようやく道の先に目的地が見えてきた。

外観は、どこにでもあるような二階建ての木造家屋だが、私にとっては記憶の底から複雑な感慨を呼び起こされる忌まわしい家である。

家から少し離れた路肩に車を停め、まずは車窓越しに外観をつぶさに眺め回してみる。家の周囲をぐるりと囲むブロック塀に視界を阻まれ、一階部分はほとんど見えない。続いて二階のほうへと視線を移す。こちら側から確認できる二階の窓は、一枚残らずカーテンが閉めきられている。

住人が留守にしているのか、それとも今は空き家になっているのか。どちらだろうと考え始めたところへ、カーテンの閉ざされた窓の内側に、何やら白い紙のようなものが貼りつけられているのが目に入った。

形は長方形。目算で縦幅十五センチといったところだろうか。数は一枚ではなく複数。窓の四隅に、それぞれ一枚ずつ貼りついている。こちらから見える二階の窓は、全部で四枚あったが、そのいずれの四隅にも判を押したように同じものが貼られている。

もしかしたらと厭（いや）な予感を覚え、さらに詳細を確認すべく、車を降りて家に向かって近づいていく。ブロック塀の前まで行って見あげてみると、やはりそうだった。

窓に貼りついているのは、全部御札だった。

白地の上に黒墨で漢字が縦書きされ、その上には朱色の角印が押されている。

この距離からでは何が書かれているのか判読できなかったが、御札と分かっただけで十分だった。

続いてブロック塀越しに、一階の様子を覗き見る。

思ったとおりだ。

こちらも全ての窓がカーテンで閉めきられ、四隅に御札が貼られている。

ぞわぞわと背筋に粟と悪寒が生じるのを感じながらも、周囲に視線を巡らせてみる。

少なくとも路上に人影は見当たらず、近くの家々からも人の気配や視線は感じられない。

ならばと思い、ブロック塀を伝って門柱のほうまで進み、門柱の間から玄関口の様子をうかがってみる。

だいぶくたびれた風合いを滲ませる木製の茶色い玄関ドアの四隅にも、やはり御札が貼られていた。

筆書きされた漢字を全て判読できたわけではないが、御札に記された漢字の雰囲気や貼り方で、それが何を意味するものなのかは容易に察しがついた。

結界である。紛うことなき呪術的な意味合いを帯びた、正真正銘の結界だった。

先日、我が家の四方に貼りつけた結界札とは使い方も総枚数も異なるが、少なくともこれが結界札であることに間違いはなかった。

まずは千草の話が、まったくの出鱈目でないことの裏付けはとれた。

外部から入りこむものを遮断するためのものなのか、それとも内部に存在する何かを封じこめておくためのものなのか。あるいは、その両方なのか。

どのように機能しているのかは検討もつかなかったが、今は別に解らずとも構わない。この家には何か重大な秘密がある。それが確認できただけで十分である。

結界の効能か、外から家の様子を探る限りでは、なんらも怪しい気配は感じとれない。同様に人の気配もまったく感じられなかったが、空き家ということはないだろうと思う。

家じゅうの窓という窓に、ここまで露骨な飾りつけをしているのである。持ち主なり借り主がいなければ、とてもこんな異様な状態にはしておけないだろう。不動産会社が貼ったとも考えられない。

今現在もこの家に住んでいるのかどうかはさておき、関係者は確実に存在している。それもこの結界札と密接な関わりを持つ者が。

現時点ではそれが何者なのかも不明だったが、探偵でもあるまいし、このままここで誰かが現れるまで張りこむつもりもない。今回の件に関わっていれば、いずれそのうち、嫌でも顔を合わせる機会が訪れるだろう。そんな気がした。

ひとまず保留と判じ、この日はこれで引きあげることにした。

城戸小夜歌【二〇一六年十二月三日】

さらにその三日後の昼。我が家の仕事場に、ひとりの女性客が相談に訪れた。

家の四方に御札を貼って以来、しばらく仕事は休むと決めていたのだが、今回だけは「例外」と判断しての面会だった。

相談客の城戸小夜歌（きどさやか）は、仙台市内で占い師を営む女性で、年代は三十代前半。

予約の電話をもらった際にはまったく思いだせなかったのだが、小夜歌はだいぶ昔に私の許へ一度だけ、相談に訪れたことがあるのだという。

理論的な根拠など何もなく、ただ直感で会うべきと判じ、面会することにしたのだが、その直感はやはり当たっていた。

「ずいぶんご無沙汰（ぶさた）しています。あたしのこと、覚えてらっしゃいませんか？」

軽く挨拶（あいさつ）を済ませたあと、仕事場の座卓を挟んで向かい合いながら、小夜歌が笑った。

薄い赤に染めた髪の毛と、黒地に金色の刺繡（ししゅう）が入ったジャケットを羽織った、全体的に派手めな印象の女性である。

実際、こうして本人の顔を見ながら声を聞いていると、おぼろげながらも昔の記憶が蘇ってくる。小夜歌の言うとおり、確かにずいぶんご無沙汰だったはずである。

「もしかして、昔は金髪じゃありませんでした？」

「うん、多分そうです！　あたし、若い頃は結構、金髪の時期が長かったから！」

私の問いに快活な笑みをこぼしながら答える小夜歌の顔に、ようやく全てを思いだす。

「だったら『ずいぶんご無沙汰』なんてものじゃなく、本当に大昔の話になりますよ。私が拝み屋を始めて、まだいくらも経ってない頃だと思います」

「そうですね。あたしが二十歳過ぎぐらいの頃だったと思うから、本当に大昔の話です。あの時はバカな相談をしに来てしまって、すみませんでした」

自嘲（じちょう）するように頭（かぶり）を振りながら、小夜歌はいかにもバツが悪そうに笑った。

今から十三年ほど前、季節はいつ頃だったか忘れてしまったが、小夜歌の言葉どおり、彼女がまだ二十歳過ぎだった頃、拝み屋としてまだまだ駆けだしだった私の許（もと）へ彼女は突然、「弟子にしてください！」と訪ねてきたのである。

当然ながら、小夜歌の申し出を私は丁重に断っていた。

「失礼ながら郷内さんとお会いするまで、割と若い人だって分かんなかったんですよね。『自分も駆けだしです』って郷内さんから説明されて、『あっ、失礼しました』みたいな感じになっちゃって。でもあたし、気持ちは本気そのものだったんですよ？」

笑みを絶やさず、小夜歌が言った。

当時のやりとりを振り返り、小夜歌の話を思い返してみる。

本人曰（いわ）く、彼女は幼い頃から時折ではあるが、妙な勘が働いてしまう人間だった。

道理は一切不明ながら、自分の身に降りかかる怪我などのトラブルを事前に察知して、難を逃れることができたり、ニュースで報道される以前の事件や出来事などを先んじて夢で知ってしまったりすることがあった。

それでこうした感覚を活かして、何か仕事ができないかと考えた結果、東北地方では古くから世間に知られている、拝み屋になろうと思いたったのだと聞いている。

「でも今は拝み屋じゃなく、占い師をされているんでしょう？　何があったんです？」

「まあ、簡単に言ってしまうと、あたしに拝み屋としての素養というか、才能がなくて、『じゃあ、代わりに占い師に？』って感じですかね」

実にあっさりとした口調で、事も無げに小夜歌が言った。

「以前に郷内さんとお会いしてから、他の拝み屋さんにも同じ相談に伺ったんですけど、その人から『あなたは多分、向かないわよ。やるなら、占い師のほうがいいわね』って言われたのが、大きかったんですけど」

その後、小夜歌は、道を示してくれたこの拝み屋にも師事しようと頼みこんだのだが、元々、弟子はとらない主義に加え、占いは専門外とのことで、その願いは叶わなかった。代わりに「何か困ったことがあったら、いつでも来なさい」と言われたので、その後も折に触れて通うようになり、結局、師弟のような関係になってしまったのだという。

「そんなこんなで占い師稼業も十年ぐらいになるんですが、今日はちょっと、占い師の専門外に当たる用件をお願いしたくて、お邪魔した次第なんですね」

「専門外と言うと、たとえば供養とか？」

「あ、正解です。すごい。郷内さん、これもかなり昔の話だと思うんですけど、夜中のめっちゃ遅い時間に高鳥千草っていう娘から、相談の電話が来たことありません？」

ビンゴ。また新しい取っ掛かりが得られそうな流れである。

「実は、千草に郷内さんの連絡先を教えたのって、あたしなんですよ。ちなみに千草は、あたしの高校時代の同級生で親友だった娘なんです。あの頃、うちの師匠は体調不良で一時的に休業していたから千草に紹介できなかったんです。で、悪いとは思いながらも、郷内さんの連絡先を教えてしまったんですよね。これもほんとにごめんなさい」

「いや、いいんですよ。それより、どうして今頃になって彼女の供養を？」

「うん。四日前なんですけど、あたし、千草の夢を見たんです」

夢の中に現れた千草は、長い髪を茶色に染めた、亡くなる少し前の姿だったという。

千草はかつて、謙二と美月の三人で暮らしていたあの家の玄関前に所在なさげに佇み、なんだかひどく悩ましげな顔で、小夜歌に向かって何かを訴えている。

ただ、夢の中はまったくの無音で、千草が何を言っているのかは分からない。

顔の表情を含め、時折、唇をぎゅっと噛みしめたり、しきりに首を振ったりするため、少なくともそれが明るい訴えでないことだけは理解できるのだけれど、千草の伝えたい思いは、何も知ることができなかった。

それで目覚めたあとに思案を巡らせた結果、まずは供養をと思い立ったのだという。

「わけの分かんない離婚とか、いろいろ『え？』って思うような話も聞かされていたし、亡くなり方も普通じゃなかったから、もしかしたら迷っているのかなって思って」

さばさばしていた笑みが萎れ、物憂げな面持ちで小夜歌が言った。

「ああ、そうだ。それにもうひとつ、変なことがあったんだった」

両手をぺちんと合わせ、小夜歌が続ける。

「あたし、お化けとか幽霊とかはほとんど視えないタチなんですけど、千草の夢を見たその日の朝に、なんかすっごく気持ち悪いのを視ちゃって」

午前八時過ぎ、小夜歌が自宅兼仕事場として借りているマンションのベランダに出て、昨晩から干しっぱなしにしていた洗濯物を取りこんでいた時だった。

ふいにどこからか奇妙な視線を感じたので、視線を巡らせてみると、三階に位置するベランダの向こう、マンションの敷地に広がる駐車場から、得体の知れない風体をした、女とおぼしき人物がこちらをじっと見あげて突っ立っていた。

それは白黒にプリントされた幼い女の子の写真をお面にして被り、中肉中背の体軀に灰色のスウェットを上下に着こんだ、いかにも不審な人物だった。

「最初は『何こいつ？　ヤバい人？』って思ったんですけど、こっちと目が合ってから十秒ぐらいかな？　急にくるっと背中を向けたかと思うと、駐車場の端っこに立ってる街灯の陰に隠れちゃって、あとはそのまま消えてしまったんですよね。それでようやく、『ああ、もしかしてあれってお化け？』って思い始めた感じだったんです」

「なんだったんでしょうね？」という小夜歌の質問に、どうしたものかと思案する。

「城戸さんは、千草さんが亡くなるまでの経緯について、どの程度までご存じです？」

尋ねると小夜歌は、「いや、それが実は全然分かんないんです」と答えた。

十一年前の初夏、夜中遅くに千草が私の電話に連絡をよこし、件の栩木家にまつわる怪異の相談が始まって以降、千草とほとんど連絡がとれなくなってしまったのだという。

「『巻きこんじゃうとまずいから、しばらくちょっと、距離を置こうよ』とか言われて、あとは二回ぐらいかな？　千草のほうから『大丈夫だから』って連絡が来ただけでした。そうこうしているうちに千草、急に亡くなってしまったんですよね」

「なるほど。そうだったんですか」

「あたしも人のこと言えないけど、千草も変わった奴だったんです。でも、友達思いですごく優しい娘だった。『拝み屋さんの連絡先、教えて！』って電話をよこした時もね、最初からあたしに連絡よこせばいいのに、その前に、こういう方面に全然くわしくない友達とか、大して仲のよくない連中に電話をかけまくって、最後に連絡をよこしたのが、あたしのところだったんです。『なんで、早く連絡よこさなかったの？』って訊いたら、『だって、迷惑かけるじゃん！』だって。じゃあ、他のみんなはどうなのっていうね」

頭を振りながら、小夜歌が笑った。

「あたしは当時、占い師を始めたばっかりでしたから、それこそ巻きこんでしまうって、気を遣ったんだと思うんですけどね。いい奴だけど、水臭い奴です」

「千草さんの元旦那さんとは、面識がありますか？」

「ああ、謙二くん？　ありますよ。結婚してから、初めて紹介してもらったんですけど、家族思いですごくいい人でしたね。なんで離婚なんかしてしまったんだろう？」

謙二ともそれなりに面識があり、仕事が占い師ということなら、いいだろうと思った。

小夜歌に断り、その場で謙二に電話をして、情報を公開しても構わないか確認してみる。

謙二も小夜歌のことは覚えていて、またぞろひどく驚いていたが、情報公開については構わないとの返事をもらった。

さっそく小夜歌に今回の美月の件のあらましを伝える。小夜歌もひどく驚いていたが、話自体はすんなり呑みこんでくれた。実は予感めいたものがあったのだという。

「あたしの師匠、去年亡くなってしまって、今は師匠の娘さんが跡を継いでるんですが、なんかずっと忙しいみたいで、連絡がとりづらいんですよ。だから昔、千草に連絡先を教えてあげた縁もあるしなって思って、郷内さんに供養をお願いしようと思ったんです。でもそれ以上になんか、郷内さんに絶対会わなきゃいけないって気にもなってしまって、今日はお邪魔させてもらった次第です。やっぱり予感は当たってたみたい」

言いながら小夜歌は、神妙な面持ちで何度もうなずいた。

その後、仕事場に祀った祭壇に向かって、千草に供養の経を捧げた。

経の力によって美月の身体から離れるなどとは、期待していなかった。純粋に千草の冥福を願う小夜歌の気持ちを届けるという名目で、唱えさせてもらったに過ぎない。

「あたしもまた、周りで何か妙なことがあったら連絡します。千草と美月ちゃんのこと、よろしくお願いしますね」

経が終わってまもなく、小夜歌に言われた言葉に感謝する。

「こちらも何か進展があったら連絡します」と答え、この日の相談は終了となった。

先ほど、謙二から聞いたところでは、五日ほど前に再び美月とふたりで会ったらしい。その際には、特に容態に変わりは見られなかったとのことだった。ひとまず安心である。だがやはり、あまり時間が置けないことに変わりはない。

差し当たって、次は何をどうすればいいか。指針は未だに定まらない状態である。

ならばせめて、いつでも動けるようにしておくことが肝要と判じ、体調を整えながら次の動きを待つことにした。

壊れた母様の家　丙　祀りし蛇【二〇〇九年九月】

結局何年生きても、わたしはずっとこうなんだ。

みんなに泣かされ、あらゆることを我慢しながら、生きていかなくちゃならない。


その七年前。仕事を終えた夕暮れ時。家路を辿る車中で十朱佐知子は、諦めにも似た殺伐とした思いに駆られ、頬を伝う涙を拭いながらハンドルを握っていた。

半年前の三月、佐知子は十五年以上住み続けた市街のボロアパートを離れ、そこからかなり離れた田舎町の住宅地に建つ、古びた一軒家へと引越してきた。

別に越してきたくて、越してきたわけではない。

弓子の意志で、半ば強引に連れだされてきたのである。

あと数年で三十路に手が届きそうな歳だというのに、佐知子は未だに弓子とふたりで暮らし、弓子の言葉や行動にそこはかとない不審と嫌悪を覚えながらも、弓子の許から離れることができずにいた。

親離れができないというよりは独立心と、それを奮い立たせる気力がないのだと思う。何をするにも心はまるで、甲羅を背負った蛙のように鈍くて重たい。

一体、いつから自分は、こんな人間になってしまったのか。あるいは元々、こういう人間だったのか。考えようとしても、そんな些末なことすら思考がまとまってくれない。だから今ではあまり、余計なことは考えないようにしている。

ただ、どれだけ思考が鈍かろうと、佐知子に感情がないわけではない。怒鳴られれば怖いと思うし、罵声を浴びせられれば傷つくし、虐げられれば涙もこぼれる。

今の住まいに移ってまもなく、佐知子は同じ町内にある小さな食品会社に勤め始めた。就職からほどなくして、上司からはパワハラ紛いの暴言、同僚たちからはいじめに近い理不尽な仕打ちを受け始め、肩身の狭い思いを強いられていた。

けれども斯様な職場環境に苦しみながらも、佐知子は仕事をやめようとはしなかった。どうせ次の勤め先でも、同じ目に遭うだろうと確信しているからだった。

引越す前に勤めていた町工場でも、針の筵のような悲惨な状況に追いこまれていたし、その前に勤めていたスーパーやコンビニでも、佐知子は必要以上に上司から詰られたり、同僚たちからひどいいじめを受け続けてきた。

だから今度の職場も同じような目に遭うだろうと分かっていたし、現にそうなっても、まともな職場を求めて仕事を変えようなどとは思わなかった。

いずれの職場であっても佐知子は人と比べて、決して仕事の覚えが悪いわけではない。覚えた仕事は、きちんとこなすことができている。応用が利かないわけでもない。挨拶だってきちんとしているし、社会人としての礼儀も弁えているつもりでいる。

しかし、勤める先々で職場の人間たちが、佐知子に対して怒りや不快感を覚えるのは、そうした面での不備や不満ではないらしい。

ある職場の上司は、「見ているだけで虫唾が走る思いがする」と佐知子に言った。

またある職場の同僚は、「同じ空気を吸ってるだけで苛々してくる」と言い放った。

確かに佐知子は陰気な気性で口数も少ないけれど、以前からそうだったわけではない。高校を卒業後、社会人になって仕事を始めた頃は、少なくとも今よりは溌剌としていて、笑顔も口数もそれなりには多かったのである。

それが理不尽な仕打ちを受けて傷つくたびに陰りを帯びて、塞ぎ続けていった結果が、今の佐知子の性分だった。陰気な気性に加え、余計な波風がたたないよう口数を減らし、極力目立たないようにすることで、自分の身を少しでも守ろうとしている。

だが周囲は、こちらの意図や事情など一切関係ないようで、ただ佐知子が職場にいて、彼らの視界に入るだけで気持ちが掻き乱されてしまうらしい。

改善の余地などなかったし、打開策を考えようにも無理だった。

とにかくどんな職場に勤めようが、佐知子は蛇蝎のごとく忌み嫌われて、虐げられた。

いや、厳密には「職場」だけではない。

遡れば学生時代からすでにそれは始まっていたのだと、佐知子は思い直す。

佐知子が宮城にやってきて、二度目の引越しを余儀なくされた中一の春。二年親しみ、仲よくなった小学校の友人たちから離れ、新しく知り合った同級生たちもそうだった。

入学からまもなく、まるで見えない磁力が働いているかのように、佐知子とクラスの同級生たちの間には、互いにどうしても近寄りがたい壁のようなものが感じられた。

佐知子はどうにか壁を打ち破り、みんなと仲よくなろうと必死になって努めたのだが、壁は向こうが先に打ち破り、「いじめ」という形で佐知子をことごとく蹂躙した。

いじめは時置かずして、同じクラスの生徒たちから同学年全体へと波及し、佐知子は結局、入学から卒業までのほぼ三年間を、タチの悪い嫌がらせや集団無視に耐えながら過ごすことになってしまった。

いじめは中学時代の同級生たちから完全に離れた、高校生活でも再発した。

やはり入学してまもなく、なんの前触れもなく嫌がらせが始まり、佐知子が嫌がれば嫌がるほど、悲しめば悲しむほど、彼らの行為はさらに過熱していくようだった。

この時も佐知子を虐げた連中が発した言葉の大半は、「見ているだけで苛つく」とか、「存在自体がウザイ」という、極めて理不尽なものだった。

そうした中学時代からの六年間を、佐知子は石になったつもりでどうにか耐え抜いた。

社会に出れば、さすがにこんな子供じみた理由で自分が傷つけられることはないだろう。それまでの辛抱だからと自分に言い聞かせ、巣立ちをずっと待ち侘びてきたのである。

けれどもそんな希望は、幻想だった。

「職場」という、社会に開かれた箱の中で生きる大人たちからも、佐知子は学生時代と何も変わらぬ嫌がらせを十年近くも受け続け、今現在に至っている。

だからもう、あれこれ理屈を考えることはやめにした。原因を考えるより、現状をどう耐え忍び、どのように回避するのかが、佐知子にとっては優先事項だった。

どんなに思考が鈍化して、頭が痺れたようにうまく回らないようなことがあっても、感情だけはきちんと役目を果たしている。

怖い思いも、厭な思いも、悲しい思いも、なるべく味わう機会を減らしたい。一日を少しでも心安らかに過ごせるようにと願いながら佐知子は日々を生きようとしていた。

けれども佐知子のそんな健気な願いとは裏腹に、災禍はいつでも予期せぬところから予期せぬ形で訪れ、佐知子の心を蹂躙した。

今日も職場で同僚がしでかした備品の発注ミスをなすりつけられ、無理解な上司から身が竦みあがるほどこっぴどく怒鳴りつけられた。堪らず佐知子が泣きだすと、上司は「泣かずに話を真面目に聞けッ！」とさらに激昂し、周囲で様子を見ていた同僚たちは、声を殺しながらも揃って佐知子の不運を笑いのめした。

退勤してからも、身に浴びせられた恐怖と悔しさは一向に薄まることなく、佐知子は涙に視界を滲ませながら家路を辿る。

だがその家ですらも、佐知子がしんから心を預けることができるものではなかった。

家自体にも愛着などなかったが、佐知子はそれ以上に、同じ家に暮らす弓子に対して、昔のような愛情を抱くことができなくなっていた。佐知子が置かれたこれまでの境遇を作り続けてきたのは、他ならぬ母の弓子だったからである。

十八年前の冬。

弓子は突如、天から降って湧いたような謎の大金を元手に、大きな街の一等地に建つ高級マンションを購入し、まもなくその界隈に絢爛豪華な装いのスナックを開いた。

件の田舎のボロ家で貧しい思いをしながら暮らしていた頃に、欲しくて堪らなかった玩具やお菓子も好きなだけ買ってもらうことができたし、新しく通い始めた小学校では、仲のいい友達もたくさんできた。

まるで東京にいた頃に何もかもが戻ったような暮らしが、佐知子と弓子の身に訪れた。

だが、こうした夢のような暮らしは二年ほどで、まるで全てが虚構だったかのように何もかもが潰えた。

原因は、弓子が当時交際していた男である。

事の仔細までは聞かされなかったものの、弓子はだいぶ男に入れ込んでいたのである。早い話が男を盲目的に信用した結果、うまい具合に財産の大半を騙し取られたのだった。のちに弓子の口から、男が暴力団関係の人間だったことも聞かされている。

せっかく手に入れた何もかもを失ってしまったが、借金が発生しなかったことだけは不幸中の幸いだったと弓子は言った。

けれどもそれは悔し涙に泣き腫らしながら、凄まじい形相で発した言葉だった。

ようやく住み慣れた市街の高級マンションを追われた弓子と佐知子は、そこから遠く離れた宮城の別の街で家賃四万円の古びたアパートを借り受け、新たな生活を始めた。地元の中学へ進学してまもなく、佐知子が再び同級生らからいじめを受け始めたのは、すでに語ったとおりである。

一方、弓子は地元の和菓子店に勤め始めたものの、佐知子がわけも分からず理不尽ないじめを受けるのとは対照的に、自らの意思で積極的にトラブルの火種を振り撒いては、たびたび職場でトラブルを起こしていた。

佐知子に対する弓子の言い分は、「周りの連中のレベルがあんまりにも低すぎるから、あたしが率先して不備を指摘しているだけよ」とのことだったが、当時、中学生だった佐知子が聞いても、そんな言い分はどうかと思えるものだった。

それは東京時代を含め、二度もスナックの経営者として人の上に君臨した経験がある、弓子の驕りというものだった。弓子は別に、職場の業務改善を図るために躍起になって周囲と軋轢を生んでいるのではない。中途半端で歪んだプライドが周囲の同僚を見下し、あくまで自らが、精神的に上の立場に収まらないと気が済まないだけだろうと思った。

こうした驕りは勤め先のみならず、同じアパートの住人や、近所で暮らす人たちにも露骨に向けられ、まったく同種の軋轢を生んだ。

引越しから半年も経たないうちに職場を含む、地元界隈における弓子に対する評判は、最悪なものとなり、毎日のように弓子の口から他人の愚痴を聞かされるようになった。

「しみったれたド田舎しか世間を知らない、生き腐れみたいなカッペどもがふざけんな。誰に向かってどんな態度をとっているんだか、今に罰が当たって分かる日が来るよ！」

弓子の少ない収入でぎりぎり賄われる貧相な夕飯を食べながら聞かされる罵詈雑言は、越してから日を追うごとにひどくなっていくばかりだった。

それが愚痴だけで止まっていたのなら、佐知子もまだ、許容の範囲内だったと思う。だが、弓子はそこからさらに予想だにしないほうへと、不平の発露を移していった。

車が住宅地の細い路地へと入り、まもなく自宅の門扉が見えてくる。

自宅の脇に設けられた簡易式の車庫へ車を入れ、ため息をつきながら車を降りる。

「ただいま」と声をかけながら玄関戸を開けて中へ入ると、台所から「おかえり！」と、弓子の声が返ってきた。そのまま居間へ入り、座卓の定位置へ腰をおろす。

居間の一角にあるサイドボードの上には、四辺が四十センチほどの正方形に作られた平たい木箱が置かれ、箱の前には御神酒徳利や高坏、丸皿などが丁寧に並べられている。徳利には水と日本酒、高坏には塩と生米、皿の上には生卵が三つ載せられている。

本当は、目にすることさえも厭なのだけれど、引越して早々に弓子が嬉々としながらここに置いてしまったので、今さら他へ動かすことはできそうになかった。

いや、弓子にしてみれば単に置いたのではなく、祀ったのである。

言わずもがな、箱の中に納められているのは、シロちゃんの遺骸だった。

弓子がまるでとり憑かれたかのように、毎日欠かさず拝んでいるのである。

十六年前。古びた安アパートに居を移し、職場と隣近所の人々に憎悪を募らせていた
ある時期から弓子は、荷物の中に紛れこんでいた箱を探しだして、部屋の一角に祀った。

「もう我慢できないの。他人がどうとかなんて問題だけじゃなく、今のこの暮らしにも、あたしたちをこんな暮らしに叩き落としたあの男にも、何もかも我慢できないのよ！」

驚きながらも非難の視線を差し向けた佐知子に、弓子は開き直るような調子で叫んだ。

夕飯中に罵詈雑言を吠え散らかす以外に、その日から箱に向かって手を合わせるのが、弓子の新しい習慣となった。

具体的に何を願っているのか、弓子は語らなかったし、佐知子も訊きはしなかったが、容易に察することはできた。おぞましいと思うと同時に、泣きたい気持ちにもなった。

シロちゃんとの悲しい別れから、二年半と少し。

その頃には、ようやく心の傷が癒えかけていたというのに、そんな佐知子の胸中などお構いなしに突然こんなことを始めた弓子を、佐知子は許すことができなかった。

大体、自分勝手も甚だしい。

以前のマンションに越してまもなく、その時は佐知子が、家のどこかにシロちゃんをお祀りしたいとお願いしたのに、弓子は「駄目よ」と言って許さなかったくせに。

それが再び自分の叶えたい欲望が湧きだしたとたん、まるで忘れていた宝の在り処を思いだしたかのように、今度は自らシロちゃんを引っ張りだして神さま扱いである。

箱に向かって神妙な様子で合掌する姿を見かけるたびに、ふざけないでと思った。

そもそもシロちゃんが死んでしまった原因は、弓子である。弓子がシロちゃんの身に余るような大きな願いを、何度もし続けたからである。佐知子は絶対そうだと確信している。

それを自分で知っていようがいまいが、あんなにかわいそうな最期を見届けながらも、今さら再びシロちゃんにお願いを、それもやっぱり、自分本位のとことんまで浅ましく、身勝手なお願いができる弓子の性根が許せなかった。

自ずと弓子と交わす口数は減り始め、しだいに佐知子は朝食や夕飯の極力短い時間に、弓子の愚痴を聞くだけの存在になっていった。

ゆえに中学高校時代に被ったいじめの件も、社会人になってからも被り続けるそれも、佐知子は一度も弓子に明かしたことがない。こんな母親に救いなど求めたくなかったし、解決できる力があるなどと思ってもいなかったからである。

代わりに佐知子は、何も叶わなければいいんだと思った。

それがどんなに大きな願いであろうと、とるに足らない些細な願いであったとしても、一切叶わなければいいと、佐知子はひそかに心の中で願い続けた。

実際、弓子の願いは――少なくとも佐知子が知る限りでは――何ひとつ叶った様子は見られなかった。その後も食事のたびに聞かされる、職場や隣近所に対する不平不満は減ることはなかったし、弓子自身や身辺で、何か奇跡のような幸運が訪れたという話も聞くことはなかった。

見方を変えれば、佐知子の「願いなんか、一切叶わなければいい」という願いだけが叶った形になる。いい気味だと思った。

だが、それでも弓子のシロちゃんに対する異様な執着心は、一向に薄まる様子がなく、むしろ「願いが叶わないのは信心が足りないからだ」と言わんばかりに、手を合わせる頻度が跳ねあがり、供物なども熱心に供えるようになっていった。

挙げ句、ふと気がついた頃には、弓子はいつのまにか、シロちゃんのことをまったく別の名前で呼ぶようにもなっていた。

箱に向かって手を合わせるたびに、小声でぶつぶつと「●●様、お願いいたします。●●様、どうかお願いいたします」とうわ言のように囁（ささや）くので、近くに居合わせると、厭（いや）でも耳に入ってくる。

弓子の勝手な都合でつけられた名前など知りたくもなかったし、認めたくもなかった。だから佐知子は願いの声が聞こえてくるたび、声から耳を遠ざけるようにしていた。

今夜は帰宅と同時にそれを聞かずに済んで、多少は幸いだったと思う。弓子は台所で夕飯の支度をしているところだった。

半年前から住み始めたこの家は、買い求めたものではなく、借家だった。

別に弓子と佐知子の収入が以前よりも増えたから、借りられたというわけではない。弓子は件の和菓子店を数年で辞めたあと、職を転々としながら細々と生計を立てており、今現在は地元の製糸工場にて安い月給で働いている。収入面では佐知子も同様だった。

そんなふたりが以前の安アパートよりも段違いに広い、この家を借り受けられたのは、家賃が破格の安さだったからである。長年住み続けたアパートの家賃と大差ない金額に佐知子は驚いたが、それには明確な理由があった。

家はいわゆる事故物件だそうで、以前暮らしていた住人が、変死しているのだという。

その後、四年近くも借り手がつかず、建物自体も老朽化が進んでいることも手伝って、不動産会社が捨て値で募集をかけていたのである。それを弓子が見つけてきたのだった。

引越し前、弓子はあたかも「願いが叶った」とでも言わんばかりに大喜びしていたが、佐知子にしてみれば、馬鹿じゃないのと思うだけだった。

家は確かに広かったし、老朽化が進んでいると言っても、以前のアパートに比べれば、造りはしっかりしていた。事前に予想していた古臭さもほとんど感じられなかった。

けれども家など、所詮は器に過ぎない。中にどんな人間が入って、どんな家庭を築き、どんな営みを送るかで、家は天国にも地獄にも変わる。

佐知子にとって新たな暮らしを始めたこの家は、出入りが自由な牢獄といったところ。さもなくば雨風だけは死ぬまで凌ぐことができる、穴蔵のようなものだった。

新たに住まいが変わろうが、佐知子の気持ちが上向くことなど、わずかもなかったし、弓子は弓子で性懲りもなく、再び方々で同じことを繰り返している。

勤め始めた製糸工場では、早いうちから同僚たちと対立を始め、同じ住宅地に暮らす近隣住人たちとも、まるで好んでそうしているかのように衝突を繰り返していた。

住む土地が変わり、家という器が変わっても、実質は何も変わらなかったのである。

そして今、佐知子の目の前にあるものも何も変わらず、無言で鎮座し続けている。

十八年前に件の田舎のボロ家から、市街の高級マンションへ引越して以来、佐知子は一度も箱の中を検めたことがない。のちに弓子が荷物の中から再び箱を引っ張りだして来た時も、いたたまれない気持ちになって中を見ることなどできなかった。

愛らしかった白い和毛がすっかり抜け落ち、黒ずんでがちがちに干からびてしまったシロちゃんの姿は、今でもはっきり思いだすことができる。

脳裏に姿がよぎるだけで悲しい気持ちになってくるというのに、それを箱ごと祀って卑しい願いを繰り返せる弓子の心情が、佐知子には到底理解することができなかった。

どれだけ必死で拝み続けようと、願いなどひとつも叶ったためしはないはずなのに。

そもそも死んでしまったシロちゃんに、もはやそんな力などありはしないというのに。

それでも弓子は、新たに暮らし始めたこの家でも、懲りずに箱を拝み続けていた。

いや、もしかしたら〝力〟だけなら、まだあるのかもしれない。

サイドボードの上に祀られた箱を見ながら、佐知子はふと、そんなことを思った。

だが〝力〟と言ってもそれは、願いを叶える〝力〟ではない。

自分が長年、人から虐げられる原因について。まるで未来永劫、他者から好かれたり、愛される資格を奪われてしまったがごとく忌避され、疎んじられてしまう原因について、これまで佐知子は、答えらしい答えに思いが行き着いたことがなかった。

それが今、頭の中でふいに答えが思い浮かび、たちまち腑(ふ)に落ちた心地になった。

これはおそらく、罰なのだ。罰でなければ、祟(たた)りである。

シロちゃんを死なせてしまったことと、死後もこうして遺骸(いがい)を冒瀆(ぼうとく)し続けていること。ふたつの罪にシロちゃんは怒り、佐知子に過酷な人生を送らせているのだ。願いを繰り返しながらも未(いま)だ貧乏暮らしから脱却できず、強い不平不満を募らせながら生き続ける弓子の人生そのものも、そうした視えざる力の作用によるものだろう。思い浮かべば鈍くなってしまった頭でさえも、これまで自分たちの身に降りかかった、数えきれない理不尽に対する辻褄(つじつま)が、全て合致するように思われた。

ならば許しを乞(こ)うべきではないかと、佐知子は思った。

けれども何をどうすれば、許されるのだろう。実はこれまで何度か、弓子の目を盗み、箱の前でシロちゃんの冥福(めいふく)を祈り、弓子の所業に対する謝罪をおこなったことはある。だが、それで何が変わったわけでもなかった。

他に思いつくことと言えば、やはり遺骸を元の山なり、然(しか)るべき場所へ手厚く埋葬し、遺骸を土に還(かえ)して楽にしてあげることだろうかと思う。

しかし、仮にそんな提案をしてみたところで、弓子が合意などするはずはないだろう。佐知子自身もまた、思いついたところでそんなことを実行する気力は湧いてこなかった。

長い歳月を経てすっかり古びた木箱を茫然(ぼうぜん)とした心地で見つめながら、佐知子はただ、嘆きと諦(あきら)めの染みこんだ長いため息を漏らすことしかできなかった。

壊れた母様の家 丙 睨みし蛇【二〇一一年三月十一日】

それから二年後。暦のうえでは春を迎えた時節にありながら、肌身に凍てつくような寒さを感じる昼下がりのこと。突如として、大地が壊れんばかりに激しく揺らいだ。

その時、佐知子は会社の倉庫でひとり、備品の検品作業をおこなっていた。狭い倉庫の中、左右の壁に並べられたスチール製の大きな什器が一斉にぐらつき始め、まもなく上下に跳ねあがったのを見た瞬間、佐知子は外へと死に物狂いで飛びだした。

会社の玄関前に広がる駐車場には職場の上司を始め、すでに他の職員らの姿もあって、底から突きあげてくる凄まじい揺れに必死で足を踏ん張っているところだった。

揺れは五分近く続き、その間に駐車場のアスファルトに何本もの亀裂を深々と走らせ、会社の窓ガラスの大半を叩き落として粉々に割った。

ようやく揺れが収まり、中へ戻ってみると、目の前には竜巻に見舞われたかのような、社内の変わり果てた光景があった。

無事だったのは、製造室にあるベルトコンベアぐらいのもので、他は製造用の機械も什器もことごとく倒れ、足の踏み場もない状態になっていた。おまけに電気もつかず、暖房も使えなくなっている。

揺れが収まってから三十分ほどで、上司の判断により、職員全員が自宅待機となった。さすがに佐知子もこの時は、何も咎(とが)められることなく帰宅の許可がおりた。

　どうやら揺れは宮城のみならず、東北全域や関東までの広範囲に及ぶ、かなり大きなものだったらしい。明日以降も仕事はどうなるか分からないと告げられた。

　駐車場に停めた車を発進させ、ラジオのスイッチを入れると、断片的ながらも被害の全容がさらに少しずつ分かってきた。沿岸の各地では、津波が発生していることも知る。やはり途方もない地震なのだと思う。

　地震の被害状況はラジオからだけではなく、目の前に見える風景からも容易に知れた。路上のアスファルトは至るところに大きなひびが入ったり、深い裂け目ができたりして、マンホールの蓋(ふた)は、まるでミル貝の首のように太くまっすぐ伸びたりしていた。

　視界の左右に見える商業施設や民家も、いちばんひどいものはぺしゃんこに崩れ落ち、倒壊を免れた建物も斜めに大きく傾いでいたり、ガラスがごっそり抜け落ちていたりと、まともな形を留(とど)めるものがほとんど見当たらない。

　わずか一時のうちに様相をがらりと変えた、惨憺(さんたん)たる街の様子に唖然(あぜん)となりながらも、佐知子は自宅に向かって慎重に車を走らせていく。

　初めのうちは、頭が状況にまるで追いつかず、車を走らせ続けるのが精一杯だったが、やがて気分が少し落ち着いてくると、ようやく弓子の安否と、自宅の被害状況について考えられるようになってきた。

弓子が勤める製糸工場は、内陸の平野部にある。

津波や山崩れに見舞われている可能性は、まずないだろうとは思ったが、つい先ほど、自分が倉庫の什器の下敷きになりそうになったことを考えれば、勤め先にいたとしても無事であるという保証はなかった。

一方、自宅に関しては、地震発生からこれまで見てきた周囲の被害状況から鑑みても、無事でないことだけは明白だった。造りは頑丈そうに見えても、古びた木造家屋である。最悪の場合は倒壊している可能性も考えられた。

仮にそうなっていたとしたら、これから先の暮らしはどうなってしまうのだろう。

そんなことを思いながら、自宅の被害状況を想像し始めてまもなくのことだった。

居間に恭しく祀られている箱の姿が脳裏に浮かび、佐知子はたちまちはっとなる。

初めは箱の安否が気になり、それから箱が無事でなければいいと、佐知子は思った。シロちゃんには申しわけない気持ちになったが、できれば倒れた家具に圧し潰されて、ぺしゃんこになってくれていればいい。なんなら、家ごと潰れてしまってくれていても構わないとさえ思った。

理想を言うなら、倒れた家財道具に紛れて行方不明になってくれればいいのだけれど、それはおそらく無理だろう。状態はどうであれ、箱は居間のどこかにあるはずである。

だがせめて、シロちゃんの遺骸がなるべく原形を留めない姿に変わり果ててくれれば、弓子も拝む気が失せるのではないかと思った。

思いつくなり、アクセルペダルを踏む足に力が入り、速度が徐々にあがり始める。

家の被害状況そのものや、弓子の安否すらも意識の外へと押しやるように、いつしか佐知子は箱の所在と状態だけを気にかけながら家路を急いだ。

信号が止まったことで発生した交通渋滞や、通行止めになった道路に苛立ちながらも、どうにか無事に自宅が建つ住宅地まで戻ってくる。

路地へ入ると、道路沿いに立ち並ぶ民家の数軒が崩れ落ちていた。瓦礫が路上にまではみだして狭い進路を塞いでいる。仕方なく路地を大きく迂回して、自宅へ向かった。

やがて目の前に見えてきた自宅は、そのまま元の形を留めて建っていた。

玄関側に面した家の窓ガラスは何枚か抜け落ちて、カーテンが外へはみだしていたが、外から見る限り、他に大きな損壊は見当たらない。

自宅の脇に設けられた簡易式の車庫に、弓子の車は停まっていなかった。

時刻はすでに四時半近く。自宅から弓子の勤め先までは、車で片道三十分ほどである。一体どうしているのだろうと、今さらながらも心配になる。堪らず電話をかけてみたが、回線に不具合が生じているらしく、何度かけてもつながらなかった。

仕方なく車を降りて、玄関口へ向かう。

扉を開けると下駄箱が前のめりに倒れて進路を塞いでいた。下駄箱の向こうに見える廊下も壁掛け棚に積んでいた荷物が残らず落ちて、床の上に散らばっている。

玄関から見える光景だけでも、すでに家内の被害の全容が把握できた気がした。

靴を履いたまま下駄箱を跨（また）ぎ、そのまま土足で家へとあがる。足元に散らばる荷物に足を引っかけ転びそうになりながらも、玄関口の右手に面した居間へと通じるドアを開ける。

目の前に飛びこんできた光景を見た瞬間、佐知子は思わず「ぐっ」と息を呑（の）みこんだ。八畳ほどの居間は、壁際に並べた本棚や茶簞笥（ちゃだんす）が、中身を床に残らずぶちまけながら滅茶苦茶（めちゃくちゃ）に倒れ、部屋の方々に荒れ散らかっていた。

だが、箱だけは違った。

ドアを開けた真正面に見える箱は、祀られたサイドボードごとまったく微動だにせず、まるでそこだけ時が止まってでもいたかのように鎮座ましましている。箱だけでなく、その前に供えられた御神酒（おみき）徳利（どっくり）や高坏（たかつき）さえ、少しも動いた様子がない。ただ、それらを載せたサイドボードのほうはガラスが外れて砕け散り、中に入れていた置物や本などがひとつ残らず吹っ飛んで床の上に散らばっている。

みるみるうちに背筋が冷たく強張（こわば）り始め、口の中がからからに干上がっていく。高鳴る動悸（どうき）に息を喘（あえ）がせながらも居間の中へと入り、床上に散らばる家財道具の間を難儀しつつもすり抜けながら、箱の前に立つ。

もしかしたら、箱の中に重しでも入っているのかもしれないと思った。御神酒徳利や高坏なども、底にテープでも貼られて固定されているのかもしれないと思った。

ありえないと思いながらも、そんなふうに考えなければ納得がいかなかった。

けれども御神酒徳利に手をかけると、なんの抵抗もなく簡単に持ちあがってしまった。高坏や丸皿も同様だった。動悸が一層、速まっていく。

続いて箱の蓋に両手をそっと添えたものの、開けるか否か、強いためらいが生じる。蓋を開けて中を見るのが、とてつもなく恐ろしく感じられた。

それでもなけなしの勇気を振り絞り、両手でひと思いに蓋を持ちあげる。

とたんに佐知子の口からありったけの悲鳴が絞り出た。

箱の中ではとぐろを巻いた黒い蛇が鎌首を擡げ、血のような深紅に染まった丸い目で佐知子の顔を睨みつけていた。

堪らず蓋を閉め直すと、身体が勝手に背後へ飛び退いた。弾みで倒れていた茶簞笥に足が引っ掛かり、佐知子は身体をくねらせながら派手に転んだ。

床じゅうに散らばったガラスの破片がいくつも身体に突き刺さり、鋭い痛みが走るも、痛みに悶えるより先に立ちあがり、障害物を滅茶苦茶に飛び越えながら居間を出る。

玄関口へ視線を向けた瞬間、下駄箱を跨ぎながらこちらへやって来る弓子と目が合い、佐知子の口から再び悲鳴があがった。

「よかった。無事だったのね！　電話、全然つながらないから心配してたんだよ！」

安堵に頬を緩めながら、弓子が言った。それからこちらへ向かって両腕を突きだし、佐知子を抱きしめようとしたが、佐知子はそれに応じず、うしろへ数歩、身を引いた。代わりに「ごめんね。大丈夫だから」と答え、その場をどうにか取り繕う。

「それにしてもなんなのもう。ひどい有様。頭に来るったらないわよね」

　ぶつくさ言いながらも弓子は露骨にそわそわしたそぶりで佐知子の顔から目を逸(そ)らし、視線を居間のほうへと向けた。やはり本当の気がかりはそっちのほうかと佐知子は思う。だが失望よりも先に、得体の知れない気まずさのほうが佐知子の胸中でざわめいた。

「え。あ。ああ……すごい」

　居間の戸口の前から中へと視線を向けた弓子が、奇妙な感嘆の声を漏らす。

「ねえ、あれ見た？」

　まるで素晴らしい奇跡を目の当たりにしたかのような恍惚(こうこつ)とした笑みをこぼしながら、弓子が言った。佐知子はただ短く、「うん」とだけ答えた。

「『うん』じゃないわよ。何が起きたのか本当に分かってる？　やっぱりあたしの目に狂いはなかったんだよ。ずっと信じて拝み続けてきたのは、間違いなんかじゃなかった。●●様はすごい力を持っている」

　サイドボードの上から無言の重圧を放つ箱を愛(いと)おしげに見つめながら、弓子が言った。

　戸外では先ほどからひっきりなしに、地元の被災状況や、避難施設の場所を知らせる防災無線が聞こえ、それに混じってパトカーや救急車のサイレンも聞こえてくる。

　余震も続いていた。電気も一向に回復する気配がない。今夜からどうすればいいのか、明日(あした)からどんな暮らしが訪れるのか。憂うべきことは目の前に山とあるはずだった。

　それなのに弓子はひとり、箱の不動に感嘆し、不気味に微笑み続けていた。

地震からひと月以上が過ぎた、四月半ば頃。

家じゅうのひっくり返った家財道具の整理と処分もどうにか一段落した頃のこと。

弓子は箱を居間から、家のいちばん奥にある八畳敷きの和室へ移した。

箱はサイドボードの上から、五段式の大きな雛壇（ひなだん）の最上段に安置され、さらに恭しく、仰々しく祀られるようになった。

箱に対する弓子の信心も、その異様な設え（しつらえ）に劣ることなく、むしろそれ以上に露骨な色みを煌々（こうこう）と放っておこなわれるようになった。

なおも変わらず、弓子が何を願っているのかは分からない。だが分からないながらも、弓子は声をだして拝むようになったので、声は頻繁に耳にするようになった。

「●●様、●●様、何とぞお願いいたします」

シロちゃんという、佐知子が授けたかわいらしい名前とはおよそかけ離れた呼び名で、弓子は箱に向かって昼夜を問わず、何やら熱心に願を掛けているようだった。

壊れた母様の家 丙 穢れし蛇【二〇一二年八月十三日】

それから月日はたちまち流れ、気づけば一年半近くが過ぎていた。

異様な暮らしがさらに異様さを増し、けれどもそんな異様な暮らしにすらも佐知子が慣れ始めてきた頃のことである。

お盆を迎えた初日の深夜、佐知子が二階の自室で眠っていると、突如として階下から耳をつんざくような大絶叫が木霊した。それは佐知子が今まで一度も聞いたことのない凄まじい声色だったが、声の主が弓子であることはすぐに分かった。

それに加えて、弓子の口から放たれた悲鳴そのものにも、佐知子は聞き覚えがあった。

悲鳴と記憶が合致したとたん、水を浴びせられたようにぞっとなる。

すかさず布団から飛び起き、部屋のドアを開けたところへ再び絶叫が木霊した。

「みぎゃあああああああああああ！」

びくりと肩が跳ねあがり、佐知子の口からも短い悲鳴があがる。

ああ、やっぱりだ。間違いない。一体、何が起こっているの？

がくがくと勝手に笑い始めた両膝の制御に狼狽しながらも、どうにか階段を駆けおり、廊下を走って家の奥へと向かう。

和室の襖を開けた向こうには、祭壇の前で仰向けになって横たわる弓子の姿があった。

「どっどっどっどっ……」

弓子の顔を見る。白目になった両の瞳を丸く剝きだし、ひょっとこのように尖らせた口から、鼓動のような低くて重苦しい音を漏らしている。次の瞬間。

「みぎゃあああああああああああ！」

甲高い絶叫とともに、弓子の胴が天井に向かって弓なりに大きく跳ねあがり、手足が電流を帯びたようにがくがくと暴れた。

それは、佐知子が最前から頭に思い浮かべていたとおりだった。

眼前で乱れる弓子の声も姿も何もかも、かつてシロちゃんが苦しみながら逝った時と寸分違わず同じものだった。

「どうしたの！」

つかのま呆然となりながらも、ようやくはっと我に返り、弓子の許へ駆け寄っていく。傍らに膝をつき、右手をぎゅっと握って声をかけるが、弓子はこちらの呼びかけになんの反応も示さなかった。

「どっどっどっどっ……」

そこへ再び、鼓動のように低くて不穏な音が、尖った口から漏れ始める。

「みぎゃああああああああ！」

次いで胴が弓なりに跳ねあがり、白目を剝いた顔から絶叫が絞りだされた。

「待ってて！　すぐ戻るから！　大丈夫だから待っててね！」

弓子の耳元で声を張りあげると、佐知子は急いで部屋を飛びだし、自室へ携帯電話を取りに戻った。枕元に置いてあった電話を摑み取ると、すかさず階下へ引き返しながら救急車を呼ぶ。その間にも家の奥からは、弓子の絶叫が何度も轟いていた。

ようやく通話を終えて部屋へ戻ると、弓子は口から白い泡をぶくぶく噴きだしながら、まるで手負いの蛇のように右へ左へ身体を激しくのたうち回らせていた。

暴れる弓子へ馬乗りになり、両腕をぐっと摑んで、なんとか動きを抑えようとする。だが駄目だった。暴れる弓子の身体の力は凄まじく、佐知子のほうが吹き飛ばされて畳の上へ叩きつけられてしまう。

どうしよう、どうしようと思い惑うさなか、視線がひとりでに祭壇のほうへと向いた。最上段に祀られた箱に、視線が釘付けになる。

同時に身体が、勝手に動いた。跳ねるように立ちあがるなり、祭壇へ向かって走る。

遺骸を処分しなければならないと思った。処分すれば、弓子が元に戻るとも直感した。脳裏にとぐろを巻いて鎌首を擡げた黒い蛇の姿がまざまざと蘇り、背筋を凍えさせたが、怖気づいている場合ではなかった。

箱に向かって手を伸ばす。震える指で蓋を持ちあげると、中には炭のように黒ずんで干からびた細長い物体が、緩い輪を描いて収まっていた。

はっと息を吞みこみ、それを見つめていたところへ、背後からぎゅっと肩を摑まれた。

振り向くといつのまにか弓子が立ちあがって、白目で佐知子の顔を覗きこんでいた。

苦悶の形相で尖った口から低い音を漏らしながらも、弓子は首をぎこちなく横に振り、

「どっどっどっどっどっ……」

佐知子に「やめろ」と伝えているようだった。

それでも弓子の手を振り払おうとした、瞬間。

「みぎゃあああああああああああああああああああ！」

弓子が一際大きく、甲高い絶叫を発したとたん、口から真っ赤な鮮血が噴きだした。

鋭い軌跡を描いて一直線に放たれたそれは、まるで赤い蛇のようにも見えた。

血は鋭い水音をたてながら祭壇に向かって勢いよく降り注ぎ、開け放たれた箱の中や、段上に供えられた高坏などをたちまち赤く染めあげた。

血を吐き尽くすと、弓子は「ごばっ」と濁った音をのどから漏らし、それから身体をぐらりと斜めに傾げ、畳の上にどっと倒れた。

悲鳴をあげながら傍らに膝をつき、肩を揺すりながら必死になって声をかけてみたが、どれだけ呼びかけても、弓子はぴくりとも動かなかった。

まもなく外からサイレンの音が聞こえ始め、家の前に救急車が到着した。救急隊員に担架で運びだされ、病院に搬送される車中ではまだ脈があったようだが、病院に着いてほどなく、弓子は静かに息を引き取った。

死因は不明。体内に出血の原因となるような傷は見つからず、薬物反応も出なかった。

死因は不明ながら事件性はないと判断され、その後はすぐに葬儀の手続きが始まった。葬儀社からは最低限の予算で行なえるプランを勧められたが、それでも手持ちが足らず、金策にも追われた。

弓子の死から一夜明けた、その日の夜。ようやく帰宅した佐知子は、くたびれきった身体を休ませるより先に、玄関戸を開けると奥の和室へまっすぐ向かった。

祭壇上には弓子の噴いた血が、最上段からいちばん下の段まで、縦に太い線を描いて残っている。血は赤黒く変色し、どろりとした滑り気を帯びて生乾きになっていた。

最上段に祀られた箱の中を覗きこむと、干からびた遺骸にもしとどに血が降りかかり、こちらも身が赤黒く染まって、ぬらぬらとした光沢を浮かべている。

これはもう、シロちゃんではない。だから処分するのに、なんのためらいも生じない。これが弓子を長年狂わせ、挙げ句は殺してしまったのだと思えば、遺骸に対する情など露の一滴すらも湧いてこなかった。

箱に手をかけ、両手で持ちあげる。そのまま台所まで運びだし、ゴミ箱へ放りこんで終わりにするつもりだった。だが、いざそうしようとしたとたん、気持ちが急に萎えて佐知子は箱を祭壇の上へ戻してしまった。別に急ぐこともないかと思う。

代わりに畳の上にへたりこむように腰をおろすと、弓子の顔が脳裏に浮かびあがった。だがそれは昨晩までの弓子ではなく、東京で呑み屋を経営していた頃の若かりし弓子や、件の田舎町へ越してきたばかりの頃の弓子の顔だった。

綺麗でお洒落なドレスやコートに身を包み、佐知子の頭を優しい手つきで撫でながら、「じゃあ、行ってくるね」と仕事へ向かう弓子の姿。

佐知子が休日の昼間、仕事明けで本当はすごく眠いはずなのに、少しの仮眠をとって、しきりにあくびを噛み殺しながらも、遊園地や動物園に連れていってくれた弓子の姿。

誕生日には佐知子が何も言わずとも、なぜかいつも佐知子がいちばん欲しがっていた玩具や人形をぴたりと当てて、笑みをこぼしながら買ってきてくれた弓子。

宮城のあの田舎町で悲惨な暮らしを始めた時、「カレーライスが食べたい」と言った佐知子に、魚肉ソーセージとジャガイモだけのカレーを作ってくれた弓子。

テレビのCMで流れ始めた新発売の猫のぬいぐるみが欲しかったけれど、諦めていた佐知子の様子を見抜き、タオルを縫って不恰好な猫のぬいぐるみを作ってくれた弓子。

佐知子が学校で受けるいじめにどうすることもできず、佐知子を強く抱きしめながら、「あたしのせいで、ほんとにごめん」と大泣きしていた弓子。

頭に浮かんでくるのは、弓子のそんな姿ばかりだった。

温かい血の通った、娘思いの優しい母の姿と、母と一緒に過ごした楽しい思い出。

お母さん、本当はすごく優しかったんだもんね。わたし、すっかり忘れていたよ。

お母さんも忘れていたでしょう？　ずっと忘れないでいてくれたらよかったのに。

思いだしてゆけばゆくほど、涙がこぼれて止まらなくなる。しだいに嗚咽もあがって声も大きくなり始め、いつしか佐知子は子供のように泣きじゃくっていた。

享年五十五。あまりにも短い生涯だったと思う。

短いうえに最後の十五年余りは、人にも金にも、そしておそらく運にさえも恵まれず、無念を抱えて逝ったのだろうと、佐知子は思う。

シロちゃんの遺骸を納めた箱を拝み始めて以来、弓子の心があからさまな歪(ゆが)みを見せ、しだいに人が変わっていったことに間違いはない。

だが、歪みの原因となる傷ならば、それよりずっと前からついていたのである。

佐知子が成長するにしたがい、弓子の口から断片的にだが、聞かされていた、その詳細までは明かされなかったものの、二十年近く前、弓子は莫大(ばくだい)な借金が原因で、当時経営していた呑み屋と財産を全て奪われた挙げ句、残った負債の埋め合わせとして、宮城のあの田舎町に売り飛ばされたのである。

「売り飛ばされた」とは文字通りの意味だと、弓子は唇を噛みしめながら言っていた。

弓子はそれ以上、多くを語らなかったが、そのひと言だけで十分だった。

佐知子が当時、「ばいたの子」や「やりまんの子」と呼ばれ、いじめられていたこと。

弓子の異様に遅い帰宅時間や、死人のように蒼(あお)ざめた顔、たまに着ていた派手な服。

それらが全て頭の中で結びついた時、佐知子は当時の弓子の身に起きた災禍を知った。

悔しかったね、お母さん。

嫌だったよね、お母さん。

怖かったよね、お母さん。

でも生きるために必死で身体を張って、一生懸命がんばっていたんだよね、お母さん。死のうと思えば死ねたかもしれないのに、それでもお母さんはがんばった。わたしがいたからだよね？　わたしがいたから、悔しいことも悲しいことも我慢して、がんばってくれたんだよね？　わたし、ちゃんと知ってたよ。

でもね。知っていたのに、わたしはここしばらく、すっかり忘れてしまっていたんだ。お母さんがいたから、わたしが大人になるまで生きてこられたっていうこと。

親不孝な娘で本当にごめんね、お母さん。

「ありがとうね。お母さん」

虚空に向かって嗚咽混じりに声をあげると、「お母さん」と声にだして呼ぶことさえ久しくなかったことに思い至り、佐知子は一層声を張りあげて泣きじゃくった。

それから数日で、弓子の葬儀はどうにかつつがなく終わった。

墓を買い求める余裕などないため、弓子の遺骨はしばらくの間、白木の位牌(いはい)とともに居間のサイドボードの上へ祀ることにした。

嘘のように静まり返った家の中で、遺骨を納めた骨壺(こつつぼ)に向かって手を合わせていると、もう本当に弓子はこの世にいないのだという実感が湧いて、佐知子はまた泣いた。

さらに数日経って、気持ちも少し落ち着き始めてきた頃、佐知子はようやく家の奥の和室へおもむき、部屋と祭壇の整理に取り掛かることにした。

畳の上に飛び散った弓子の血は、すでに綺麗に拭き取っていたけれど、祭壇の敷布にかかった血のほうは、そのままになっていた。

祭壇の上から下まで長々とした一本線を描いて残る赤黒い血痕は、今やすっかり乾き、敷布の上にわずかな厚みを帯びてこびりついていた。その形はあたかも、赤黒い大蛇が祭壇をまっすぐ這いあがっているようにも見え、佐知子に強い嫌悪を抱かせた。血痕から蛇を連想するなり、視線が勝手に最上段に祀られた木箱へと向いた。

祭壇よりも、まずはあれを処分しなくちゃ。

思いながら箱に手をかけ、持ちあげる。続いて、部屋の戸口へ向かって踵を返す。

そこで足が止まった。

台所へ行ってゴミ箱へ放りこむつもりだったのに、足がそれ以上、動いてくれない。確かに処分したいはずなのに、同時に処分したくないという気持ちも湧いてくる。無理やり処分しようと気持ちを奮わせると、動悸が速まり、胸が苦しくなってきた。ついには呼吸が激しく乱れ、目眩も感じてその場に立っていられなくなってしまい、佐知子は箱を祭壇に戻してしまった。

なんだろう。おかしい。絶対におかしい。どうして捨てられないんだろう。

慄きながらも、再び箱を手に取ってみる。ただ持つ分には、動悸も呼吸も乱れない。だが、頭の中で箱を処分しようと思ったとたん、同じことが起こった。胸がざわめき、鼓動と呼吸が急速に乱れ、どう足掻いても箱を手に持っていられなくなる。

嘘でしょうと思っても、二度も身体に異変を感じてしまうと、認めざるを得なかった。背筋にぞわりと悪寒が走り、佐知子は堪らず、逃げるようにして部屋から飛びだした。

その後も何度か、箱を処分しようと試みた。

だが、結果は何度やっても同じだった。祭壇の上から、箱をただ手に取るだけなら、心身ともに異変は一切起こらなかった。箱を抱えたまま部屋から出ることもできたし、居間や台所へ移動することもできた。しかし、そこから箱を処分しようと考え始めたとたん、気持ちと体調が急速に乱れて、箱を元の場所へ戻さずにはいられなくなる。

まるでそれは、視えざる意志が干渉して、箱の処分を妨害しているように感じられた。シロちゃんが――否。あるいはいつの頃からか弓子が名づけた、●●様が、処分されるのを拒んでいるのだ。そのように解釈するしか、納得できる道理が見つからなかった。弓子はシロちゃんの遺骸を、なんと呼び改めていたのだろう。思いだそうと努めたものの、これもなぜだか、そこだけ記憶をごっそり削り取られてしまったかのように、どうがんばっても思いだすことができなかった。

やがて恐ろしくなってしまった佐知子は、箱の処分を断念し、祭壇の間を閉めきるとあとは一切、箱の前には近づかないようになってしまった。

花底蛇【二〇一三年四月二十一日】

それから年を跨ぎ、半年余りの月日が流れた、休日の午後七時半過ぎ。

佐知子は自宅から車で三十分ほどの距離にある、隣町のファミレスにいた。

独り住まいとなった自宅で食事を摂ることが時折、堪らなく感じられることがあった。

そんな時、佐知子はこのファミレスを訪れて、周囲の席から聞こえてくる他の客たちの楽しげな声を聞きながら、募る寂しさを紛らわすようにしていた。

いつもだったらたったそれだけのことでも、心は多少なりとも救われた気分になって、食事も美味しく食べることができた。

けれどもこの日は、食事を始める前に全てを台無しにされてしまった。

普段、佐知子がファミレスを訪れるのは、仕事を終えた平日の夜だけだった。仕事が終わるとファミレスへ直行し、食事を楽しんでから帰宅する。

これがいつものスタイルだったのに、今夜は休日の夜に独りで家にいるのが嫌になり、わざわざ自宅から店を訪れていた。

ところが入店後、席についてまもなく、目の前の通路を歩いていた女がふと足を止め、佐知子の顔を見ながら、「あれ？」と声をあげた。

女は八重子という名の職場の同僚で、佐知子の勤務態度に何かと突っかかってきては汚い言葉で詰ったり、他の同僚たちと一緒にせせら笑ったりするような人物だった。

「あんた、こんなとこでひとりで何やってんの？」

「夕ご飯です……」

びくつきながら佐知子が答えると、八重子は憐れむような目で「はあ？」と笑った。

「マジで友達、誰もいないんだね？　見てるだけでドン引きなんですけど」

大仰に頭を振りながら言いきると、八重子は再び通路を歩きだしていった。

呆然となりながらその背中を目で追っていけば、八重子は佐知子の席から少し離れたボックス席へ戻り、夫とおぼしき人物と小学校低学年ぐらいの息子らしい子供と三人で、食事を再開し始めた。

席と席との距離が中途半端だったせいで、八重子が話す言葉が嫌でも耳に入ってきた。夫と息子に対し、あからさまに佐知子のことを嘲る言葉と、それにつられて笑い始める夫と息子の声が、ひっきりなしに聞こえてくる。

それは青天の霹靂のような惨めさだった。

あるいは背後から突然、追突事故を起こされたような気分にも近い。

料理が運ばれてくる前から食欲は消え失せ、運ばれてきた料理を無理して口へ運ぶと、舌の上に苦い味が広がって、とてもまともに食べ進めることができなかった。

代わりに涙がこぼれ始めて視界が滲み、料理が水に溶けた絵の具のようにぼやけた。

先に店にいたのは八重子のほうだったので、このまま待っていれば、向こうが先に店を出ていくだろうと思う。始めは、それまで我慢していようと考えたのだけれど、店を出るタイミングにまた何か嫌なことを言われるのではないかと、不安にもなった。

どうして自分がそんなことにびくつき、食事を楽しむことができないのだろうという気持ちが募れば募るほど、気持ちは加速度的に減退していった。

せっかく注文した料理も目の前で冷めてゆくだけだったし、食欲も完全に消え失せた。涙も止まらず、しだいに周囲の視線も気になってくる。

もういいから帰ろうと思い、席を立ちかけた時だった。

先ほど八重子が立っていた通路の上に、再び人が立っていた。

五十代後半頃とおぼしき、パステルカラーで派手な柄のセーターを着た太った女性と、佐知子と同年代とおぼしき、華奢な身体つきをした綺麗な顔だちの女性。

見知らぬふたりの女性が通路の上に並び立って、佐知子に微笑みかけていた。

「マダム留那呼、本当に間違いないんですね？」

綺麗な顔立ちの女性が、太った女性に向かって囁くように問いかける。

その声を聞いて、佐知子はこの人物が女性ではなく、男性なのだとようやく気づく。

「間違いないわ、椎那ちゃん。この娘のお家にそれはある！」

佐知子の顔を舐めるように覗きこみながら、マダム留那呼と呼ばれた太った女性が、意気揚々と言葉を返した。

「ようやく見つけた。審議の光ですね……」

恍惚とした笑みを浮かべながら細いため息を漏らし、椎那と呼ばれた男性がつぶやく。

「あの、すみません。なんですか……？」

まるで意味が分からず、困惑しながら佐知子が尋ねると、ふたりははっとなりながら、声を揃えて「あら、ごめんなさい！」と謝った。

「突然のことで、大変失礼なこととは承知しておりますが、あなたにとても大事な話とお願いがあるのです。よろしかったら、わたしたちの席へいらっしゃいませんか？」

小首をかわいらしく傾げながら、椎那が言った。

佐知子が言葉を返せず、怖じ怖じしながら固まっていると、椎那は微笑を浮かべつつ、右手をすっと差しだし、テーブルの上に載っていた佐知子の片手にそっと添えた。

とたんに視界が一変し、頭の中ががけたたましい大音響で埋め尽くされた。

切り替わった視界のすぐ眼前では、誰とも知れない人物たちが代わる代わる現れては、視界一面を埋め尽くし、こちらに向かって凄まじい怒声を浴びせてきた。

男も女もいたし、年代も若い者から年配までと様々だったが、皆一様に怒っていた。

否。怒っているというよりは、こちらを虐げるために怒鳴っているように感じられた。

数えきれないほどの見知らぬ大人数に次々と険しい顔で凄まれ、弾けんばかりの大声で怒鳴られていると、身が竦みあがって震えが止まらなくなってくる。

それは佐知子が長年、受け続け、耐え続けてきた恐怖とまったく同種のものだった。

堪らず悲鳴をあげかけた時、再び視界が切り替わり、元のファミレスの光景に戻った。鼓膜が張り裂けるような怒声もぴたりと収まり、周囲の客たちの楽しげな声が聞こえる。何が起きたのか分からず、戸惑っていたところへ椎那が再び口を開いた。

「わたしも同じなの。あなたも苦しかったよね？　悔しかったよね？　怖かったよね？　でももう大丈夫。ここから先は、そんな思いをしなくて済むと思うから」

椎那に「さあ」と言われ、佐知子は寸秒ためらったものの、まもなく涙を拭い去ると無言で立ちあがり、椎那と留那呼の背を追って歩き始めた。

「あら、留那呼ちゃん！　これはやっぱり間違いなかったってことかしら！」

ふたりの先導で向かった店の奥側のボックス席には、六十代前半頃と見られる太った女性がでんと座り、顔じゅうに晴れやかな笑みを浮かべて待っていた。

ワイン色でゆったりとした作りのワンピースを身に纏い、首には色とりどりの宝石があしらわれたネックレスがじゃらじゃらと何本もぶらさがって、胸元で虹のような光を輝かせている。

そのすぐ傍らには、長袖の黒いワンピースに身を包んだ、背の高い女性が座っていた。彫の深い日本人離れした顔立ちをしているので、正確な年代は判然としなかったけれど、おそらく佐知子とそれほど違わないのではないかと思った。

まっすぐ伸ばした長い黒髪から覗く面長の骨張った面貌は、色白というよりも青白く、どことなく生気のこもらない人形のような印象を抱かせた。

「ばっちりよ！　やっぱり間違いなかったわ！」

言いながら留那呼が席につき、続いて佐知子も椎那に促され、一緒に席の端についた。

「ご挨拶が遅れましたわね。あたくしはマダム陽呼。神秘の力を追い求めておりますの。こちらは、あたくしの妹のマダム留那呼と、あたくしの弟子にあたるマドモアゼル椎那。そしてこの娘がイザナミちゃん。あたくしたちのかわいいマスコット的存在ですの」

傍らに座る黒づくめの女性を目で示しながら、マダム陽呼が言った。

「いきなりお声がけしちゃって、ひどくびっくりされたでしょう？　ごめんなさいねえ。でもね、あなたにとってもあたくしたちにとっても、これから素晴らしい未来が拓ける素敵なお話があるのよ！　まずは話に付き合うだけ付き合ってくれないかしら？」

こぼれんばかりの笑みを浮かべながら、陽呼が佐知子に語りかける。

だがその一方で佐知子のほうは、陽呼の投げかけた言葉よりも、席からだいぶ離れた別のボックス席のほうに気を取られていた。

視界の端にちらちら見えるボックス席では、八重子と家族たちがこちらに視線を向け、何やらしきりに言葉を交わしながら下卑た笑みを浮かべていた。

陽呼を筆頭に、佐知子が席を共にしている面々は、いずれも奇矯な雰囲気を漂わせる人物ばかりだったし、そこへ佐知子が急に同席したものだから笑っているのだろう。

明日、八重子が会社に出勤したらどんなふうに言いふらされてしまうのかと考えると、それだけで鳩尾の辺りが苦しくなってきて堪らなかった。

「あらあら、やあね。あんなお下品な人たちのことなんかより、あたくしたちのお話にちゃんと集中してほしいわあ。気になりますの？　しょうがないわね。イザナミちゃん、ちょっといってらっしゃいな」

陽呼のひと声に、イザナミちゃんが無言で立ちあがり、滑るような動きで席を離れた。

それから通路を歩いて向かった先は、八重子たちが座るボックス席の前だった。

何が起こるのかとはらはらしながら見守っていたのだが、イザナミちゃんは席の前に無言で突っ立ち、八重子たちをじっと見おろすばかりだった。

「あの人、何をしているんですか？」

「まあまあ、いいから。黙ってご覧になってなさいな。事はすぐに済みますから」

陽呼の言葉に戸惑いながらも、言われるままに様子をうかがっていると、数分ほどで八重子たちの様子に異変が起きた。

初めはイザナミちゃんを見あげたりしながら、三人でしきりに笑っていたのだけれど、ふいに顔から笑みが消え失せ、無言になった。

続いて三人とも、何かをひどく思いつめたかのような重くて暗い顔になり、それからまもなく静かに揃って席を立つと、それきり席に戻ってくることはなかった。

「うん、上出来よお！　イザナミちゃん！　今日もとってもいい仕事だったわねえ！」

無言の無表情で席へ戻ってきたイザナミちゃんを、陽呼が賑々しい声風で誉めそやす。

それからイザナミちゃんが席へ座ったのを見計らい、再び佐知子のほうへ顔を向けた。

「あなた、お名前は？」

「十朱です。十朱佐知子といいます」

「そしたら愛称は、サッちゃんね。分かったわ。これからはサッちゃんと呼びましょう。ねえ、サッちゃん。変なことを訊くけど、あなたのお家に神さまがいるでしょう？」

陽呼の問いに、すぐさま奥の間の祭壇と、その上に祀られた木箱の姿が思い浮かんだ。だがなぜ、あれのことを知っているのだろうと思う。

「もしかして、母とお知り合いの方なんですか？」

あるいは生前、弓子がどこかであれのことを語ったことがあるのかもしれない。そう思って尋ねてみたのだが、陽呼の返事は違った。

「いいえ。存じませんわ。多分ですけど。でも、そういうご質問をされるということは、やっぱりあなたのお家に神さまがいらっしゃるということなのよねえ？」

こちらの言葉の裏に見えた答えを的確に捉え、目を細めて笑いながら陽呼が言った。

どうしようかと、佐知子は大いに思い悩む。正直に答えるべきか、答えざるべきか。

件の箱は、未だ自宅の奥の間にそっくりそのまま残っている。

だからといって、佐知子はあんな不気味な箱になんの執着も抱いているわけでもない。ただ、どれだけ処分しようと試みても実行することができないために、あのままの形で放置しているだけに過ぎなかった。佐知子にとって、あれは毛ほどもいらないものだし、できれば処分したいものでもあった。

でも、果たしていいのだろうかと、そこはかとない胸騒ぎも感じた。

この人たちに、あれの存在を教えてしまって。

素性もろくに知らない、まだ知り合ったばかりのこの人たちにそれを教えてしまって、本当に大丈夫なのだろうかと思ってしまう。

「ずっとみんなに虐げられて、つらかったよね？」

そこへ隣に座る椎那が、柔和な笑みを浮かべながら佐知子に声をかけてきた。

「でもサッちゃんは、そんな理不尽な仕打ちに、ずっとずっと我慢してきたんだもんね。大変だったけど、がんばったね。本当に本当に、今まで一生懸命、がんばってきたね」

そんな気などなかったはずなのに、椎那の言葉を聞いてまもなく、佐知子の目の奥が急激に熱を帯び始め、気づけば涙が勝手に頰を伝っていた。ぐすりと洟をすすりながら、無言でうなずく。

「恥ずかしがらなくていいの。抗うことができなくたって、それに耐えられるだけでも本当はすごいことなのよお？　サッちゃんは強いの。サッちゃんのことを足蹴にしたり、バカにしたりする連中のほうが、ずっとずっと弱いんだし、同じことをされたりしたら絶対に耐えられるわけないんだから！」

佐知子に向かって大きく何度もうなずきながら、声高らかに陽呼が言った。

「実はあたしたち、みんな同じよ？　サッちゃんと同じで、ずっと虐げられてきたの」

沈んだ顔つきで、留那呼が言った。

「だからサッちゃんの気持ちは分かるつもりだし、できれば救けてあげたいって思うの。そしてできれば、わたしたちも同じように救われたい。ただそれだけのことなのよ」

わずかに首を傾げながら、椎那が穏やかな声で佐知子に語りかける。

誰かに〝サッちゃん〟と親しみをこめて呼ばれるのは、東京の小学校に通っていた頃、仲のよかったクラスのみんなに呼ばれていた頃以来のことだった。

涙が一層、勢いを増して頰をしたたり、嗚咽もこぼれ始めてくる。

「蛇よね？ 蛇の神さまなんでしょう？ 留那呼がさっき『視えた』って言ったのよ」

陽呼の問いに、佐知子は「はい」とうなずいた。

「凄い力を持っている神さまのはずよ。願いごとを叶えてくれたりしなかった？」

「はい……昔、生きていた頃はそうでした。でも、死んじゃってからはそういうことは一度もないと思います。去年亡くなった母はずっと拝んでいましたけど、何かが叶った様子はなかったです……」

「大丈夫。大丈夫よ。それは眠っているだけ。神さまはそう簡単に死んだりはしないわ。サッちゃん、その神さまをあたくしたちに見せてはもらえないかしら？ うまくいけばあたくしたちの力で見事に復活させられるかもしれないわ」

両目に火花が咲いてしまいそうなほど、熱のこもった眼差しで言われた陽呼の言葉に、佐知子は再び逡巡する。陽呼たちにかけられた慰めの言葉に癒され、涙を流しながらも、理性の奥の本能は萎縮し、答えを決めあぐねていた。

「わたしたちには世界を壊す力はない。その神さまにだって、そんな力はないと思う」

そこへふいに椎那が、ひとりごちるようにつぶやいた。

「でもね。サッちゃんを傷つけて苦しめる、このちっぽけな世間を壊すくらいの力なら、きっとあると思う。今までいろんな連中から、さんざん傷つけられてきたんでしょう？さっきの頭の悪そうな家族みたいに、自分たちこそまともで、正しくて、立場が強くて、立派な存在だって勘違いしているような連中の横暴に、ずっと耐えてきたんでしょう？もう我慢しなくたっていいんだよ。我慢するの、もうやめよう」

そして椎那は、佐知子の鼻先近くまですっと顔を寄せ、安らかな声でこう言った。


「一緒に壊して作り直そうよ。この愚かしくてくだらない、世間という名の現実を」


佐知子の間近に迫った椎那の瞳は、真冬に浮かぶ月のように冷たい光を帯びながらも冴え冴えと輝き、澄んでいた。唇からこぼれ漏れる甘い香りに頭が少しくらりとなって、それから胸が「どくん」と喘ぐような音を鳴らし、全身がかたかたと小刻みに震えた。

「家、少し散らかっていますけど、それでも大丈夫でしたら……」

わずかに吐息を荒げながらも佐知子が小さな声で答えると、椎那は「ありがとう」と微笑み、佐知子の片手を両手で包みこむように優しく握った。

それから三十分ほどかけて、自宅に帰り着いた。

佐知子が運転する車で、椎那の運転する車を先導しながらの帰宅だった。

自宅の脇の簡易ガレージに車を並べて停めて車外へ降り立つと、椎那は佐知子の家を感慨深げに見あげながら、「なんて素晴らしい。やはりこれは運命なんですよ……」とつぶやいた。

玄関ドアの鍵を開け、一行を中へ通して奥の和室へ向かう。

「これです。この箱に入っているのが、神さまなんだと思います」

祭壇の最上部に祀られた木箱を片手で指し示すと、陽呼が「失礼するわね」と言って、箱の蓋を開けた。陽呼は箱の中を見るなり、「ああ……」と感嘆の声をあげ、それから一分ほど、箱に両手を添えながら瞑目した顔を寄せていた。

「安心なさい。やっぱり眠っているだけよ」

顔をあげ、振り向きながら陽呼が微笑むと、留那呼と椎那も感嘆の息を漏らした。

「きっとお母さまの信心もよかったのねえ！　たっぷりの愛情を注がれながら、大事に大事に拝まれてきたから、物凄いポテンシャルを維持したまんまで眠っている！」

陽呼の言葉にどう喜んでいいのか分からなかったけれど、それでも佐知子は、陽呼にためらいがちな笑みを小さく返し、「ありがとうございます」と答えた。

「それにお母さまの魂も入っていらっしゃるわ。神さまの御身の中で、お母さまの魂も一緒に眠っていらっしゃるみたいよ、サッちゃん」

「本当ですか……？」

「本当よ。神さまと同じく、疲れて眠ってはいらっしゃるけれど、今でもサッちゃんの身を案じながら、神さまと一緒に目覚めさせてもらえるのを待っているわ」

「どうしたら、目覚めさせてあげられるんですか……？」

「方法自体はたくさんあるわ。たくさんあるけど、どれが正解で、どれが最短なのかは実際に試していかないと分からない。だから少し時間がかかるかもしれないの」

人差し指を顎に添えながら、思案げな眼差しで陽呼が答えた。

陽呼の言葉を椎那が継いで、佐知子に答える。

「しばらくの間、みんなでここに通わせてもらえない？　どれぐらい時間がかかるかは分からないけど、みんなでかならずやり遂げてみせる。いいかしら？」

「分かりました。お願いします」

佐知子が答えると、椎那は佐知子の両手を握りしめ、「ありがとう」と微笑んだ。

「よかったわあ！　これで準備ＯＫねえ！　じゃあ、明日からさっそくフルスロットル、全速前進でがんばっていくからよろしくね、サッちゃん！」

陽呼も佐知子の手をとって笑いかけると、留那呼とイザナミちゃんも、その手の上にさらに手を重ね、「よろしくねえ！」と歓声をあげた。

みんなの温もりを手の中に感じていると、佐知子は得も言われぬような安堵を覚えて、気づくと再び涙が頰を伝い始めていた。

翌日、会社に出勤すると、八重子の姿がなかった。

就業時間が始まっても、八重子は姿を現さなかった。

昨夜のファミレスでの一件を周りになんと言われるか、内心、気が気でなかったので、佐知子は少しほっとした。

昼休みの時間、休憩室の隅で昼食を摂り始めた時、同僚たちが交わす言葉を耳にして、ようやく八重子が欠勤した理由を知った。

無銭飲食で逮捕されたのだという。

昨夜、あのファミレスで食事をしたあと、八重子たちは代金を支払わずに店を出た。

それに気づいた店員が、駐車場に停められた車に乗りこもうとしている八重子たちに声をかけたのだが、支払いを拒否したうえにかなりひどい抵抗をしたらしく、その場で警察を呼ばれ、現行犯逮捕となったらしい。

「お金を持ってないわけでもなかったろうに、どうしたんだろうね？」

「旦那とふたりで、頭が壊れちゃったんじゃないの？」

同僚たちは八重子の身を案じるというより、下衆な好奇心を恥ずかしげもなく晒して、八重子の所業をにやつきながら話の種にして楽しんでいた。

夢中になって話に興じる同僚たちを横目にしつつ、佐知子は休憩室をそっと抜けだし、会社の裏口から外へ出た。

目の前には会社の敷地を隔てるブロック塀が連なり、その向こう側に広がる公園には、満開の花を咲かせた桜たちが四月の風に揺られ、さわさわと音をたてて踊っている。穏やかな暖気を孕んだ風は肌に心地よく、かすかに甘い香りを感じて胸がすいた。なんて心地のいい昼下がりなんだろうと佐知子は思う。

花を愛で、風と戯れ、甘い香りに陶酔しながら、こうして春の風情を楽しむことなど、久しくなかったことだった。もう何十年もなかったかもしれない。

先ほど、同僚たちの話で知った、八重子が起こした件を思いだす。

いい気味だと思った。

たとえ世間の誰もが忘れてしまおうと、わたしは絶対に忘れないよと思った。あんたは親子で食い逃げをやらかすような、ダサくてみっともない人間だってことを。せこい犯罪者だってことを。恥ずかしい前科者だっていうことを。

本当に最低。わたしのほうこそ、ドン引きなんですけど。

風が少し強くなった。

桜の樹々がうねるように騒ぎだし、薄桃色の花びらを目の前に広がる虚空いっぱいに淡雪のごとく散らせ始めた。

遠くのほうで雷鳴が轟く。

眼前のはるか向こうに広がる山々の上空に、鈍色の陰りを帯びた雲がたなびいていた。雷雲だと佐知子は思う。

そのままじっと見入っていると、まもなく遠くの空が瞬き、青白い閃光（せんこう）に染められた。

続いて山の上空に真っ白い稲妻が、長々とした線を描いて輝いた。

あ、蛇みたい。

佐知子は思って微笑んだ。

そういえば、微笑むことさえ久しくなかったことだと佐知子は思いだす。

笑うって気持ちいいなと思って、また微笑む。

遠くで再び響いた雷鳴に重ね合わせるようにして、佐知子は声をだして笑い始めた。

蛇の道は蛇【二〇一六年十一月六日】

小夜歌の訪問から数日経った、深夜二時近く。

仕事場で眠い目を擦りつつ、昔の資料や昭代からもらった新しい家系図を睨みながら思案を巡らせていたところへ、座卓の上に置いていた携帯電話が鳴った。

こんな夜中に誰かと思って応じてまもなく、相手の素性が分かってげんなりする。

それは私が少なからず、「いけ好かない」と思っている人物からの電話だった。

「なんだ、小橋か」

「『なんだ、小橋か』はないじゃないですか。確かに遅い時間に申しわけないですけど、そんな言い方しなくたって……。大体わたしの番号、登録してないんですか？」

「してない。運気をさげるような番号は登録しないようにしてる」

「ひどいな。本気じゃないですよね？」

電話口でぼやいているのは小橋美琴という、都内で霊能師をしている女性である。

歳は確か、私よりも少し下だったはずだが、いずれにしても三十代の半ばほど。

いろいろと事情があって、昨年の冬から台湾で長期休養をしていたが、今年の春頃に帰国して、まもなく仕事に復帰している。

「忘れてないだろうな？　東京の件と鎌倉の件。どっちもひどい目に遭わされた」

「蒸し返さないでくださいよ。きちんと謝ったじゃないですか。お礼も言ったはずです。いつまでも蛇みたいにしつこく絡むのはやめてください」

「関わると絶対にろくなことにならない。だからできれば、そっちが何か言いだす前に電話を切ってしまいたい」

　昨年の夏、私は美琴に依頼された、厄介極まりない案件に半ば無理やり巻きこまれ、結果として大層ひどい目に遭っている。

　被害はこの一件のみに留まらず、今年の五月、美琴が帰国してまもない頃にも今度は鎌倉で起きた、これもひどく厄介な案件に巻きこまれ、再び厭な目に遭わされている。

　二度あることは三度ある。警戒しておくに越したことはないと思った。

「と言って、このまま本当に電話を切るのも大人げないよな。一応、聞くだけ聞こうか。今度は一体、何が起きた？」

「ついさっき、千草さんから郷内さん宛てに、伝言を預かりました」

「……今、誰から伝言って言った？」

　美琴が口にした名に唖然となり、尋ね返すのに少し時間が必要だった。

「高鳥千草さん。旧姓椚木。名前も苗字も旧姓も、全部間違ってませんよね？」

「うん。間違ってない」

　フルネームどころか、旧姓まで飛びだしたことに再び驚きながらも、どうにか答える。

興を殺ぐのを承知で、ひとつだけ補足をしておく。

本作における〝高鳥千草〟という氏名は、実在していた本人のプライバシーを考慮し、仮名表記としている。他の人物に関しても基本的には同じである。

仮にここで美琴が私に「〝高鳥千草〟さんから」と言ったのであれば、それは美琴の虚言ということで片がつく。千草と椚木の一族にまつわる話を書いた私の著作を読んで、仮名を本名と思いこみ、出鱈目を伝えているということになるからだ。

だがこの時、美琴は千草の本名と旧姓を正確に伝えた。

だから「わたしの話、信じてくれますか？」という美琴の問いに、私は「信じる」と答えざるを得なかった。

何があったのかと尋ねると、つい今しがた、美琴の枕元に千草が現れたのだという。

「もう、息も絶え絶えと言った感じで、意思の疎通を図るのにかなり苦労しましたけど、どうにか名前と素性を教えていただき、いくつか伝言も預かることができました」

「なぜ美琴の許に？」という疑問は生じたが、すでに先んじて信じ難い告白を聞かされ、呑みこんだあとである。改めて疑う余地などなかった。

「なるほど。それでどんな伝言をもらった？」

「美月を救けて、だそうです」

「ちょうど今やってる。一筋縄ではいきそうにない感じだけど」

ため息をつきながら、事の発端から今に至るまでの流れをざっと掻い摘んで説明する。

「なるほど……そういうことになっているんですね。事情は分かりました。だからかな。こんな伝言も預かっています。深入りだけはしないでほしい。美月さんを救けだしたら、キリのいいところで身を引いてほしい。要約するとこんな感じです。お話の印象からも、美月さんのお面を被った女性とか、仙台の拝み屋さんとか、根が深そうな感じですしね。千草さんのお願いは、あくまでも美月さんの身の安全を確保してもらうことで、それが達成できれば、あとは自分の身の安全を優先してほしいということでしょうか」

そんなに都合よく事を進められるかどうか、自信はなかったが、貴重な忠告ではある。肝に銘じておくことにする。

「それから多分これも、郷内さん宛て。〝イド・コーネリア〟だそうです。わたしにはなんのことなのか分かりませんけど、お伝えしておきますね。心当たり、あります？」

〝イド〟に関しては、水を汲む井戸のことなのか、それとも方位方角を指す緯度なのか、あるいは精神分析学の概念に用いられる用語のイド（自我）なのか、判然としなかった。だが〝コーネリア〟のほうだったら、心当たりがあった。

「加奈江のペンネームだ。といっても、正確なペンネームは〝ネル〟っていうんだが」

「どういうことでしょう？」という美琴の質問に、これも掻い摘んで説明をする。

中学時代、件の夢の中である時、加奈江が熱帯魚専門誌の読者投稿欄に投稿したいと言いだしたことがある。その時に加奈江が考えたペンネームが、コーネリア・クーンツ。ご丁寧に立派な苗字までついた、やたらと長ったらしいものだった。

「『どう思うかな?』って訊かれたから、素直に『長すぎる』って答えたら、加奈江は縮めて〝ネル〟に改めた。だから一応〝コーネリア〟は、加奈江のペンネームの原形か、〝ネル〟の本名って位置づけになるのかな。それ以上のことは分からない」

私としては、遠い昔の夢の中で起きた、他愛もないやりとりぐらいの印象でしかない。そんな記憶の彼方にあったものが今さら、千草の口から出たことに驚きはしたものの、〝イド・コーネリア〟という言葉から、他に何かが思い浮かんでくることはなかった。

思い返せば、十一年前も千草はこうして、私に意味の知れない言葉を投げかけてきた。最初はまったく理解できなかったあの言葉は、のちに事が進んである段階に至った瞬間、思いもよらなかった真意が明らかになったのだ。今回もそうした意向があるのであれば、今はおそらく何を考えようが、答えが出てくることはない。

これも一旦、保留でよかろうと判断する。

「他に何か伝言は?　とにかく今は、少しでも手掛かりがほしい」

「伝言のほうは以上です。で、ここから先は報告になります。わたしも合流します」

「は?　言っている意味が分からん」

「実はわたしもさっき、千草さんから依頼を受けたんです。美月さんを救けてほしいと。依頼を受けて、承諾しました。だから近日中にわたしも宮城のほうへ伺います」

美琴の言葉に思わず太い息がこぼれ、開いた口が塞がらなくなる。宮城へやって来て、何をどう立ち回るつもりなのかは知らないが、事の重大さを理解しているのかと思う。

「悪いことは言わないから、やめとけ。今回の件は、東京や鎌倉の件とはレベルが違う。まだ全容は摑めてないけど、おそらくこれから物凄く厄介なことになる。生命に関わる問題にも発展しかねない。仕事をするなら東京で、普段どおりの仕事をしたほうがいい。この仕事を長く続けたいなら、こういう危ない案件にはなるべく関わらないこった」

「わたし、実は来年の三月いっぱいで霊能師をやめるんです」

　こちらの忠告をうっちゃるように、美琴が言った。

　聞けば、半年余りの台湾滞在中に現地で好きな人ができたのだという。相手は台湾人。帰国後も交流は続き、つい先頃、結婚の約束が決まったのだと美琴は言った。

「だったら、なおのことやめとけ。せっかく摑みかけてる幸せを目前にして、わざわざ毒蛇の巣穴に手を突っこむような真似をする必要はない」

「また〝自己満〟だって言われるかもしれませんけど、最後にいい仕事がしたいんです。わたしだって正直なところ、ものすごく怖いんですよ？　こちらも一応、プロですから忠告されなくたって、おおよその印象は把握しているつもりでいます。でもついさっき、千草さんから依頼を受けた時、これは〝縁〟だって直感もしました。手掛けたいんです。十年以上続けた霊能師の幕をおろすのに、これほどふさわしい仕事はないと思いました。結婚して台湾に移り住んでからも五年先、十年先に『わたしは昔、霊能師でした』って、胸を張って人に言えるような仕事を、最後にさせていただきたいんです」

　鋭い口調で一気呵成に美琴が言いきった。

美琴は〝縁〟と言ったが、本当にそうだろうか。それが千草の願いであったとしても、その背後にある何か大きな因果に引き寄せられ、絡めとられてしまったのではないかと私は考える。まるで十一年前の災禍で、私自身がそうであったのと同じように。

ならばもう、私が止めてもすでに手遅れなのかもしれない。

代わりに考えを切り替えることにする。

「だったらちょっと、協力してもらいたいことがある。共同戦線といこう。これから先、ひとりよりふたりのほうが、いろいろ動きやすいこともあるかもしれない」

「分かりました。じゃあそういう条件で。まずは何をしたらいいですか?」

概要を話せば少しはためらうかと思っていたが、美琴は別段、動じるそぶりも見せず、これにも「分かりました」と色よい返事をくれた。段取りが決まったら再び連絡すると美琴に伝え、この日は話を切りあげることにした。

翌日、謙二に電話を入れて、彼のスケジュールを確認しながら予定を組んでもらった。美琴のスケジュールも大丈夫だった。三日後の午前中、仙台駅で落ち合うことになる。

果たして鬼が出るか蛇が出るか。

結果はある程度、予測がついているものの、その後の流れまではまだ分からない。

とはいえ怖じても始まらず。来たる約束の日を私は静かに待つことにした。

合流、そして開戦【二〇一六年十一月九日】

三日後。約束の日。この日の朝も、私は夢を見た。

円筒形を成した、全面ガラス張りの古びた塔の最下層。冷たい水の中で息を吹き返し、岸へあがって、錆びついた螺旋階段を上り始める。階段の半分近くまで上ったところで私は足を踏み外し、眼下に広がる水面へ真っ逆さまに落ちていく。

そこで私は目を覚ました。


その日の早朝、美琴が高速バスを使って仙台に到着した。

美琴の到着から三時間ほど経った午前九時過ぎ、私も地元駅から電車で仙台駅に到着。西口の改札付近で待ち合わせ、朝食を食べ終えて身支度を整えた美琴と合流した。

「悪いな。こんな遠くまでわざわざ来てもらって。本当に助かるよ」

「心にもないことを」

挨拶がてら私が言うと、美琴は笑いながら鼻を鳴らした。

美琴は、私が社交辞令で言ったと思っているはずだし、私も社交辞令だと思われると見越したからこそ、わざわざ口にだしたのである。

実際、本心だった。これから先、孤立無援で事に当たらずに済むだけでも安心だった。それに、おそらく美琴は、今回の件で大事なピースの一片も担っている。

「さっそくだけど、気づいてるか？」

「もちろん。いつ言いだそうか迷ってたところです」

言いながら、ふたりで同じ方向へと視線を向ける。私たちから十メートルほど向こう、構内を行き交う人波に紛れて女がひとり、こちらをまっすぐ見つめて突っ立っていた。

暗黒のようにどす黒くて丈の長い、長袖(ながそで)のワンピースに身を包んだ、背の高い女。

まっすぐ伸ばした髪の毛も服の色に負けじと、吸いこまれるような黒みを帯びている。対して髪の間から除く顔と、ワンピースからはみだす細い手足は、死人のように青白い。年の頃は判然としないが、二十代の後半から、三十代の半ばぐらいといったところか。日本人離れした大きな目と、尖(とが)った鼻をしている。

女は大きな両目を弓のように細め、薄笑いを浮かべながらこちらを見つめていた。

一目しただけで、この世の者ではないと分かったが、私たちと視線が合ってまもなく、女はさらにそれを裏付けるような真似をしてみせ始めた。

女は私たちに視線を向けたまま、滑るような動きで人の中を歩きだし、立ち止まってスマホをいじっている若い女性のうしろへ重なるように、すっと身を隠した。

それからわずかに間を置くと、今度はスマホの女性から五メートル以上離れた距離を歩いていたスーツ姿の男性の背後から姿を現し、また別の人間の背後に回って身を隠す。次に現れるのは同じ人間の背後からではなく、それなりに距離の離れた人間の背後から。

　こうした動きを繰り返しながら、女は私たちに向かって薄笑いを投げかけていた。

「宣戦布告ってところかな。どうする？」

「向こうが仕掛けてくるなら迎え撃ちます。単なる顔見せだったら、今は動きません」

　同感である。できればこちらが動くのは、相手の素性と目的が分かってからにしたい。

　それに身体の問題もある。中途半端な局面で、魔祓いをおこないたくはなかった。

　一週間ほど前、かつての謙二と千草の家を調べにいった夜にも、背中がひどく痛んで三時間ほど苦しんだ。あの場で魔祓いなどおこなっていないので、家に封じられている〝何か〟の毒気にでも当てられたのではないかと思う。

　だが、原因はどうであれ、拝み屋としての私の身体は、やはり確実に弱ってきている。

　それだけは文字通り、改めて痛感することができた。

　魔祓いにせよ、憑き物落としにせよ、全力で行使できるのは、多分あと、一回か二回。

　もしも必要な機会が訪れるのなら、その時にこそ死に物狂いでおこないたかった。

　構内を行き来する人から人の背中を移り渡って、次々と現れる女から視線を逸らさず、こちらもあえて薄笑いを浮かべながら応戦してやる。美琴も隣で一緒に笑ってくれた。

　それが功を奏したのか、それともやはり、単なる顔見せだったのか。

女は数分たらずで、最後に滑りこんだ背中に隠れたきり、二度と姿を見せなくなった。

やれやれと太い息を漏らしながら、「情報提供、ありがとうよ」と感謝の意を述べる。

おぼろげながらも思いだした。あの顔は、前に見た覚えがある。

これでわずかながらも、敵の手掛かりが分かった。「バカめ」と思って、ほくそ笑む。

「お前、強くなったなあ？　人が変わったみたいだぞ」

冗談めかして語りかけると、美琴は「さあ？」と笑いながら首を傾げた。

とりあえず、朝から修羅場という最悪の事態は免れた。

とはいえ、この後の予定も決して平穏に済みそうなものではない。

美琴に確認してもらいたいことがあって、これから私たちは、深町伊鶴の許を訪ねる。

三日前、美琴から連絡が入った翌日に謙二を通じて、再び面会の約束を取りつけていた。

謙二と面会したのち、美琴とふたりで深町の事務所を訪ねることになっている。

今しがた現れた黒づくめの女や、美月の顔とおぼしき白黒写真に素顔を隠した女たち、結界で封じられた、かつての高鳥家の件。

まだまだ不明な要素は多く、解決の糸口は摑めない状態にある。

だが、取っ掛かりなら、すでにいくつか見当のついているものがあった。

まずもって、あのいけ好かない拝み屋の正体と真意を暴いてやる。

私の勘が訴えている。おそらくあの男も今回の件に関わる大事なピースの一片なのだ。

急いては事を仕損じる。とりあえず、崩せる壁から崩していこうと考えていた。

本当だったら本職同士、喧嘩なんかするもんじゃねえんだ——。

十一年前の深夜、牛丼屋で華原さんが私に投げかけた言葉が、脳裏をよぎる。

すみませんね、華原さん。せっかくの忠告を守れなくて。本当に馬鹿な後輩なんです。

だがこれは喧嘩ではない。

今後の流れ次第では、おそらく戦争にもなり得るものなのだ。

屁理屈だったが、同時に現状で予見されている、ひりひりするような事実でもあった。

すでに賽は投げられている。もう後戻りは許されない。そんな気もした。

「覚悟は？」

「とっくに」

美琴の答えを合図に私たちは駅を抜け、霜月にかじかむ杜の都へ向かって歩きだした。

インタールード【二〇一六年十二月十日】

漆黒に染めあげられた暗闇の廊下を死に物狂いで走る。走る。走る。

背後に轟(とどろ)くけたたましい足音は、着実にその距離を狭めつつあった。

おまけにこちらの息も切れ始めている。家から出ることができず、打つ手もなければ、いよいよもって追いつかれるだろう。

どれだけ距離を縮められたのか。すでに姿が見えるまでに接近されているのだろうか。

同行者の様子はどうか。絶望に屈せず、走り続けているだろうか。

状況を確認するため振り返ると、同行していたもうひとりの姿が消えていた。

四人でこの家へと入りこみ、四人で逃げていたはずなのに、いつのまにか姿がひとり、見当たらない。たちまち胃の腑(ふ)に冷たい風が逆巻き、背筋に悪寒が生じる。

決して誰も欠けることなく、この最難関を突破する。突入前に誓い合ったはずなのに、誓いを提案したその本人が、いつのまにか消えていた。

その身の安否を蒼然(そうぜん)となって憂いながらも、私たちは必死で走り続けるしかなかった。

『拝み屋怪談　壊れた母様の家〈陽〉』に続く

本書は書き下ろしです。

拝み屋怪談　壊れた母様の家〈陰〉
郷内心瞳

角川ホラー文庫　21680

令和元年６月25日　初版発行
令和７年３月25日　６版発行

発行者――山下直久
発　行――株式会社KADOKAWA
〒102-8177　東京都千代田区富士見2-13-3
電話 0570-002-301（ナビダイヤル）
印刷所――株式会社KADOKAWA
製本所――株式会社KADOKAWA
装幀者――田島照久

●お問い合わせ
https://www.kadokawa.co.jp/（「お問い合わせ」へお進みください）
※内容によっては、お答えできない場合があります。
※サポートは日本国内のみとさせていただきます。
※Japanese text only

ISBN978-4-04-108304-8　C0193

◆◇◇